李致文存
Lizhi Wencun

第一卷
我与巴金

四川人民出版社

图书在版编目（CIP）数据

李致文存：共5卷6册/李致著.— 成都：四川人民出版社，2019.6
ISBN 978-7-220-11344-4

Ⅰ.①李… Ⅱ.①李… Ⅲ.①散文集—中国—当代 Ⅳ.①I267

中国版本图书馆CIP数据核字（2019）第062006号

LIZHI WENCUN

李致文存

出 品 人	黄立新
项目统筹	谢 雪
责任编辑	谢 雪 张 丹 江 澄 董 玲
封面设计	张 妮
版式设计	戴雨虹
特约校对	蓝 海 袁晓红
责任印制	李 剑
出版发行	四川人民出版社（成都槐树街2号）
网　　址	http://www.scpph.com
E-mail	scrmcbs@sina.com
新浪微博	@四川人民出版社
微信公众号	四川人民出版社
发行部业务电话	（028）86259624　86259453
防盗版举报电话	（028）86259624
照　　排	四川胜翔数码印务设计有限公司
印　　刷	成都东江印务有限公司
成品尺寸	160mm×238mm
印　　张	172.75
字　　数	2270千
版　　次	2019年6月第1版
印　　次	2019年6月第1次印刷
书　　号	ISBN 978-7-220-11344-4
定　　价	820.00元

■版权所有·侵权必究

本书若出现印装质量问题，请与我社发行部联系调换

电话：（028）86259453

李 | 致 | 文 | 存
我 与 巴 金

1955年，成人后的李致第一次于重庆与巴金见面

李 | 致 | 文 | 存
我 与 巴 金

· 总序 ·

他用所有时光回答一个问题

廖全京

凝视着这五卷（六册）沉甸甸的文字，仿佛望见无数春花秋月在叠彩流光。面前这套《李致文存》，朴实而生动地记录了作者过往几十年生命中刻骨铭心的人和事。这是他灵魂的笔记。

这里面包含着他过去岁月的所有时光。

他用所有时光回答一个问题：如何做人？

中国古代的贤人或智者，无一不把如何做人视为人生第一要义甚至是唯一要义，由此而形成人文传统。钱穆关于读《论语》是学习"做人"的看法，则代表了近代以来的人文学者对这一传统的遵循。日积月累，潜移默化，这传统已经随同中国历代的主流思想意识即孔孟儒学浸入社会的每一个细胞，成为整个社会言行、公私生活以及精神领域的导向和规范。即使是经历了"五四"时期及其后几十年新思潮的反复冲击，中国传统的这种积淀仍旧保留着它的神髓，并有意识或无意识地通过人们的行为、思想、言语、活动不同程度地显露出来。自然，在漫长的传统浸润与新潮冲击的矛盾过程中，人们对于如何做人的理解和履践也不可避免地发生了变化，正所谓"曲翻古调填今事，义探新思改旧观"，尤其是在主张冲破世俗的道德规范、抵御旧的社会道德戒律对个体的人的压制的一批政治家思想家陆续登上中国现代社会的政治舞台之后，这种变化尤其明显。在追求建构现代政治的民主体制和社会理想的强劲之风的推动下，对传统思想意识进行解构的呼声日益高涨，张扬现代革命伦理主义的具体行动日趋激烈。在相当长的一段历史时期内，通过对如何做人的各种回答呈现出来的新旧矛盾的冲撞和撕裂状况，一直是时代和民族的重要精神现象。

李致就是在这样一种大的精神背景下，踏上了自己的人生之路，开始了对如何做人的思考和探索。回头看去，这条路上重峦叠嶂，遍布荆棘。时或星汉灿烂、朝霞开曙；时或乱云飞渡、阴霾蔽日。但所有的历史波折，不仅没有从根本上改变李致自始至终对方向和道路的选择，反而更加激励了他一路之上的生命意志，坚定和饱满了他对于如何做人的信念和情绪。这些都可以从这几卷文字里窥见其大略。所以称大略者，是因为他一生的所有行为、行动，远远多于、大于他留在纸面上的这些文字。尽管如此，对于走近并理解李致来说，这些文字仍然有它不可取代的重要性。这重要性，首先的和根本的就在于这些有血有肉有情感的文字告诉我们，李致对于如何做人的认知与实践其精神趋向既是为传统道德观念所规范的，又是受现代革命伦理主义影响的，还是带有某些启蒙色彩与理想主义成分的。归根结底，李致的做人准则和为人行止，无论从个人修养还是从社会公德的角度来说，都符合一个由传统文化孕育出来的现代中国人的标准。

李致做人是从"爱人"出发，由"亲亲"做起的。十六岁那年，他将自己的生命交付给了进步学生运动，从此在"五四"新文学的影响下，学习做一个普通的、真正的中国人。在传统的氛围中高扬起反传统的旗帜，这是那一辈先知先觉者们的精神特质。这里面的深层原因，恐怕是在看似相互背反的传统与反传统之间，却有着对于人的相当接近的理解和尊重，虽然各自的理解和尊重的角度和程度不尽相同，马克思主义着眼于人的解放，人类的解放；孔子思想的核心是"仁"，而"仁"的核心是"爱人"。我们看到，二者在李致的一些言行中，奇妙而自然地结合乃至融合到了一起。当我们深入李致的心灵世界时，进一步发觉他的"爱人"是从对亲人的爱的基础上提升出来的。这又与所谓"仁者，人也，亲亲为大"（《礼记·中庸》）的精神暗合，而这种暗合，又被李致用行动赋予了新的含义。上述种种，都可以在这几卷文字中找到鲜活的例证。

我一直觉得，在李致的以《大妈，我的母亲》《终于理解父亲》《小屋的灯光》《我淋着雨，流着泪，离开上海》等为代表的一系列亲情散文中，能明晰地见到他的思想情感之流的源头及质地。更重要的是他对父亲、母亲、妻子、四爸巴金的思念和追怀已经不可以用简单的传统观念如孝道之类去把握，那是一种建立在理解基础之上的对传统道德中的愚、盲成分的批判和超越。我曾经这样写道："李致一直自觉地把理解别人，尤其是理解自己的亲人，作为通往人格理想的一条重要路径，努力想在理解别人的过程中获得内心的纯净、光明、温暖。"（《对李致散文的一种解读》）这种理解，源于在长期艰难曲折的社会实践活动中对人类现代文明思想和新的道德观念的吸纳和认知。

从对"爱人"的现代理解出发，李致在如何做人的漫漫长途上执着前行。从20世纪40年代中期至今，李致几乎将全部的精力和时间都献给了自己服膺的信仰、信念、事业。在那一辈先知先觉者心目中，一切为了他人，乃全部信仰、信念、事业的核心，他们甚至一度把"毫不利己、专门利人"这种燃烧着激情同时有些浪漫色彩的口号写满了江河大地。无论历史将如何评价，他们身上从内到外的那一个闪光的"诚"字已经为后人立下了精神的丰碑。李致作为那一辈先知先觉者们的追随者，他的言行，一直是符合"己所不欲，勿施于人"（《论语·卫灵公》）和"夫仁者，己欲立而立人，己欲达而达人"（《论语·雍也》）的传统伦理道德规范的。不同的是，他不是为立己而立人或达人，而是为了他心中神圣的信仰、事业而立人或达人，为了大多数人的利益而立人或达人。在某种程度上，这也是对传统伦理道德观念的一种批判和超越。

过去的半个多世纪里，李致先后在共青团部门、党政部门、新闻出版部门、文化艺术部门留下了精神足迹。他在所承担的每一项工作任务中，都特别注意把尊重人、理解人、关心人、支持人、爱护人放在重要以至首要的位置。无论对上级领导、下级同事，还是对编辑、记者、作家、艺术家，他都一视同仁，认真倾听他们的倾诉，尽力排解他们的烦难，畅快分享他们的喜悦，往往成为他们的朋友。在他看来，立人、达人的过程，其实是一个"亲亲"的过程。在与他人的交往中，他勉力地向古往今来那些"尊德性而道问学"的君子学习，待人接物一秉至诚：诚其心，诚其意，诚其言，诚其行，关键是一个"诚"——真实无妄。古人云："诚者，天之道也。诚之者，仁之道也。"（《礼记·中庸》）诚哉斯言！在四川文化界，李致有许多彼此知根知底相互推心置腹的朋友，比如马识途、王火、杨宇心、高缨、沈重，比如魏明伦、徐棻，又比如周企何、陈书舫、竞华、许倩云，等等。他们之间的友情，正是仁之道的生动体现。20世纪80年代，魏明伦在改革开放的春风中从自贡本土脱颖而出，以"一年一戏""一戏一招"轰动海内外，他的成长，得到过自贡、成都、北京的领导和朋友伯乐们的发现和扶持。魏明伦常常提起的浇灌他的五位园丁中，就有他尊称为"恩兄"的李致。时任中共四川省委宣传部副部长的李致，继承巴金遗风，爱才惜才，肝胆相照。在魏明伦遭受极左棍棒打压之时，是李致力排"左"议，抵制"左"风，支持和保护了魏明伦。我觉得，李致身上体现出来的这种诚，除了传统道德的影响之外，还含有现代文明中的人道主义思想的成分。这成分，表现为一种现代意味的爱。对此，我曾经写道："爱是一个漫长的过程，一个需要不断学习、耐心修炼的过程。李致用笔墨记录下的所有感情，都是在学习和修炼过程中的感悟。陀思妥耶夫斯基在他的《卡拉玛佐夫兄弟》里借佐西马长老的嘴说过：'用爱去获得世界。'李致也许并不接受作为基督徒的这位俄国作家思想中的宗教情绪和神秘主义成分，但是，我相信，他对这位反对沙皇专制暴政的死牢囚徒关于人类爱的认识是完全同意的。"（《对李致散文的一种解读》）

说到李致对如何做人这一问题的回答，就不能不说到他的精神导师巴金。巴金的思想和作品，巴金的为人和一生，为李致树立了一个做人的榜样。在李致的生活中，四爸巴金是鲜活的灵魂的精神支撑和性格、情感的源头。巴金远走了，李致的许多亲人都远走了，但巴金及巴金的亲人们给李致留下了一笔宝贵而丰富的精神遗产。其中，巴金留给李致的四句话成为他一生的座右铭："读书的时候用功读书，玩耍的时候放心玩耍，说话要说真话，做人得做好人。"这盏温暖心灵的灯火，至今仍是李致做人的标准。他在顺境中牢记这四句话，他在逆境中不忘这四句话。通过这四句话，他不仅为自己更为广大读者树起了一个清洁的精神的思想标杆。其实，归结起来，巴金留给李致的也是留给中国知识分子的遗产就是两句话：一句是"生命的意义在于奉献而不是索取"，还有一句是"人总得说真话"。关于巴金对李致的影响和李致对巴金的深情，那篇《我淋着雨，流着泪，离开上海》有极其感人的揭示。这里我只想说，巴金与李致之间深层的内在联系就是，巴金是一个中国的知识分子，在他的影响下，李致也努力使自己成为一个中国的知识分子。

追溯起来，李致心目中的精神导师还应当有鲁迅。他是读着鲁迅的作品在暗夜中走向破晓的，是鲁迅教他"横眉冷对千夫指，俯首甘为孺子牛"，他用这种精神指导自己去回答如何做人的问题。而巴金对鲁迅的崇敬和追随，无疑更加重了鲁迅在李致心目中的分量。曾经为巴金辩护从而保护了巴金的鲁迅说过:"巴金是一个有热情的有进步思想的作家,在屈指可数的好作家之列的作家。"(《答徐懋庸并关于抗日统一战线问题》)而在巴金那一代青年作家心目中,鲁迅是给他们温暖的太阳,也是为他们挡住风沙的大树。在所有进步作家的心目中,鲁迅先生的人格是比他的作品更伟大的。他的正义的呼声响彻了中国的暗夜,在荆棘遍地的荒野中,他执着思想的火把,引导着无数的青年向远远的一线光亮前进。这些青年中,应当也有李致,尽管当时他还只是一株幼嫩的秧苗。在"文革"被关"牛棚"的后期,李致靠"天天读"鲁迅的书获得精神支柱,度过他一生最困难的时候。

实践是检验真理的唯一标准,实践也是检验一个人的人生态度的唯一标准。无论是"俯首甘为孺子牛"的精神引领,还是"生命的意义在于奉献"的思想勉励,在李致身上都不同程度地默默化作了认真而坚实的实践。这些实践在他从事出版工作期间显得尤其突出。20世纪的最后二十年里,李致与出版结缘。他担任四川省出版工作的领导职务之初,中国正闹"书荒",读者求书若渴,彻夜排队买书,但在百废待兴的情况下,人们往往买不到需要的书籍。面对此情此景,李致难过、内疚、心急如焚。全身心投入出版工作的李致团结带领四川出版界同仁,在迅猛发展的改革开放形势推动下,解放思想,实事求是,首先从突破束缚地方出版社手脚的"三化"(地方化、群众化、通俗化)框框入手,实行"立足本省,面向全国"的方针,抓住机遇,深化改革,勇于实践,埋头实干,使四川出版在短时间内异军突起,以品种多、成系列、有重点的鲜明特色,在国内以至海外出版界产生很大影响,广大读者由此对四川出版赞誉有加,四川出版事业由此而出现了空前繁荣的局面。一时间,许多作家、诗人、翻译家大受鼓舞,一部部佳作纷纷投向四川的出版社,人们戏称"孔雀西南飞"。曾被鲁迅先生誉为"中国最为杰出的抒情诗人"的冯至对李致说:"你是出版家,不是出版商,也不是出版官。"李致将这些话理解为是对当时的四川人民出版社的整体评价,他向出版社全体职工传达说:"冯至同志说四川出版社是出版家,不是出版商,也不是出版官。"李致,这位四川出版事业的有功之臣,就是这样坚持把社会效益放在首位,同时注重经济效益,以改革的思路、开放的心态,将鲁迅、巴金关于如何做人的观念,落实到一步一个脚印的重大社会实践中。

李致的实践,往往渗透着感情。实践的过程,就是积累感情的过程,深化感情的过程。而这感情,则是他与事业的感情,与人的感情。从担任振兴川剧领导小组副组长到顾问,李致与川剧界结缘几十年,将自己的身心融入了川剧事业。当年他抓川剧抓得十分具体,从讨论规划、研究创作、筹措经费、安排会演到带队出国访问、亲临排练现场、关心演员生活、解决剧团困难,事无巨细、亲力亲为。更重要的是,他"踩深水"、边做边学;将演职人员视为知己,情同手足。川剧界对他的评价很高,他则甘心自始至终当川剧的"吼班儿"。由于他不仅懂川剧,而且懂演员,川剧界无不为他那颗热爱川剧、热爱川剧人的心所感动。"望着满头白发的李致,我感叹,川剧之幸!"川剧表演艺术家左清飞的这句话道出了川剧人的心声。

天地之间,做人不易,做知识分子更不易,做中国知识分子尤其不易。偶读陈寅恪先生著作,见他曾谈到古代文人的自律问题,那是他在研究唐史时因诗人李商隐在"牛李党争"中的遭遇而引发的感叹:"君子读史见玉溪生与其东川府主升沉荣悴之所由判,深有感于士之自处,虽外来之世变纵极纷歧,而内行之修谨益不可或缺也。"(《唐代政治制度史述论稿》中篇)字里行间,强调的是知识分子(士)的"自处"及"内行之修谨"。用今天的话说,知识分子首先要注重自我修养、自我提升、自我完善。只有自己有了良好的修养、坚定的信念,咬定青山不放松,才能不仅做到立人、达人,利国利民,而且做到宠辱不惊,进退从容,任尔东西南北风。这是如何做人的一条很重要的经验和原则。从这个角度看，《李致文存》透露出来的当代文人李致的所思所言所行，似可视为如何做人的一个鲜活个案；也可以说《李致文存》记载了作者对于如何做人问题的基本答案。

　　读读《李致文存》，会给我们在如何做人、如何自处自律等方面带来一些启示，这也许是《李致文存》出版的重要意义吧！

2018年6月10日

目 录

李｜致｜文｜存
我 与 巴 金

人格魅力

讲真话的作家——巴金 / 003

永远不能忘记的四句话 / 007

巴金的心 / 013

两个"最后一息" / 021

春　蚕 / 024

不做盗名欺世的骗子
　　　——巴金二三事 / 031

为人着想
　　　——巴金与我的藏书 / 040

要有信仰
　　　——《巴金教我做人》后记 / 044

只有讲真话的人才可能追求到真理 / 048

从"存目"谈起
　　　——兼致范用兄 / 054

《寒夜》与光明 / 060

读几本巴金的著作
　　　——《四川日报》记者曾鸣专访 / 063

巴金风骨今犹在
　　——《天津日报·北方周末》记者张星专访 / 066
我心中的巴金 / 075

难舍亲情

永恒的手足情 / 103
　　附　李尧枚给巴金的四封信 / 106
带来光和热的人 / 114
　　附　挽三哥　李健吾 / 119
一部旧书，一片兄弟情 / 121
唱片《小宝贝》/ 124
"她仍和我在一起！"
　　——巴金对萧珊的深情 / 129
我淋着雨，流着泪，离开上海
　　——记"文革"中去上海看望巴金 / 135
巴老对我健康的关爱 / 148
不知如何弥补 / 151
心留巴老家 / 157
白　发 / 161
叔侄情
　　——谈小说《春》中海儿的原型 / 164
简述李国炯 / 167
简述李国煜 / 169
一定要学好中文
　　——珊珊不忘巴金的叮嘱 / 171
第一次去杭州看望巴老（1995年）/ 176
　　附　三辈人给巴老的信 / 186

第二次去杭州看望巴老（1997年）/ 188

上海日记（1999年）/ 196

与四爸的历次会面 / 201

巴金的头像 / 221

"巴金赠书"章 / 223

最后一次握手

　　——在巴老弥留之际 / 226

故土之恋

巴金偏爱川剧 / 233

　　附　巴金致成都市川剧院的一封信 / 238

巴金历次回故乡 / 243

巴金最后一次回故乡 / 245

1987年巴金回乡纪要 / 254

故友情深

巴金与《雷雨》/ 271

黄金般的心不会消失 / 274

故友情深

　　——巴金与李劼人的友谊 / 279

不忍告诉巴金 / 283

他人评说

在亲情与理解中写巴金

　　——读李致记叙巴金的散文　吴　野 / 289

理解那颗心
　　——读李致的亲情散文　廖全京 / 293
巴金叔侄　周禄正 / 297
李致散文中的亲情篇章　吴若萍 / 304
永烁星光之地
　　——读《我的四爸巴金》　杨　君 / 307
犹见巴金
　　——李致散文撷英　尹在勤 / 310
一个走入巴金心灵的人　萧祖石 / 314
四爸给我写了三百多封信
　　——巴金侄儿李致的怀念　赵兰英 / 326
一扇理解之门　沈　重 / 329
语浅情深忆巴金
　　——读李致"往事随笔"《四爸巴金》　游翠萍 / 334

2003年版后记 / 336
2014年版后记 / 339
后　记 / 341

李致文存·我与巴金

人格魅力

讲真话的作家——巴金

巴金摄于20世纪80年代

"人为什么需要文学？需要它来扫除我们心灵中的垃圾，需要它给我们带来希望，带来勇气，带来力量。"这是巴金对文学的见解。巴金多次说明他不是为当作家而提笔的，他只是"有感情必须发泄，有爱憎必须倾吐"，他是"在作品中生活，在作品中奋斗"。他说："我写作不是因为我有才华，而是我有感情，对我们祖国和同胞我有无限的爱，我用作品来达我的感情。"

作家巴金，姓李，名尧棠，字芾甘。

巴金有代表性的作品

巴金于1904年出身于四川省成都市的一个封建大家庭。封建社会的黑暗，封建家庭的腐败，使他产生了强烈的不满。伟大的五四运动，对巴金产生了巨大影响。年轻的巴金在成都参加了新文化运动，他自称为"五四的产儿"。为了追求光明，1923年巴金和他的三哥离开四川，到了南京和上海。

1927—1928年巴金旅居法国期间，写出了他的处女作长篇小说《灭亡》。迄今为止，巴金从事文学创作已满六十五周年。六十多年来，除了"十年动乱"期间被迫停笔，巴金勤勤恳恳地写作，为中国人民和世界人民留下了约一千二百万字的创作和翻译著述。他大量的作品，教育了几代青年。他的小说"激流三部曲"——《家》《春》《秋》和《憩园》《寒夜》等，一直受到海内外读者的喜爱；晚年的力作《随想录》，赢得广泛的赞誉。巴金的作品先后被译成日、俄、英、法、德、意、西、匈、波、捷、瑞典等近二十个国家的文字，在世界上广为流传。

巴金一贯主张讲真话。早在1942年，巴金就勉励我"说话要说真话，做人得做好人"。巴金曾被迫讲过一些违心的话，为此他不断剖析自己。他说："我提倡讲真话，并非自我吹嘘我在传播真理。正相反，我想说明过去我也讲过假话欺骗读者，欠下还不清的债。我讲的只是我自己相信的，我要是发现错误，可以改正。我不坚持错误，骗人骗己。"

巴金对读者的爱是很真诚的。1987年，巴金返回阔别二十六载的家乡，无数读者请他签名留念。巴金长期患帕金森病，写字困难，但仍高兴地用颤抖的手为读者签名。读者感激地对他表示谢意，巴金却说："该我感谢你们，是你们买我的书，养活我。读者是我的'衣食父母'。"最近，巴金又说："读者是最好的评判员，也可以说，没有读者就没有我。"

巴金获得的但丁文学奖奖章

巴金的故居在成都市正通顺街，现在是战旗歌舞团的宿舍。许多国际友人、读者主张恢复巴金故居，但巴金不同意，他反对为此花费国家的钱。他说："我必须用最后的言行证明我不是盗名欺世的骗子。"

广大读者理解巴金的心，他们热爱巴金的作品，同时更敬仰巴金的人品。

鲁迅早在1936年就对巴金做出评价，赞誉"巴金是一个有热情的有进步思想的作家，在屈指可数的好作家之列的作家"。

1981年12月巴金当选为中国作家协会主席。

1982年，意大利但丁学会颁给巴金"但丁国际奖"。

1983年，法国总统密特朗访华，到上海亲自授予巴金"法兰西共和国荣誉军团勋章"。

1984年，巴金在香港获中文大学荣誉文学博士学位。

法国总统密特朗到上海亲自授予巴金"法兰西共和国荣誉军团勋章"

1985年,巴金获美国文学艺术研究院名誉外国院士称号。

1990年,巴金先后获苏联授予的"人民友谊勋章"和日本福冈市颁发的"亚洲文化奖特别奖"。

这些充分说明了巴金在国内外的巨大影响:巴金不仅属于中国,巴金也属于世界!他的文学成就已广为世人所瞩目。

巴金已达八十八岁高龄。因为病,写字吃力,但是巴金并不甘心沉默。他说:"我最后还是要用行动来证明我所写的和我所说的到底是真是假,说明我自己究竟是一个怎样的人。"巴金不止一次表示"要用行动补写"他"用笔没有写出来的一切"。

1993年5月4日

永远不能忘记的四句话

作家巴金是我的叔父，我叫他四爸。

四爸在1923年离开四川去南京读书，以后又到法国留学。我出生的时候他在上海，所以我十一岁前没有见过他。1941年，正是抗日战争时期，他第一次回成都，但我当时在读初小，不懂事，没有留下更多的印象。只记得他经常带我的几个姐姐去看电影，说我看不懂，就给我钱买邮票。我是集邮爱好者。大墙西街有一家卖中外邮票的小商店，我拿着钱就往大墙西街跑。

1942年，四爸第二次回家。那时，我们住在成都北门蓥华寺街。大门很简陋，进去是一条小巷，巷子两边各有一家独院。正中的院子比较大，住有五六家人，我们家租了两间房子。院子里有各式各样的人，经常为一些生活小事发生争吵，很像四爸后来在《小人小事》一书中所写的情景。然而我和邻居的孩子们却很要好，放学回来，一起打仗、藏猫猫，或者跳房、扯响簧，无论吃饭、睡觉，都要大人"捉拿归案"。一天，四爸对我说："你一天到晚不回家，我给你改个名字，叫李国飞吧！"（我原名为李国辉）我不知道这是批评，心里想：要真能飞起来，那才好玩哩！

我和四爸住在正房，睡一张大床，这张大床有很结实的床架。我上床以后，总觉得没有玩够，便在床架上翻来翻去，等到实在疲倦了，才肯睡下。我睡在床里面，占地不多，把大部分"领土"留

1941年,巴金(右三)离家十八年后第一次回到成都探亲,与他的九妹(后排左三)和大哥的子女合影。右一着童子军服的是李致

给四爸。而四爸往往一个人坐在书桌前写文章。据说写得很晚,但我不知道,因为我钻进被窝很快就睡着了。第二天被叫起来上学,我总是轻脚轻手,从他脚后爬下床,生怕把他惊醒。我还记得家里摆供的时候,上自祖母下到我,都对祖宗牌位叩头,只有四爸一人鞠躬。我很奇怪,大人解释说四爸是"新派",令我佩服不已。如果说我拥护"新派",这算是开始。虽然我什么也不懂,但我顶讨厌叩头。我立志长大了也要当个不叩头的"新派"。

那个时候,青年学生中很盛行请人签字留念。许多人都有一本"纪念册",一般都请教师或同学题词。四爸在家的时候,来找他的人很多。青年学生来找他,大多拿着纪念册请他题词。我有时也伏在他旁边看,不过有些字不认得,有些认得的字并不懂得什么意思——例如,"路是人走出来的"。我想,乡下田里的路是我们上

学时走近道踩出来的,这对;但城里的马路哪是走出来的呢?我看见过修马路,一条马路要修很长的时间。直到长大以后,才知道这话的意思是鼓舞青年勇往直前。

孩子喜欢模仿大人,特别愿意和哥哥姐姐享受同等待遇。我终于也做了一本"纪念册",请四爸给我题词。我担心他又说我小,把我和几个姐姐区别对待,只给我钱买邮票,不给我写字。没想到他欣然同意,坐在大书桌前,用毛笔给我写下这样四句话:

> 读书的时候用功读书,
> 玩耍的时候放心玩耍,
> 说话要说真话,
> 做人得做好人。

我高兴地看着四爸写字。这些字,我既认得,也懂得是什么意思。尽管我并不知道要做到这四句话很不容易,但我认为这是对的,应该这样做。我把"纪念册"放在枕头下面,只要一想起,便拿出来看看。当时,桂王桥南街和北街有不少裱糊铺,我母亲常去裱她的画。我灵机一动,提出要把四爸给我的题词裱成一张小单条。我母亲表示同意。裱糊铺的老板是熟人,破例为我裱糊了一张一尺半的小单条。我把它挂在墙上,天天看见这四句话。我感到很神气,别的小孩没有一个人有类似的单条。小孩子的兴趣和注意力经常变化,但我对它的珍惜可以说是始终如一的。

当然,真正的珍惜是在更深地理解以后。

最初我只是对"玩耍的时候放心玩耍"有点理解。因为它和外祖母的教导完全背道而驰。我的外祖母是一个非常慈祥和有教养的人,说话和气,笑不出声。偶尔和我玩的时候,也是教我背唐诗。"春眠不觉晓,处处闻啼鸟。夜来风雨声,花落知多少"这类唐诗就是她教我背诵的。她有一个宝库似的大立柜,随时可以拿出云片糕或鸡蛋糕给我吃。我非常喜欢外祖母，但也有一点不满：她不许我玩。有段时间我们和外祖母住在一起，她只要一看见我在玩，就要问我："为什么不读书？"如果我回答已经读过了，她就要教导我古人是如何发奋学习的，结论总是"一有空就要读书"。我想，一有空就要读书，哪还有空？什么时候才能玩呢？我不敢公开反对她，但心里很不高兴，甚至对作为榜样要我学习的古人也很不感兴趣。四爸说"玩耍的时候放心玩耍"，这代表了我的"利益"，我十分拥护。

随着年龄的增长，通过读书和社会实践，我对这四句话的理解才逐步加深。这四句话中最主要的是"做人得做好人"。不做好人就不会讲真话，不做好人，"用功读书"和"放心玩耍"就失去意义，甚至会起相反的作用。我不是说不该用功读书和放心玩耍；放心玩耍可以长身体，用功读书既可以长知识，还可以懂得如何做好人。也许有人会问：好人的标准是什么？从我的思想发展来看，我上初中起喜欢读文艺书，鲁迅的作品中有许多我喜欢的好人。读《狂人日记》，我认为狂人是好人，他第一个看出几千年来的历史都歪歪斜斜地写着"吃人"两个字，呼吁"救救孩子"。读《过客》，我认为过客是好人，尽管他不知道前面是野百合花还是坟，但他勇往直前，绝不回头；因为"回到那里去"，"没有一处没有地主，没有一处没有驱逐和牢笼"。读《聪明人和傻子和奴才》，我认为傻子是好人，他不怕讽刺打击，敢讲真理。上高中的时候，我参加学生运动，以后又加入党的地下组织。无数事实证明，我们的革命先烈和老一辈革命家是好人。特别是周总理，他的光辉一生，永远是我们最好的学习榜样。"十年浩劫"把人们的思想搞乱了，我仍认为好人应该具有"毫无自私自利之心的精神"，并深信"从这点出发，就可以变为大有利于人民的人"。共产党员更应该是这种高尚、纯粹、有道德、脱离了低级趣味的好人。

要真正做到这四句话是有斗争的,有时甚至是相当困难的。这不仅要和自己的坏思想、坏习惯做斗争,还要和外界的某些干扰做斗争。"十年浩劫"时期,我靠边站了,被关进"牛棚"了,被加上了各种诬陷之词。我对一般青年人的偏激情绪并不介意。但个别抱有其他目的的人,用威胁、诱骗等方法,逼迫我承认自己是反革命修正主义分子或什么小爬虫,逼迫我揭发谁是特务、谁是反革命时,我没有唯命是从。说实在的,当时我经常想到的就是"说话要说真话,做人得做好人"。

不用说,四爸在"十年浩劫"一开始就被打倒了,我不愿在这里来历数那些强加在他头上的罪名。使我感到欣慰的是,即使在我还没有被"解放"的时候,我仍听到不少正直的人为他鸣不平。1973年,我从北京返回设在河南的"五七"干校,曾悄悄绕道上海去探望四爸。那一次,由于各种条件的限制,不可能深谈,但能见面已经是幸福了。我转达了一些老同志对他的关心和尊敬,希望以此安慰他老人家。晚上,我住在他家里。当时楼上的屋子还没有启封,他要我和他睡在一张床上。我打鼾比较厉害,有意让先他睡着了,然后我才睡。他不久就入睡了,但我躺在床上,辗转不能入眠。我想起早在1936年,鲁迅就称他是"一个有热情的有进步思想的作家,在屈指可数的好作家之列的作家"。怎么能这样对待他呢?……他不时转动身子,不知他梦见什么。我深切期望他能摆脱这不幸的处境,但我自己也不知道那黑暗的日子什么时候才能结束……

粉碎"四人帮"以后,四爸恢复了名誉,又焕发了青春,夜以继日地为人民写作,讲真话,把心交给读者。我们有过多次见面和深夜长谈,这里就不记叙了。有一次,我突然想起他给我写的四句话,便总结似的向他汇报说:"第一句是用功读书,我在学校时没有做到,离开学校以后才有了自觉性;第三句是讲真话,我基本上这样做了,但也讲过某些违心的话;第四句是做好人,这是奋斗目标，还要不断努力。"我停顿了一下，又接着说，"只有第二句话放心玩耍，执行得最好！一贯如此。"

四爸一边听我讲，一边慈祥地笑了。

我也笑了，为自己所讲的最后一句话。

1981年5月22日

巴金的心

人活着,要有益于社会;多付出,少索取。这是巴老的信念和主张。他一贯是这样身体力行的。

巴老多次说明自己不是为当作家而写作的。他说:"我写作一不是为了谋生,二不是为了出名,虽然我也要吃饭,但是我到四十岁才结婚,一个人花不了多少钱。我写作是为了同敌人战斗。"巴老所说的敌人是什么呢?他说:"一切旧的传统观念,一切阻止社会进步和人性发展的不合理的制度,一切摧残爱的势力,它们都是

1986年,巴金与李致深夜畅谈

我最大的敌人。"巴老的很多作品都是写来控诉、揭露、攻击这些敌人的。

由于巴老把"文学作武器跟旧社会作斗争",他最初竟"不好意思拿稿费"。他把第一本小说的版税送给一个朋友。他当时的想法是:"我说自己的话,不要别人付钱。"以后书写多了,巴老的想法才发生变化,因为作品毕竟是"自己用劳动换来的",领取稿费也就"不在乎"了。巴老把读者称为"衣食父母"。这不仅因为读者买他的书、养活他,还因为读者给他提供精神养料和力量。

长期以来,巴老领取稿费,并不只是用于他个人和他的小家庭。巴老的生活简朴,自奉甚薄。他经常用稿费帮助读者和有困难的人。六十年前,也就是20世纪30年代初期,巴老为营救他的一个读者,带着刚收到的一笔稿费,和他的朋友鲁彦、靳以一起从上海到杭州。巴老冒充这个姑娘的"舅父",把情况了解清楚以后,为她付清了八十多元房租和饭钱,并送了她一张从杭州到上海的火车票。1981年巴老在《我和读者》一文中曾谈到这件事情。

新中国成立以后,巴老是唯一没有领取工资、仅靠稿费生活的专业作家。巴老是闻名中外的文学大师,在实行低稿费的情况下,在限额内付给他较高的稿费,这是无可非议的。但巴老对自己的要求很严。60年代初期,巴老为《四川文学》写了一篇文章。《四川文学》付给巴老四十元稿费,巴老收了二十元,退还了二十元给《四川文学》,并附信说他那篇文章"值不到四十元"。这件事是1973年在四川省革委会礼堂听报告时,作家李友欣告诉我的。当时还在"四人帮"的黑暗统治下,友欣主动给我讲这件事,对巴老表示尊敬。我也佩服友欣讲真话的勇气。

粉碎"四人帮"以后,我担任四川人民出版社的总编辑。由于出版社采取了"立足本省,面向全国"的方针,讲信用和注重书籍质量,赢得了一大批老作家和著名的中青年作家的支持。在五六年内,我们先后出版了巴老的《巴金近作》《巴金近作》(第二集）、《回忆与探索》《心里话》《英雄的故事》（有关抗美援朝的全部小说和散文）、《巴金中篇小说选》（上下）、《巴金选集》（十卷本）、《憩园》《长生塔》（包括全部儿童文学）、《童年的回忆》，翻译作品《快乐王子集》《屠格涅夫中短篇小说集》（与萧珊合译）。90年代，四川文艺出版社还出版了《讲真话的书》（近作合集，包括巴老从1977年到1993年的全部著作）。

一开始出巴老的书，巴老就表示不要稿酬。出版社尊重巴老的意见，把稿酬放在一边，打算用来扶持青年作者或奖励有成就的编辑。但有一次，财务科不清楚我们的意图，把一本书的稿酬寄给了巴老。1980年12月9日，巴老给我的信说："今天收到《中篇选》的稿酬。我说过不要稿酬，本想退回，觉得这样也不好。以后坚决不要。屠氏小说（指《屠格涅夫中短篇小说集》）出版，不要送稿酬了。还是照从前办法，送我一点书就行了。我在香港三联书店出版《随想录》，首先声明不要稿费。他们说第二集要付稿费，我坚决不要。倘使方便，替我买五部《中篇选》，我当汇还书款。"12月19日来信，又强调"以后出书，不用寄稿费给我，我不要"。我去信和巴老讨论如何处理他的稿费，并转达出版社一些同志设立巴金奖金的建议。我知他不会同意，所以提议用来帮助一些有困难的作者。1981年2月23日，巴老来信说："稿费问题就照你所说用来帮助作者吧。设立奖金我不赞成，我反对用我的名字。"这样，出版社总编辑室便存放着巴老拒收的一笔稿费。

在这期间，《四川文学》刊登过巴老一篇散文《大镜子》，《龙门阵》发表了巴老的散文《怀念丰先生》，巴老都来信表示"请他们不要付稿费"。

对萧珊的稿费，巴老也持同样的态度。四川出版了萧珊翻译的《黑桃皇后及其他》，巴老在1981年10月21日给我的信中说："全书稿费和中短篇集（指《屠格涅夫中短篇小说集》）一样由你们处理，但要求送我样书若干册。"

出版社财务科一位同志按照对一般作者的惯例，把《屠格涅夫中短篇小说集》的稿费寄给巴老了。害得巴老在1982年3月15日又来信重申："以后不要再给我寄稿费了。今后所有我的著译的稿酬，新出版的书如《回忆与探索》和十卷本《选集》的全部稿费一律赠现代文学馆。已出各书如有再版机会，稿酬也送给文学馆（萧珊的译著也包括在内）。以后请一定照办。"我只得把巴老的意见再一次"禀报"财务科。

信上提到的十卷本《选集》，即《巴金选集》（十卷本）。这是四川出版巴老的重头书，既有社会效益又有经济效益。装帧设计好、印刷质量好，受到广大读者欢迎。出书速度之快（不到一年）受到《人民日报》上署名文章的赞扬。巴老也满意，曾把它的精装本作为礼物赠送给法国总统密特朗。这部《选集》，巴老亲自编选、修改校正，编完一本寄一本给出版社，花费了他大量的精力。我现在想起心里还感到不安。在1981年编辑的过程中，巴老在10月

《巴金选集》（十卷本）

读者踊跃购买《巴金选集》

21日的信上就明确表示:"《选集》稿费全部捐文学馆。"1982年底我因工作调动,离开了四川人民出版社,但巴老一直关注这笔稿费是否寄给了文学馆。1983年9月9日和11月22日,巴老两次来信询问:"十卷本《选集》的稿费给现代文学馆汇去没有?"我多次催问,有一次回答是地址不准确,寄去又退回来了。1983年12月23日、1984年4月1日,巴老再来信询问。1984年5月1日他来信说:"《选集》稿费我叫国烺去信作协请他们查,同时也请你们出版社查,总得把这笔钱查出来。文学馆至今没有收到,钱还没有着落,如不追查,可能就此消失。"5月31日,巴老来信说:"《选集》稿费,文学馆来信已经查到了,请转告出版社。"为了这笔捐赠给文学馆的《巴金选集》(十卷本)的稿费,巴老一共给我写了八封信。

1988年,四川文艺出版社出版了《巴金书简》。我没有参与这个工作,不知道全过程。1987年6月26日巴老给我的信中说:"《书信集》(指《巴金书简》初编)稿费仍捐赠文学馆。但

四川出版工作者协会收到巴金捐赠的稿费后，给巴金回函的复印件

×××说的计酬办法我看不妥。收信人没有理由接受稿酬，倘使他为原信加一些注解，他可以拿注解的稿酬；要是做了些编辑工作，他可以拿编辑费。你想想看，倘使我把朋友们给我的信编成书册出版，自己拿一半稿费，我一定睡不着觉，因为我感到受之有愧。"

按照巴老的意见。他的大部分稿费出版社直接寄给了文学馆。由出版社保留的巴老的稿费，在1986年8月捐赠给四川省出版工作者协会。协会在8月2日给巴老的信上说："当我们正在筹集四川出版奖励基金的时候，先后收到四川人民出版社和四川文艺出版社转来您在两社的稿费共计壹万零肆百肆拾壹元叁角伍分正，捐赠我会，作为四川出版奖励基金。您的无私赠送，是对我省出版工作者的支持和鼓舞。我们代表全省出版工作者向您表示感谢。" 90年代初期出版的《讲真话的书》的稿费四千元，巴老又捐赠作为振兴川剧奖励基金。当这个消息在川报披露时，川剧界许多人士为之鼓舞。

巴老为四川出版做了这么多贡献，但他没有向出版社索取过什么。1982年上半年，我有一次去上海，为他整理照片。当时向他要照片的人很多，许多照片又在"十年浩劫"中散失了。我提出带一部分照片回四川请出版社翻拍，以后有需要就加印。巴老同意我的建议，但他坚持要付款。我知道巴老的为人，恭敬不如从命，在寄照片和底片时，告诉他所需费用。1982年7月5日，巴老亲自填写了

汇款单，寄回"肆拾壹圆壹角正"。在汇款简短附言上还写明"汇还翻印照片垫款"。这张"汇款通知"我把它复印了两份留作纪念，到现在已经十二年多了。

巴金"汇还翻印照片垫款"汇款单的复印件

上面涉及的，主要是与四川出版有关的情况。据我所知，1982年巴老捐赠人民币十五万元给文学馆，以后又陆续捐赠五万多元人民币给文学馆，这都是巴老的稿费。1990年巴老获日本福冈"亚洲文化奖特别奖"，奖金五百万日元。巴老把这笔奖金一分为二，三百万日元捐赠给文学馆，二百万日元捐赠给上海市文学基金会。还有些捐款数目我不清楚。

目前我们国家仍实行低稿酬制，作家的生活水平尚待提高。我绝不是希望作家放弃稿费，或都去搞捐赠，我只是想从这个侧面反映巴老的高尚人品。记得我还是青年的时候，读过王尔德的一篇叫《快乐王子》的童话。快乐王子的像高耸在城市上空，他身上贴满纯金叶子，一对眼睛是蓝宝石做成的，剑柄上嵌着一颗大红宝石。他站得很高，看得见"小孩生病躺在床上"；看得见一个年轻人饿得"头昏眼花"，冷得"不能再写一个字"；看得见卖火柴的小女孩"没有鞋，没有袜，小小的头上没有帽子"，她"现在正哭着……"快乐王子请求睡在他脚下的小燕子代他去帮助那些受苦受难的人们，先摘掉红宝石，再取下他的蓝宝石眼睛，然后拿走身上的贴金。小燕子本来要去埃及过冬，但它被快乐王子善良的心感动了，它不愿离开快乐王子。最后，它吻了快乐王子的嘴唇，跌在王子脚下，冻死了。这个童话深深地震撼过我的心，也使我流过不少眼泪。随着对巴老的了解，我豁然开朗，感到巴老不正是当今的快乐王子么？他从不过多地索取什么，却无私地向社会、向人民奉献自己的一切。

童话里的快乐王子的像，被拆下来放在炉里熔化，但是他的"破裂"的铅心却熔化不了。天使把铅心和死去的小燕子带给上帝，上帝把他们看成是这座城市最珍贵的东西。

巴老九十寿辰时，马识途老人和朱炳宣、杨牧去祝贺。临别时，问巴老有没有什么要带给家乡人民。巴老深情地说："把我的心带回去。"许多人为之感动。我们的"上帝"——人民，不是同样把巴老的心当成最珍贵的东西么？

1994年2月20日

两个"最后一息"

粉碎"四人帮"以后，巴老重新提起被迫搁下十年的笔。他不愿做"社会名流"，只愿做"一个普通的作家"，并多次表示："我要为社会主义祖国工作到生命的最后一息。"

1977年，巴老已经七十三岁高龄。当时，他打算写到八十岁，也就是再写七年。以后巴老订了一个写作计划：一、每年写一本《随想录》；二、写两部反映知识分子在"文革"中遭遇的小说；三、写一本《创作回忆录》；四、把一百几十万字的赫尔岑的《往事与随想》翻译完。文艺界的许多朋友和众多读者都被巴老这种精神感动，纷纷表示钦佩。

然而，我却有过一点不同的想法和意见。

简单地说，我认为巴老最好把精力集中在创作上，翻译《往事与随想》可以放后一点；如果精力不足，可以放弃，将来别人还可以翻译。我并不是不知道巴老对赫尔岑作品的感情。早在1963年，《译文》杂志就发表了巴老所译的两则赫尔岑的回忆。巴老打算翻译赫尔岑的《往事与随想》的设想，曾得到鲁迅的赞同。新中国成立后，巴老翻译过赫尔岑的《家庭与戏剧》。"十年浩劫"期间，巴老遭受迫害，无权从事创作，悄悄开始翻译《往事与随想》。当时，巴老并没有想到出版，只打算以后把译文送给国家图书馆，"对少数想了解19世纪前半叶欧洲和沙俄各方面情况的人也有一点用处"（1975年3月3日给我的信上所说）。粉碎"四人帮"以后，巴老在《一封信》中写道：

> 我每天翻译几百字，我仿佛同赫尔岑一起在十九世纪俄罗斯的暗夜里行路，我像赫尔岑诅咒尼古拉一世统治那样咒骂"四人帮"横行的法西斯专政，我相信他们横行霸道的日子不会太久……

尽管如此，我仍认为巴老的创作是别人不能代替的。在有限的时间里，创作与翻译，他最好有所取舍。我逐渐发现，不少朋友与我有相同的看法。

我认为自己的看法有一定的道理，几年来向巴老提过多次建议。巴老是我的四爸，他对下辈一贯持平等的态度，所以我可以无顾虑地和他讨论（甚至争论）。

最初，巴老回答我："我可以完成计划。"我则强调时间有限，要有取舍。彼此都没有说服对方。

几乎每一次见到巴老，我都要设法谈到这个建议。有一次，巴老说："我的计划已经公开，国内外都知道，说了话要算数！"我知道巴老讲信用，但这个理由并没有把我说服。我又陈述自己的看法："从实际出发，变更一下自己的计划，并不是不可以。"我突然找到依据，说得更带劲了，"宪法可以修改，国民经济计划可以调整，个人计划为什么不可以变更呢？"巴老慈祥地笑了，但并没有同意我的建议。

我是个"顽固分子"，一有机会到上海，就向巴老提出这个建议，翻来覆去地讨论。巴老说："我翻译赫尔岑的东西同时也是学习，不断充实自己。我不认为自己可以不学习了。我要像海绵吸水一样汲取知识。"听了巴老这段话，我找不出理由来反驳他，反而感到自己受了启发。

回到成都，我重读了巴老的《〈往事与随想〉（第一册）译后记》。巴老翻译是为了学习的意图，在这里说得十分清楚：

> 《往事与随想》可以说是我的教师。我第一次读完它是在1928年2月5日。那天我刚刚买到英国康·加尔纳特夫人翻译的英文本。当时我的第一本小说《灭亡》还没有写成。我的经历虽然简单，但是我的心里也有一团火，它也在燃烧。我有感情要发泄，有爱憎需要倾吐。我也有血有泪，它们要通过纸笔化成一行、一段的文字。我不知不觉受到了赫尔岑的影响。以后我几次翻译《往事与随想》的一些章节，都有一个意图：学习，学习作者怎样把感情化成文字。现在我翻译《往事与随想》全书，也不能说没有这样一个意图，我要学习到生命的最后一息。

从此我记住了巴老的两个"最后一息"：一个是"为社会主义祖国工作到生命的最后一息"，一个是"学习到生命的最后一息"。

长期以来，我工作中事务主义严重，一天忙到晚，学习抓得不紧。每当又出现这种情况时，我常想起巴老的"学习到生命的最后一息"。于是又挤出一些时间，打起精神，读读那些能鼓励我上进和能给我增添知识的书。

1986年7月23日

春 蚕

"我要争取活到九十岁！"

十九年前，粉碎"四人帮"以后，巴老多次对我这样说。

当时巴老七十二岁，身体健康。我立即表示："没有问题！"

一算，到九十岁还有十八年，比两个"抗战八年"的时间还多，似乎很遥远。

然而，时间流逝得真快，弹指一挥间：去年巴老已愉快地度过了九十华诞。

巴老一贯认为生命的意义在于奉献而不在于享受。他表示要争取活到九十岁，完全是为了工作，为了他一生热爱的祖国和人民。80年代初期巴老曾开玩笑对我说过："等我把事办完以后，就休息，安安静静地看武侠小说。"但我从来没听说也没有看见他把事情办完。直到今年6月6日，巴老一见我就表示他最不放心的是还有一些事没有办完。

巴老有一段很重要的话：

人各有志，我的愿望绝非"欢度晚年"。只想把自己的全部感情、全部爱憎消耗干净，然后心安理得地离开人间。

巴老不是一个讲空话的人。

巴金站在家中对他说了真话的大镜子旁

　　从1977年到现在,巴老写了八十多万字。历时七年多写完的《随想录》在国内外产生了巨大的影响,被誉为"每个中国知识分子都必须一读的书"。《创作回忆录》展示了他的心扉,让读者进一步了解他过去的创作。先后编选了《巴金选集》(十卷本)、《巴金全集》(二十六卷本)和其他一些选集和选本。

　　巴老把自己比作春蚕,他说:"我是春蚕,吃了桑叶就要吐丝,哪怕放在锅里煮,死了丝还不断,为了给人间添一点温暖。"

　　有一段时间,巴老的社会活动很多。参加会议,接受许多采访和拜访,出国访问……不能不对创作有所影响。以致巴老在写作时一听到门铃声,常常"胆战心惊"。

　　作家主要靠作品与读者联系,不能满足于自己的名字经常见报,也不是靠坐主席台、签名题字来生活。这是巴老一贯的主张,他自己身体力行,还劝勉他的朋友把主要精力放在创作上。

　　1979年冬天我到上海,巴老把他新写的《大镜子》给我看。粉碎"四人帮"以后,许多人说巴老"焕发了青春",他相信了,甚至曾幻想"返老还童"。可是书房里的大镜子对他讲了真话，哪里有什么"青春"？像做了一场"大梦"醒来，巴老深深地感到"是作家，就该用作品同读者见面，离开这个世界之前我总得留下一点东西"。他同时呼吁："请让我安静，我不是社会名流，我不是等待'抢救'的材料，我只是一个作家，一个到死也不愿放下笔的作家。"

我被巴老真挚的心所感动。得到巴老同意后，我把《大镜子》介绍给《四川文学》刊登。我尽可能不介绍人去麻烦巴老。有一次，我参加革命的引路人贾唯英到了上海，她一贯崇拜巴老，很希望我介绍她去看望巴老。我把《大镜子》寄给她，她看后放弃了这个愿望。从此我对巴老书房里的大镜子有了感情，我曾请巴老站在大镜子旁边照了一张相。这是一张非常有意义的照片，我将长期保存。

第二年我有机会陪巴老在家里庭园散步。我问他《大镜子》刊出以后，情况是否好一些。

"社会活动减少了一些，"巴老笑着说，"但来找我的仍然很多。有的人甚至读了这篇文章，专门赶来看我。"

我和巴老经常通信。他认为我是"短柬勤寄"，并开玩笑说："我要向李致学习，写短信。"可是从1980年起，我发现巴老的字越写越小，我问巴老为什么。他说："没有办法，手放不开。"几年以后才知道，巴老患了帕金森病，也就是巴老的儿子小棠戏称的"巴金生的病"。

帕金森病直接影响巴老的创作。每当巴老提笔写文章时，笔重似千斤，有时一天只能写几百字。这对"一个到死也不愿放下笔的作家"来说，真是莫大的痛苦！巴老一贯把读者奉为"衣食父母"，从读者身上汲取营养和力量。写字困难妨碍巴老和读者联系，他一再向读者表示歉意。

1982年11月7日，巴老在书房跌了一跤，左股骨粗隆间骨折，住进华东医院。一个月前，我曾介绍四川电视台去上海拍摄电视片《奔腾的激流——作家巴金》。虽然事先讲好每次拍摄不能超过一小时，但毕竟增加了巴老的劳累。我感到内疚，责备自己并没有真正了解《大镜子》这篇文章的精神，不自觉地加入了"抢救"材料，为巴老"树碑立传"的行列。十几天后赶到华东医院，我握着巴老的手，真不知该说什么才好。

"摔跤是我自己不小心，与你无关！"巴老反过来安慰我，"你不要有负担！"

巴金在上海寓所

我心里热乎乎的，但眼睛却润湿了！

巴老喜欢吃家乡的花生酥，我给他带了几盒。巴老可能要减轻我的思想负担，好几次吃的时候都说："看在李致的面上，我再吃一个。"

巴老这一次住院超过半年。

医院采取牵引的办法治疗。两个月的"牵引"使巴老的脑袋"几乎不能转动"，躺在床上"习惯于仰望一个固定的地方"。尽管巴老开玩笑说"这下知道'永世不许翻身'的痛苦了"，但这毕竟是一个很痛苦的过程。起初巴老在病房最怕夜晚，"一怕噩梦，二怕失眠"，以后情况逐渐好转。有一件事却使巴老苦恼："不论是躺在床上或者坐在藤椅上，我都无法看书，看不进去，连报纸上的字也看不清楚，眼前经常有一盏天花板上的大电灯。我甚至把这个习惯带回家中。"

从此，巴老得长期和疾病做斗争。

巴老主张说真话，严于解剖自己，把心交给读者，被誉为"20

巴金说，他是春蚕，春蚕到死丝未尽。1996年于杭州

世纪的良心"。但世界是复杂的，难免没有人叽叽喳喳。十几年前香港有人不满巴老谴责"四人帮"，怂恿几个大学生大骂《随想录》；后来内地也有人转弯抹角地批判"说真话"。但这种干扰并不能动摇巴老的信念。他说："我提倡讲真话，并非自我吹嘘我在传播真理。正相反，我想说明过去我也讲过假话欺骗读者，欠下还不清的债。我讲的只是我自己相信的，我要是发现错误，可以改正。我不坚持错误，骗人骗己。"

广大读者热爱巴老的作品，敬仰巴老的人品。巴老并不喜欢过生日，有时甚至要"躲生"。但每年一到巴老的生日，祝贺电报和信件像雪片似的飞向武康路，除了对巴老表示敬意，都真诚地祝巴老健康长寿。这种盛况，我目睹过几次。

1991年11月我到上海贺巴老八十八岁寿辰。前后几天，来祝贺的人之多，几乎使我和巴老没有足够的时间交谈，即使有点空隙，我也不敢再去劳累他老人家。

想不到巴老却主动对我说："大家都祝我健康长寿，这当然很好！但一个人如果不能工作，健康长寿又有什么意义呢？"

巴老的话，既使我感动，又使我震撼。巴老真是春蚕，既平凡又伟大的春蚕！但我不完全赞成巴老的话。我说："您也不能要求过高。任何人都有为社会做贡献的时候，也有不可避免的自然规律。不能说人老了，不能工作了，健康长寿就没有意义了。您为人民做了很大贡献，即使将来不能工作，只要您健在，对广大读者就是一种力量、一种鼓舞！"

巴老没有反对我的意见，但也没有继续讨论下去。后来话题又转到我年过六十，已离开第一线的工作。巴老突然笑着说："我六十六岁才进'五七'干校。"巴老说这话，意在鼓励我应在不同的岗位，努力为人民工作。

去年巴老生日，我打电话祝贺。但巴老不在家，巴老的女儿小林和女婿小祝以及小棠都不在家。为什么？我着急了！九姑妈告诉我，巴老上身痛，几天没睡好觉，到医院检查去了。第二天在电话里找到小棠，他说巴老因老年骨质疏松造成胸椎骨折，已住华东医院治疗。医生说起码要在床上平躺两个月。我知道，这意味着巴老又得与病魔做一场艰苦的斗争。

经过医院精心地治疗和护理以及子女细心的日夜照顾，巴老的胸椎骨接好了。我因老伴生病，一时不能去看望，就靠电话联系。今年6月我女儿从加拿大回来，在她的支持下，我到杭州去陪了巴老三天半。

巴老一贯乐观，但也有苦恼，担心健康状况不允许他再为人民工作。我又想起他在1991年对我说的话："一个人如果不能工作，健康长寿又有什么意义呢？"我说："大家都主张您现在要把健康摆在首位，也就是健康第一。只要您健康，对广大读者和众多亲友，就是鼓舞和力量！"并再次向巴老陈述了我当时的看法。

"是呀！"巴老说，"冰心健在，对我就是很大的鼓舞！"

用时髦的语言来说，能和巴老取得这样的"共识"，我由衷感到高兴。当我离开杭州巴老住处时，我情不自禁地拥抱了他。以前我们分别时一般只是握手。

更令人高兴的是，巴老的健康情况有进步，半年来又写了五篇短文。重似千斤的笔，又被颤抖的手移动了。什么力量支持巴老成为"举重"能手？只能是巴老那一颗永远热爱祖国和热爱人民的心！

巴老的九十二华诞即将来临。我忘不了和巴老的拥抱，我身上还能感受到他的体温。这既平凡又伟大的春蚕的体温，会净化我的心灵，教我做人作文。

1995年11月14日

不做盗名欺世的骗子

——巴金二三事

> 我并不希望替自己树碑立传，空话我已经说得太多，剩下的最后的两三年里我应当默默地用"行为"偿还过去的债。我要做一个普通的老实人。我没有才华、没有学问、没有本领，只有一颗火热的心、善良的心。
>
> ——摘自巴金给李致的信

五十多年来，巴老给了我很多教育。去年夏天我去杭州看望巴老，临别前一天下午他与我谈心，第一句话就是："人各有志，但最要紧的是做好人！"这里所记的几件事，对我既是言教又是身教。

反对用巴金的名字建基金会、设文学奖

粉碎"四人帮"以后，巴老开始在四川出书。从出第一本书起，他就宣布不要稿酬（以后又包括萧珊的译著）。当时向巴老要书的人很多，样书不够，他就出钱买；出版社为他冲洗照片，他从上海寄钱来付费。

留在出版社的稿费怎么办？

2014年，成都市文化局在巴金故居原址立碑。李致在碑旁留影

1981年，四川人民出版社党委讨论了这个问题。多数同志主张用巴金的名义设立奖金。我知道巴老不会同意，所以在转达这个意见的同时，建议把稿费用来帮助某些有困难的作者。不久，巴老回信说："稿费问题就照你所说用来帮助作者吧。设立奖金我不赞成，我反对用我的名字。"出版社党委尊重巴老的意见，没有设立以巴金命名的奖金；以后把这部分稿费转给四川省出版工作者协会。

巴老这个态度一直没有改变。

1994年1月1日，巴老给四川省作家协会写信，再次表明对以自己的名字建立"基金会"和设立"文学奖"的态度。他说："我只是一个普通的文学工作者，写作六十几年，并无多大成就，现在将我的名字和我省文学事业联系在一起，对我实在是莫大的荣誉。我非常感谢。但是建立'巴金文学基金'，设立'巴金文学奖'，又使我十分惶恐。我一向不赞成以我的名字建立基金会、设立文学奖。"

前不久，一个海外华人组织与我联系，他们准备拿出一笔钱设立巴金文学奖，以奖励在文学上有成就的华人。我只好告诉他

们，巴老一贯不赞成用他的名字设立奖金，我不愿为这件事去麻烦他老人家。

不赞成恢复故居

巴老的故居在成都市正通顺街。

这座院子是巴老的祖父购置的。最兴旺的时候，住着四代人，人称"四世同堂"。

巴金故居模型

巴老诞生在这里。除幼年随父亲在广元县住过两年多之外，一直生活在这里。巴老十九岁时，他和他的三哥离开成都去南京。随着大家庭的崩溃，故居被出卖了。

巴老目睹了封建大家庭的黑暗和腐朽，他年轻的心备受煎熬。二十七岁的时候，巴老满怀悲愤地控诉，写出了《家》——"激流三部曲"的第一部，以后又写了《春》和《秋》。

巴老的作品被翻译成二十多国文字，在国外广为流传。改革开放以来，不少国外友人和港台同胞来成都，希望看看巴老的故居，有些时候找到我。尽管我做了解释，故居已经不存在了，但这些朋友还是坚持要去正通顺街看一看，在故居原址拍照。有的还对没有保留巴老的故居表示遗憾。省作家协会面临的压力更大。

1985年省作协给省委、省政府写了报告，要求恢复巴老的故居。张秀熟、任白戈、沙汀、艾芜、马识途等同志积极支持。经省委同意，建立了一个筹备小组。可是巴老一直不赞成，他多次对我讲："不要恢复故居。如果将来要搞点纪念，可以在旧址钉一个牌子，上面写：作家巴金诞生在这里，并在这里度过了他的童年和少年。"

说实在的，对巴金故居，我一直处于矛盾状态。从在省委宣传部分管文艺工作这个角度来考虑，能恢复故居的确是一件有意义的事情。我去过若干国家，多数国家都注意保存著名作家的故居。但我是巴老的亲属，明知他不赞成，当然不愿做违反他心愿的事。

1956年冬，巴金第三次回成都，在正通顺街故居原址前留影

1987年10月8日巴金参观"双眼井"

由于存在各种困难,加上我不积极,恢复巴老故居的筹备工作一直没有进展。但巴老很不放心。1986年10月3日,巴老去杭州休息之前写信给我:

> 我想谈谈故居的事,一直没有工夫写出来。我的意思就是:不要重建我的故居,不要花国家的钱搞我的纪念。旅游局搞什么花园,我不发表意见,那是做生意,可能不会白花钱。但是关于我本人,我的一切都不值得宣传、表扬。只有极少数几本作品还可以流传一段时期,我的作品存在,我心里的火就不会熄灭。这就够了。我不愿意让人记住我的名字,只要有时重印一两本我的作品,我就满意了。

不久,我又接到巴老当月21日的信。他说:"我耳病未愈,无法跟你通电话，否则就用不着写信了；写信在我是件苦事。但不写信又怎么办？你知道我的想法吗？我准备写封长信谈谈我对'故居'的意见（也就是说我不赞成花国家的钱重建故居），以为在杭州可以写成。想不到十一天中一字也未写，因为没有精力，也没有时间。回到上海更没有办法。现在把第五卷的《后记》寄给你，你不妨多想想我那句话的意思：'我必须用最后的言行证明我不是盗名欺世的骗子。'"30日，巴老又在给我的信上说，"关于故居的事就这样说定了。不修旧宅，不花国家的钱搞这样的纪念，印几本《选集》就够了"。

巴老1987年10月回成都，到故居参观。当时，原来的住房都没有了。从故居出来，大家陪巴老去看街旁的双眼井。巴老由人扶着，满怀深情地站在井旁，弯着腰望井底。时代不断地变化，双眼井是历史的见证。我不禁想起巴老给我说过的一句话："只要双眼井在，我回四川还可以找到旧时的脚印。"

把好不做"名人"这个关

人民文学出版社编辑《巴金全集》时，拟编两卷巴金的日记。巴老委托我替他校看日记原稿。四川出版界一位朋友知道这个情况后，建议由四川出版日记的单行本。

1991年冬我去上海，向巴老转达了这位朋友的请求。巴老有些犹豫，我说："《鲁迅日记》也有单行本，您的日记也可以出单行本。"在我的再三要求下，巴老勉强同意了。

我回成都不久，外甥李舒给我带来巴老的信：

关于日记我考虑了两个晚上，决定除收进《全集》外不另外出版发行，因为这两卷书对读者无大用处（可能对少数研究我作品的人提供一点线索）。我没有理由出了又出、印了又印，浪费纸张。我最近刚看过这些日记，里面还有些违心之论，你也主张删去，难道还要翻印出来，使自己看了不痛快，别人也不高兴？你刚来信说你尊重我的人品，那么你就不该鼓励我出版日记。这日记只是我的备忘录，只有把我当成"名人"才肯出版这样东西。我要证明自己不愿做"名人"，我就得把紧这个关，做到言行一致。对读者我也有责任。我出一本书总有我的想法。为什么要出日记的单行本？我答应你，也只是为了不使你失望。几十年前我曾经责备自己拿作品应酬人，因此大发牢骚，今天在我搁笔的时候我不能再勉强自己了，何况《全集》出版之后另出日记单行本还要同人文社办交涉。

一句话，日记不另出单行本。

回想起来，我当初想得太简单。《鲁迅日记》是在鲁迅逝世后多年出版的，他在世时也可能不同意。巴老同意把他的日记编入全集，仅仅是为了"对少数研究"他的"作品的人提供一点线索"，但他反对"出了又出、印了又印，浪费纸张"。特别是巴老强调"日记只是我的备忘录，只有把我当成'名人'才肯出版这样东西。我要证明自己不愿做'名人'，我就得把紧这个关，做到言行一致"，使我深感自己对巴老的理解还很不够。惭愧之余，我立即给巴老去信表示尊重他的决定，并把巴老的决定转告给出版界的那位朋友。

一年以后，即1992年9月15日（当时我暂住美国），巴老在《巴金全集》第二十五卷的《代跋》中又提到这个过程：

在这之前，四川的出版社曾向我组稿，要求单印我的日记，我答应了李致，后来忽然想起我写的日记只是写给自己的备忘录，明明是为自己服务的，并无出版单行本的必要，便通知李致收回了诺言。

对人对己

巴老年高且身体不好,又有繁重的写作计划。他怕干扰,我们也不愿干扰他。但许多人都想看看巴老,或请他写文章、题字,或为他拍照、摄像。遇到这些要求,我总是加以解释,希望得到谅解。

但有时也有例外。

1991年秋,时任成都市第二中学校长张珍健同志来到我家。他是巴老的读者,十分崇敬巴老的作品和人品。为迎接"巴金国际学术讨论会"在成都举行,他用了半年时间把巴老作品的书名刻成五十六方印章,并请艾芜老人题签。他希望我为他介绍,以便他到上海把这些印章送给巴老。

珍健同志幼时患骨结核双腿致残,一生拄着双拐。看见他诚恳的态度和辛苦的劳动,我委实被感动,也犹豫了。我向他说明了巴老的近况,试图寻找一个折中方案:我去信征求巴老的意见,能否用十五分钟时间会见他。珍健同志表示同意,愿意静候佳音。

不久巴老即回了信:

张珍健同志要送我七十多个印章①，我感谢他的好意，但是我不愿意举行一种接受的仪式，让人们谈论、看热闹，也不愿意让他把印章送到上海亲手交给我，只为了一刻钟的会见。这样做，我仍然感到很吃力，而且显得不近人情。总之烦你告诉张同志，不要来上海送印章，他的好意我心领了。我看由慧园②代收，不好吗？将来还可以在慧园展览。

读完信，我感到自己考虑很不周到。我虽然没有建议举行"接受的仪式"，但的确没有想到"为了一刻钟的会见"，让珍健同志专程到上海"显得不近人情"。我当然得尊重巴老的意见，便给珍健同志打了电话，委婉地作了解释，请他谅解。

我1992年春去美国探亲，在波特兰住了八个多月。1993年回到成都，偶然在《读书人》杂志上看到珍健同志的文章《巴金访问记》。原来珍健同志已在1992年秋到上海看望了巴老。当时，我外甥李舒（他为巴老做秘书工作）为珍健同志开了门。巴老收到《印谱》以后，既高兴又谦虚地说："你不值得花这么多时间和功夫，我过去那些书都是乱写的，没有多大意思。"巴老和珍健同志交谈了五十多分钟，送了一部"激流三部曲"给他，并题字签名。临别的时候，八十七岁高龄且举步维艰的巴老，坚持把珍健同志送到大门外。珍健同志一再请巴老留步，巴老却说："你不远千里专程来访，我送送你是应该的。"

巴老就是这样对人对己的。

1996年4月20日

---

① 此处巴金记忆有误，应为五十六方印章。

② 慧园：位于成都百花潭公园内，建于20世纪80年代。其景观和布局多以巴金作品《家》中李家花园及部分建筑为蓝本。辟有陈列室，陈列有巴金的手稿、书籍及照片等。

为人着想

——巴金与我的藏书

我是受五四新文学影响成长的,因此喜欢藏书。上学的时候,零花钱不多,仅有的钱大多用在买书上。1949年前,我从旧书摊买齐了鲁迅的小说和杂文集,还有一些翻译小说,居然有一箱藏书。1949年夏,党的地下组织要我从重庆撤退到成都,我把一箱书寄放在一个朋友家。一解放,这位朋友本着共产主义精神把书全部捐赠给图书馆,我于是成了80年代流行歌曲所唱的"一无所有"。

20世纪50年代,从零开始,我又买书。这时,除文艺书籍外,我还买一些政治和历史书籍。1955年5月,四爸巴金从印度回国,路经重庆,打电话找到我。这是我长大以后第一次看见他。彼此询问了对方的近况,谈得很愉快。临别时他关切地对我说:"你喜欢读书,以后需要什么书来信告诉我,我可以送你。"我丝毫没有客气,立即表示感谢。

从此,巴老常寄书给我。不论我从重庆调到成都,从成都调到北京,只要我提出要求,巴老总是有求必应。例如《契诃夫小说选》,三十几本,他基本上为我找全。60年代,《欧阳海之歌》刚一出版,他即主动寄给我,当时我在辽宁参加"四清"。许多同志表示羡慕,排队向我借阅。由于书价低,我经常也买书,在藏书上逐渐"先富起来"。

1955年春，巴金路过重庆，这是李致成人后第一次见巴金

1964年，我第一次到上海。巴老领我参观他的藏书。大小共六七间屋子，许多书柜和书架，还有一些书刊堆在地板上。这书的海洋深深地吸引了我，但可望而不可即。

"文革"一开始，我和巴老都在异地受审，在1972年才重新取得联系。第二年我调到四川人民出版社工作，又开始向巴老要书。当时，巴老的书早被封存，但我仍能得到一些书。例如《屠格涅夫散文诗》《罗亭》《约翰·克里斯朵夫》《稼轩长短句》《今古奇观》《元杂剧选》《康熙字典》等。每收到巴老寄来的书，我都写信感谢。1967年1月20日，巴老在给我的信上说："寄点书给你，算不上什么，只希望你好好工作，能做出点成绩。我的书房还没有启封……不过里面大部分是成套的外文书，我一时也用不着。外面的书也不少，我有时还送点书给别人。还有小林、小棠也拿了些书去。给小林的最多，你是第二。"

我经常患眼病，1975年住院治疗几个月。巴老很关心，来信

说:"我觉得更重要的还是你的眼睛、你的身体,你要注意,为了更好地工作。"稍好一点,我闲不住,又想看书。不久,巴老寄了一套旧版本《镜花缘》给我,并在信上说:"《镜花缘》找全了,这是大字本,看起来方便些。"当我靠在病床上翻大字本的《镜花缘》时,深感巴老在这些细小的问题上都能为人着想。

2001年,李致在家里的书柜前,其中有价值的书大多是巴金送的

粉碎"四人帮"以后,巴老恢复名誉,存款也解冻。当时我一年要去上海两次,每次去一般都要与巴老谈到深夜。有一次长谈快结束时,巴老问我:"你一年要花多少钱买书?"

我无法细算,仅估计了一下,说:"大约三百元。"

他说:"你把发票留着,定期到我这儿来报销。"

我对巴老的关切十分感动,但思想上极为矛盾。经过短时间的思考,我回答说:"按我和你的关系和感情,你给我什么我都愿意接受,但你最好不给我钱。因为我怕别人误以为我与你接触是为了向你要钱。"我之所以这样说,是确有个别人因为巴老爱帮助人,便随意向巴老要钱。

巴老理解人尊重人,立即说:"好,我还是送书给你。"

为了藏书,我有时也向十二孃和小幺爸要书,巴老却说:"你

不要向小幺爸要书，他还有三个女儿，应该留给她们读。"我听了感到很惭愧，为什么我没有为人着想呢？我把巴老的提醒当批评，举一反三，感到自己的思想境界与巴老有很大的差距。

大概有四五年的时间，我常向巴老要书。有一次在上海，心直口快的九姑妈批评我："老五，你光晓得向四爸要书，他年纪这么大了，要找书、包书、写封皮，然后提着书从武康路到淮海路邮局去寄。他受得了吗？"

我接受了九姑妈的批评，从此没有写信向巴老要书。按照巴老的意见，改为我到上海时自己把书带回。以后去上海的时间少了，巴老给我的书一般请我的外甥李舒带给我。有一次巴老来信说："画册给你留一本在这里。李舒带的东西太多，我不好意思增加他的负担。"由此可见巴老处处为人着想。

巴老戏称我为"藏书家"，有些版本好的书，他特别要送给我。在我的藏书中，有价值的书大多是巴老送的。这些年每看见自己的藏书，既感到巴老对我的爱，又想起九姑妈的批评。我仿佛看见若干年前，七十高龄的巴老忙着为我找书、包书、写封皮，然后一个人提着书到邮局去寄。我现在还不到七十，多做一点事、多走一点路就感到累，而巴老当时的年龄比我现在还大。我怎么那样不懂事，不为人着想？问心有愧。

巴老常说他欠了债，要还清。我欠了巴老的债，也要一笔笔地清偿。

1998年2月13日

要有信仰

——《巴金教我做人》后记

受采臣叔的鼓励和督促，我编写了这本书。编辑同志要我写一篇后记。其实我的意图，一看书就明白，用不着再做说明。还是写一些与巴老有关的事。

我父亲是巴老的大哥。我出生的时候，巴老刚从法国回国不久，住在上海。1941年和1942年，巴老两次回成都，我正上小学，还是一个调皮的孩子。十三年后我在重庆看见巴老，才与他建立联系。我是巴老忠实的读者，他的许多书曾一次又一次地打动我的心，启迪我去追求真理。我信仰他主张的"生命的意义在于奉献，而不在于索取"。我很看重这一点，认为它远在我们亲密的血缘关系之上。然而，对巴老更深一层的理解则是在"十年浩劫"之中。正如一位评论家所说："正是在这前后，李致走进了巴金的心灵——对'四人帮'的憎恨，使两代人的心如此节拍与共，和谐相生。"在黑暗的日子里期盼光明，那历程是多么痛苦和漫长呵！"四人帮"垮台，我们欢欣若狂。巴老在给我的信上声讨"四人帮"的罪行。我则骑着自行车把巴老重新提笔写的第一篇散文《一封信》，送给他在成都的亲友阅读。以后，四川不仅出版了巴老自选的《巴金选集》（十卷本），而且出版了包括《随想录》在内的粉碎"四人帮"以后巴老所写的全部著作《讲真话的书》。

早在60年代初期，原《中国青年》杂志总编辑邢方群同志（他是巴金的三哥李尧林的学生），曾建议我利用自己的有利条件，做一些有关巴金的研究工作。当时正处在以"阶级斗争为纲"的时期，尽管我喜欢文学又喜欢写作，但早已吃过苦头，不愿再去"触雷"。"文革"期间，张春桥、姚文元一伙，全面否定巴老的著作，引起了我的不平。粉碎"四人帮"以后，我产生了要为巴老的书说"公道话"的愿望。可是我忙于工作还没有顾上写作，已有许多人出来写文章了。为巴老写传或写评传，徐开垒和李存光等经过多年积累和研究，也先后出书。巴老既看重作文，更看重做人。与巴老多年接触，在这方面我有许多感受。我并没有一套写作计划，也没有专门采访过巴老，但总不断有感情要倾吐。这样，我着重在巴老做人和教我做人上，写了一些散文。我愿意有更多的人了解巴老的为人，从中汲取有益于自己的东西。

我说我信仰巴老的许多主张，远超过我们亲密的血缘关系，并不是说我看轻血缘关系。巴老说我父亲是爱他"最深的人"之一，

"文革"后，巴金提笔写的第一篇散文《一封信》，发表于《文汇报》

1991年冬，李致去上海看望巴金，与巴金、李小林合影

还说我父亲是他"一生爱得更多的人"。由于巴老与我父亲的关系，他自然很爱我和我的几个姐姐。巴老1941年第一次回成都，发现我患疟疾，就为我买了一种叫"扑疟母星"的药。我上中学的学费是巴老供给的。我因所谓"胡风问题"受审查，他在全国人代会上向任白戈打听我的情况。我不断向他要书，他有求必应。经历了"文革"，我和巴老加深理解，感情也更深厚。我在出版社工作那几年，我们每年要见两三次面，无所不谈。白天在客厅谈，散步时也谈，总是互相抢着说话。晚上在书房谈，直到深夜，往往要姑妈来提醒几次才结束。这些谈话在我心里留下深刻印象，无法一一列举。记得1995年4月一个下午，我和巴老一起散步。他对我说："我要言行一致，把各种事情处理好。特别要做到：一不自私，二不爱钱。我不希求什么，我的许多东西以后都要捐献出来。"巴老很少称赞我，更多的是提醒，有时也批评。有一次，他风趣地对我说："我正在给你打分。"但没有说他给我打了多少分。有段时期我为

社会上的一些不良现象感到苦闷和困惑，他说："要有信仰。人类一定有希望，也一定有好人。说句笑话，坏人也得依赖好人才能存在，否则就无所谓好人或坏人之分。"现在想起来这些话，我仍感慨不已。巴老很爱我，我也很爱他，但他为我做得很多，我为他却做得很少。我说过我欠了巴老很多债，将认真反思和努力清偿。

巴老曾对我说，他给两个人写信最多：一是王仰晨[①]，一是我。本书编选巴老给我的信并非全部信件。"文革"中造反派拿走近五十封信，石沉大海。有些信涉及某些单位和人，没有选录。已选编的信，除一两封外，都编入《巴金全集·书信篇》。只是《书信篇》发行量不大，很多读者没有看到。

目前非畅销书的出版很困难。我是一个老出版工作者，深知其中的原因。为此，感谢宁夏人民出版社能出版我这本书。

1998年6月28日

---

① 王仰晨：巴金的朋友，人民文学出版社编审。

只有讲真话的人才可能追求到真理[①]

今天，我们在一起庆祝巴老百岁华诞。我代表四川省文联和全省文艺工作者，向巴老表示衷心的祝贺。

作家巴金，从事创作七十多年，著译一千二百多万字。他的小说"激流三部曲"（即《家》《春》《秋》），反对封建礼教和专制，鼓励青年奋起反抗争取自由，整整影响了几代人。"十年浩劫"中，巴老无论精神和肉体，都受到摧残，被迫停笔。"文革"以后，巴老独立思考，讲真话，反思和抨击"文化大革命"，并严于解剖自己。他的力作《随想录》，受到广大读者的欢迎。人们喜爱巴老的作品，敬重巴老的人品，称巴老为"20世纪中国知识分子的良知"。

巴老一贯说自己不是为当作家而提笔的，他甚至不承认自己是文学家。他说："我写作不是因为我有才华，而是我有感情，对我的祖国和同胞，我有无限的爱，我用我的作品来表达我的感情。"他还说，"我写作是为了同敌人战斗。""一切旧的传统观念，一切阻止社会进步和人性发展的不合理的制度，一切摧残爱的势力，它们都是我最大的敌人。"

至于文学，巴老的看法是："人为什么需要文学？需要它来清

[①] 本文系在四川省庆祝巴金百岁华诞座谈会上的讲话。

四川省庆贺巴金百岁华诞座谈会现场

除我们心灵中的垃圾，需要它给我们带来希望，带来勇气，带来力量。"他还说，"文学的目的是要人变得更好。"

巴老曾对我说过："能够多活，我当然高兴，但是我离开世界之前，希望更多的人理解我。"得到人们的理解，不是一件容易的事。其实，广大读者是理解巴老的。但是由于种种原因，半个世纪以来，巴老受到过一些误解和指责。

"无政府主义者"这个称谓，就是对巴金的指责。中国的知识分子追求真理的道路十分曲折。巴金在早期信仰过无政府主义，许多知识分子如此，毛泽东也如此。无政府主义反对权威、反对专制，虽然在如何建立大同世界上有空想的成分，属于空想的社会主义，但是在反对旧社会、旧的专制统治上，起过积极的作用。巴金早年是无政府主义者，同时也是爱国主义者和人道主义者。他参加新思想启蒙运动，继而又坚决拥护抗日战争和反对国民党的独裁统治。鲁迅早在30年代就称赞"巴金是一个有热情的有进步思想的作家，在屈指可数的好作家之列的作家"。

巴金文学院成立二十周年庆祝大会现场

　　从20世纪四五十年代开始，一些评论家指责巴金的作品没有给读者指路。他们认为巴金只是揭露了旧社会的腐朽，但青年人离开封建家庭以后干什么，巴金没有指明出路。毛泽东为建立新中国做出了重大贡献，但是在他晚年出现了"文化大革命"。邓小平主张改革开放，具体怎么做，他认为只有"摸着石头过河"——这是科学的态度。伟大的政治家尚且如此，怎么能苛求一位作家来指路呢？如果谈到巴金著作的影响，当年有人在延安做过调查，不少知识分子是受巴金小说《家》的影响而投身革命的。这个情况，毛泽东在1945年去重庆和谈时对巴金说过。如此看来，巴金的作品是有利于革命，有利于社会进步的。

　　20世纪80年代，巴金提倡讲真话。有些理论家指责说，真话不等于真理。真话的确不等于真理，这是两个不同范畴的概念。讲真话是针对讲假话而言的，不能因为真话不等于真理而反对讲真话。如果一定要把真话与真理联系在一起，应该说：只有讲真话的人才可能追求到真理，讲假话的人永远与真理绝缘。

　　随着时间的推移，人们已经不难看清谁是谁非了。

巴金文学院成立二十周年庆祝大会主席台。前排左一为马识途，左二为吉狄马加

巴老坚信："生命的意义在于奉献，而不是索取。"巴老就是凭着这一信念来写作和做人的。他晚年患帕金森病，提笔重似千斤，仍然坚持笔耕。同时，为了表示不做盗名欺世的骗子，他用行动来补写他用笔没有写出来的一切。

我无法在此一一叙述巴老的为人，只举一个例子：海内外许多人希望恢复巴老在成都的故居。20世纪80年代初，省里曾决定成立筹建故居小组，马识途同志为召集人，我也是小组成员之一。筹建工作没有进展，重要原因之一，是巴老不赞成花国家的钱重建故居。1986年10月3日，巴老写信对我说："我想谈谈故居的事，一直没有工夫写出来。我的意思就是：不要重建我的故居，不要花国家的钱搞我的纪念。……关于我本人，我的一切都不值得宣传、表扬。只有极少数几本作品还可以流传一段时期，我的作品存在，我心里的火就不会熄灭。这就够了。我不愿意让人记住我的名字，只要有时重印一两本我的作品，我就满意了。"

巴老对祖国和人民的热爱，必然反映在对家乡的热爱上。巴老1923年离开成都去南京求学，后来又去法国留学。因为对故乡的眷

四川代表团到上海市华东医院祝贺巴金百年华诞。左为巴金的女儿李小林，中为代表团副团长龚炤祥

念，以后四次回到四川。"文革"后，由于经历了"十年浩劫"，由于高龄，他不止一次地说："近年来我非常想念家乡，大概是到了叶落归根的时候吧！"一时没有回来，连歌曲也常引起他的思乡之情。他很喜欢《那就是我》这首歌。他说："歌声像湖上的微风吹过我的心上，我的心随着它回到了我的童年，回到了我的家乡。"1987年金秋十月，巴老终于再次回到四川，在故乡待了十七天。巴老离开故乡回上海后，很快写来一封信："我已回到上海，正点到达。眼前全是上海的景物，仿佛做了一个美好的梦。十七天过得这样快！我说我返川为了还债，可是旧债未还清，又欠上了新债。多少人、多少事牵动着我的心，为了这个我也得活下去，为了这个我也得写下去。"这以后，巴老常说："现在我哪儿也不去，就想再回四川一次。"可惜由于健康的原因，巴老这个愿望已经无法实现。

家乡人民对巴老充满感情。在巴老进入百岁之际，四川省委、省政府，有关部门，广大读者，有关各界开展了庆祝活动，出现了不少动人的故事。巴老一向不张扬自己，不讲排场，怕惊扰别人。

我想，如果他知道这些情况，除对大家的盛情由衷地感谢之外，他一定会用纯正的四川话连声说："不敢当！"

大半年来，因为庆祝巴金百岁华诞，我接触到一些年轻朋友，他们尊敬巴老，热心各种庆祝活动，但却很少（或没有）读过巴老的书。因此，在一次答记者问时，我说："对年轻人来说，如有条件，最好读几本巴老的书。"

今天，我们在巴金文学院开会，巴老在上海华东医院治病。虽然远隔千里，但我们和巴老却靠得很近。宏伟的事业和故乡情结，使我们的心和巴老的心，永远在一起。

2003年11月21日

从"存目"谈起
——兼致范用兄[1]

在摧毁文化的"文化大革命"中,几乎所有的作家都成了被"革命"的对象,被迫停笔。粉碎"四人帮"之后,广大读者迫切希望了解作家,特别是老作家的信息,渴望读到他们的文章。四川人民出版社察觉到读者的感情和需要,出版了老作家的《近作》,首先出版的是《巴金近作》。《巴金近作》之后出了四本,分别为《巴金近作》(第二集)、《心里话》《探索与回忆》及近作合集《讲真话的书》。《讲真话的书》书名是时任四川文艺出版社总编辑杨字心同志建议的。

改革开放的前十年,极左思潮时隐时现。对巴金的《随想录》,有人指责他不该赞同赵丹"管得太具体,文艺没希望"的遗言;指责他几次谈"小骗子",揭露了"阴暗面";指责他主张讲真话,因为"真话不等于真理";等等。曾经有人企图把巴金作为资产阶级自由化的代表人物,更有甚者,叫嚷要"枪毙巴……"出版巴金的书难免没有一点风险。幸好任白戈[2]非常关心四川的出版工作。当我们谈到这些为难之处时,他说:"巴金是国内外有影响的

---

[1] 范用:资深出版人,曾任生活·读书·新知三联书店总经理。

[2] 任白戈:曾任中共重庆市委书记、西南局书记处书记,"文革"中在全国被点名批判,80年代初任四川省政协主席。

作家，他的某些见解，有人一时不理解。但巴金送来的书稿，出版社一定要出版。如有人反对，我会出来为你们说话。"他的支持，增强了我们出书的勇气。书的发行量大，影响更大。

在出版《讲真话的书》之前，正碰上一次不是运动的运动，极左思潮再度抬头。我时任中共四川省委宣传部副部长，分管文艺和出版工作。和省委常委、宣传部长许川一起，从实际出发并为稳定人心，公开表示四川文艺界的主流是好的，尚未发现资产阶级自由化的代表人物，即有人指责我们包庇有问题的人，助长"资产阶级自由化"的倾向。当时，文艺出版社曾被停业整顿，刚恢复出书不久。……在这种形势下，我几次去上海与巴老商量：一、推迟出书时间；二、用"存目"的方法出书，即抽掉三篇文章，在目录上保留题目，注明"存目"二字。1987年4月14日，巴老来信说："在这段时间里，我最好保持沉默，沉默对我养病有好处。因此《近作》暂时不出也好。对所谓《巴金传》我也是这样的看法。我现在考虑的是国家民族的前途，不是个人的名义。"以后，巴老认为，不要因为两三篇文章，影响到其他大量文章不能与读者见面，原则上决定采用"存目"的办法。1989年8月26日，巴老在给我的信中，一开始就说："我同意用'存目'的办法，反正你是责任编辑[1]。我不会让你为难。"在编书的过程中，我认为原拟抽掉的三篇文章中的两篇文章，可能不会让别人抓住辫子，只决定把《"文革"博物馆》一篇"存目"。因为在这篇文章里，巴老不赞成前几年的"清除精神污染"。为此，我委托去北京参加会议的张仲炎[2]，代我请示时任中宣部分管文艺的副部长贺敬之。仲炎回成都后告诉我："敬之同志说完全相信李致会处理好这个问题。"这样，巴老从粉碎"四人帮"到1990年的全部著作（包括《随想录》在内），以《讲

---

[1] 李致是特约编辑，责任编辑是戴安常。
[2] 张仲炎：时任中共四川省委宣传部副部长。

《讲真话的书》及《随想录》单行本

真话的书》为名，终于出版了。

  1990年12月25日，巴老在给我的信中说："书三十二册收到，你们辛苦了，印刷装帧都还过得去，我相当满意。感到遗憾的是漏掉了几篇文章（如译文选集小序等），和用'存目'的办法删去了一篇'随想'。特别是后者，这一办法本身就是一篇'随想'。读者会明白这个意思。这次寄来的是精装本。三十二册已经够了。一定还有平装本，也寄点来吧。在四川恐怕这是我的最后一本书了。"

  "存目"的办法，我是从巴老那里学来的。1980年，主管意识形态的最高官员提出不写"文革"的主张，巴老在香港《大公报》发表的《随想录七十二·怀念鲁迅先生》一文，其中不仅涉及"文革"的话被删去，"甚至鲁迅先生讲过的他是'一条牛，吃的是草，挤出来的是奶、血'的话也一笔勾销了，因为'牛'和'牛棚'有关"。巴老很不高兴，决定终止为《大公报》写专栏。巴老给主管意识形态的最高官员写信，表示"我就是你这个主张的受害者"。这是当年巴老告诉我的。以后，《大公报》有关人员向巴老表示歉意，巴老才继续为专栏写稿。巴老为此写了《"鹰之歌"》

巴老因患帕金森病，举笔重千斤

说明此事。在香港出版《真话集》时，巴老在目录《"鹰之歌"》下，用了"存目"的办法。

1992年，小平同志在南方作了重要谈话，政治环境较为宽松。《讲真话的书》再版时补收了《"文革"博物馆》，去掉了"存目"。一些人开始议论《讲真话的书》初版所采用"存目"的办法。其中多数人不了解事情的由来，认为巴老的文章非常重要，怎么能抽去一篇呢？我完全理解他们关注和尊重巴老的心情。只是有的人，不知出于什么目的，对"存目"这种做法，专门发表文章，将矛头直指时任宣传部副部长的我，说我是背着巴老干的（或强迫巴老同意的）；又指责说，"存目"者，"开天窗"也，只有在解放前对国民党采用这种办法。解放后的书，没有出现过"开天窗"，这本书创新中国以来"开天窗"之首例。我真不知道是批评我右了还是"左"了，是保守还是冒进，是怯弱还是逞能？……事后一想：这实际上是在向官方"举报"我，但毕竟时代不同了，领导没上当,我也没受到惩罚。

不能说这种指责对我没有干扰。但是,十四年来(1990年至今),我没有发表过巴老的信,也没有写过文章为自己辩护。原因很简单,我不愿意巴老为这本书增添烦恼。同时,我坚信巴老说的:"读者会明白这个意思。"随着时间的推移,已逐渐证实这一点。

去年在《文汇读书周报》读到范用兄的文章。尽管范兄不知道"存目"的由来,却说了这样一段话:

> 曾有温姗先生在香港《大公报》副刊发表文章议论此事:把巴老这篇文章免登的做法极不可取;但是,编者仍然"存目"还有可取之处,至少他们有勇气告诉读者这里本来应有如此一篇文章,让读者去思索个"为什么",而且引火烧身地招来对他们的批评。如果他们干脆连目录都删去,作者、读者更是连话也说不出一句,岂不省事?

这种理解是很可贵的。

早在1981年,巴老就说:"我一不怕死,二不怕苦,只是热爱社会主义祖国和人民。长官点名,我不会害怕。倘使一经点名,我就垮下,那算什么作家?""文革"博物馆是巴老倡议的,巴老一直坚持这个主张,从未退缩。巴老为保护出版社,避免授人以"柄",同意"存目",是在特定条件下的坚持。我有责任把事情说清楚,以免有人或明或暗地向巴老泼脏水。此时此刻,巴老躺在病床上,我不担心给他增添烦恼了。

这篇短文也是我给范用兄的信。

2004年9月18日

附 记

此文收入文汇出版社2004年出版的《生命的开花》一书,同时作为附录收入四川文艺出版社2018年版《讲真话的书》。

文中所指针对我专门发表文章的是四川省曲艺团的贺星寒。贺星寒后因病去世。他重病期间我曾去医院看望,去世后亦去灵堂吊唁。他的文章刊于1993年第7期《炎黄春秋》杂志,责任编辑为杜导正。《炎黄春秋》是我一直订阅和喜爱的杂志,可惜此文失实。

2018年8月6日

《寒夜》与光明[1]

很高兴能出席《寒夜》电视剧开机仪式。

《寒夜》是巴老在20世纪40年代中期,用两年时间时断时续完成的长篇小说,也是他的最后一部长篇小说。脱稿的时间是1946年12月31日深夜,距今正好六十年。《寒夜》写的是抗日战争时期的重庆,书中的主要人物生活十分痛苦和无奈,矛盾冲突既频繁又激烈,人性受到严重的扭曲。巴老真实地写了人性,写了人性的扭曲,十分感人,达到很高的艺术成就。巴老说:我的目的无非要让人看见旧社会、旧制度是什么样子,好人得不到好报,我要替那些小人物申冤。"我如果不能替他们申冤,至少也得绘下他们的影像,留作纪念,让我永远记住他们,让旁人不要学他们的榜样。"

《寒夜》刚出版的时候,一位"批评家"指责作者不敢"面

李致在《寒夜》开机仪式上讲话

---

[1] 本文系在上海出席《寒夜》电视剧开机仪式上的讲话。

对鲜血淋淋的现实",甚至因为没有喊"哎哟哟,黎明",主张把巴金这类作者"捉起来吊死"。现在想起来,像是在听一段无知的笑话。

我生在成都,在旧社会生活了二十年,接触过不少像汪文宣这样的小人物,其中包括我的长辈。1947年初,因为参加学生运动,我被成都的学校变相开除,去了重庆。巴老在重庆民国路一四五号文化生活出版社开始写《寒夜》,他熟悉民国路和附近的街道。我也在民国路一四五号三楼住过,也常在附近走动,对《寒夜》所写的内容和环境,有一种亲切感。

20世纪80年代,有一次我在上海和巴老一起散步,曾经谈到小说《寒夜》。巴老告诉我:在《寒夜》日译本的"书带"上,有人指出这是一本充满希望的书;在法国也有读者说,读了《寒夜》,他感到光明。希望是什么?光明在哪里?我的理解是:不是要把主人公变成娜拉或变成觉慧,更不是要把他们变成斗争的勇士,而是通过深入描写这些小人物在旧社会的痛苦和悲惨的结局,使读者记

《寒夜》主演:刘涛(左)、吕中(中)、赵文瑄(右)

住他们，以他们为戒。巴老说，书中的"三个人都不是正面人物，也都不是反面人物；每个人有是也有非；我全同情。……不能责备他们三个人，罪在当时的旧社会、旧制度。我发表《寒夜》，明明是宣判旧社会旧制度的死刑，我有一个坚定的信念：它一定灭亡。其实，早在40年代初，巴老在散文《长夜》里说："这是光明的呼声，它会把白昼给我们唤醒。漫漫的长夜逼近它的终点了。"拍电视剧《寒夜》，无非是让人们记住这段不应遗忘的历史。电视剧是另一种艺术门类，改编是再度创作，为了适应新的审美观念，必然要在原著的基础上有所挖掘和延伸，但只要把握住巴老上述的要点，就不会违背原著的初衷。

改革开放以来，国家发生巨大的变化，人民生活有所提高。经济转型期间，难免出现各种问题。弱势群体的存在，就是问题之一。他们生活困难，看不起病，孩子读不起书；外出打工有时拿不到工资，又没钱打官司；造成精神抑郁，产生许多不必要的矛盾和冲突；等等。政府关心弱势群体，为他们解决了一些问题。文艺家在歌颂巨大变化的同时，也需要关注弱势群体，为他们呼吁，为他们鸣不平。从这个意义讲，拍摄《寒夜》有很强的现实意义。

上海电视台是我国有影响的电视台，80年代曾与四川电视台合拍电视剧《家·春·秋》，取得很好的效益。这次，以上海为主，有关电视台和有关文化单位参与，四川电视台共襄盛举。中央电视台也很重视拍摄《寒夜》。两岸著名的演艺家共同合作。这对广大观众很有吸引力。

今天是巴老逝世一周年。巴老是作家，出版他的书，研究他的作品，通过电视传媒让他的作品与更多的观众见面，是对巴老最好的纪念。

预祝《寒夜》电视剧拍摄成功！

2006年10月17日

读几本巴金的著作
——《四川日报》记者曾鸣专访

问：离巴老百岁，只有几个月了，大家都很高兴。您有什么想法？

答：今年，巴老进入百岁。人们尊誉巴老为"世纪良知"，当然很看重巴老的百岁华诞。文艺界、出版界、广大读者、新闻媒体，都计划或开始搞一些庆贺活动。我理解人们的心情。作为巴老的亲属，我衷心地表示感谢。

问：您如何看待这些庆贺活动？

答：巴老是作家。他从1927年开始创作，到写最后一篇《怀念曹禺》为止，历时七十多年，著译一千二百多万字。他的代表作《家》《春》《秋》影响了几代人。毛泽东在1945年说过，当年做过调查，许多知识青年去延安，都与读过小说《家》有关。巴老晚年的力作《随想录》，主张讲真话，以切身的感受否定"文化大革命"，并严于解剖自己，启迪了众多人的思想。祝贺巴老百岁的活动，无论是出版巴老的著作，研究他的作品，讨论他的创作思想，介绍他与创作有关的历程等，都是很有意义的事。

问：巴老平常怎样对待自己的生日？

答：巴老是一个真诚朴实的人。他不喜宣扬自己。平常，遇到他的生日，一般是与家人一起吃一碗寿面，如此而已。为避免惊动别人，有时还要"躲生"。"文革"后，每逢生日，不少读者和文艺界的朋友来祝贺，他也很不安。年届耄耋，身体不好，无处可"躲"。巴老有几次过生日，我恰好在上海，目睹他寿辰那天，因为客人很多，他一一接待，疲惫不堪。目前，巴老的病情虽然相对稳定，但身体仍很脆弱，抵抗力差。为保证巴老的健康，避免感染，一般人都不去看望他。医院也控制得很严。我相信大家能理解这一点，不去（更不组织人去）上海贺生。

问：您认为什么是最好的庆贺活动？

答：我说不出来什么是最好的，但不论什么活动，不要铺张浪费，不要劳民伤财。对年轻人来说，如有条件，最好是读几本巴老的书。我接受过一些采访，发现有些年轻的记者朋友，虽然很热情，但并没读（或很少读）巴老的书。小学生搞一些活动了解巴老，也不是不可以，但如能帮助他们选读一些适合他们阅读的巴老的作品，效果会更好。

问：作为中小学生，应该向巴老学什么？

答：十几年前，成都市中小学开展"向巴金爷爷学习"的活动，我就想过这个问题。我觉得有三点：第一，学巴金爷爷爱祖国、爱人民；第二，学习巴金讲奉献的精神——"生命的意义在于奉献，而不是索取"；第三，从小学做诚实、讲真话的人。当然，得提供一些巴老的原著供他们阅读。

问：您如何看待东城根街小学希望更名为巴金小学？

答：东城根街小学是一所很好的学校。该校的同学十几年前就与巴老有联系，巴老也给他们回过信。学校一贯注意引导学生向巴老学习。全校师生希望更名为巴金小学，这个心情是可以理解的。

问题是巴老从不愿宣扬自己，反对修复他的旧居，不赞成建立巴金文学奖，等等。我相信，学校师生会尊重巴老的意愿。不命名为巴金小学，并不妨碍小朋友们继续向巴老学习，做像巴老所期望的好孩子。

问：前不久，又有团体推荐巴老为诺贝尔文学奖候选人，您有何看法？

答：感谢许多人对巴老的信任。巴老为人民写作，不在乎获什么奖，当什么"文化偶像"，获多少票名列第几。至于诺贝尔奖，自然科学方面的奖评选标准容易掌握，文学奖、和平奖之类受意识形态影响很大（有位记者把我这句话报道为"文学奖是意识流类的"，令人莫名其妙），所以不必去争取。这一点，我曾与全美中国作家联谊会会长冰凌先生诚恳坦率地交换过意见。我再次建议媒体不必为诺贝尔文学奖炒作。

问：您个人准备怎样庆贺巴老百岁？

答：我与巴老多年接触，了解他的为人。他用身教言教，教我做人。在这方面我感受颇深，为倾吐自己的感情，我写了一些散文随笔，整理了几篇日记。在汪致正的策划下，生活读书·新知·三联书店拟在近期出版《我的四爸巴金》一书。我将把这本书作为百岁礼物献给巴老。

问：谢谢您对我讲了这么多意见。

答：我从来不是巴老的代言人，也未受巴老的子女委托表态。有感而发，闲聊几句，只供参考。

2003年8月22日

巴金风骨今犹在

——《天津日报·北方周末》记者张星专访

走入巴金心灵的人

一开始,我不知应该用怎样的目光打量他。因为他不仅仅是文学泰斗巴金的侄子,《我的四爸巴金》的作者,他还是四川省文联主席,一位从十七岁就参加革命并曾任中共四川省委宣传部副部长的老干部。

那天清晨,当我比约好的九点钟提前了一刻钟按响他家门铃时,立刻受到了热情的回应。当我所乘的电梯上升到这栋公寓的顶层,电梯门打开的时候,我看到,李先生已经身穿西服一身整齐地迎在电梯门口了。他个子不高,满头银发,和蔼亲切的目光中很有几分巴金的风貌。

他与我的交谈非常真诚。有问必答,有答必真。我没有给他限定访谈的具体题目,而是从他记忆中感受最深的片断谈起,自然而然地进入到巴金的心灵世界和对他一生的影响之中……

1942年,巴金第二次回到位于成都北门蓥华寺街的家,当时只有十二岁的李致就和他称之为四爸的巴金同睡在一张大床上。那时候李致见有许多青年学生都来找巴金在自己的纪念册上题词,便也模仿着做了一本"纪念册"请四爸题词,巴金并没有对年幼的侄子应付了事,而是非常认真地用毛笔给他写下了:"读书的时候用功

《天津日报·北方周末》报道

读书，玩耍的时候放心玩耍，说话要说真话，做人得做好人"四句话，在李致幼年的心扉上刻下了影响一生的烙印。

巴金曾说："人为什么需要文学？需要它来扫除我们心灵中的垃圾，需要它给我们带来希望，带来勇气，带来力量。"巴金一贯主张讲真话，为此他不断剖析自己。他说："我提倡讲真话，并非自我吹嘘我在传播真理。正相反，我想说明过去我也讲过假话欺骗读者，欠下还不清的债。我讲的只是我相信的，我要是发现错误，可以改正。我不坚持错误，骗人骗己。"在巴金晚年的力作《随想录》中我们不能不被他这种凝结在字里行间的赤诚所感动。

"十年浩劫"开始的时候，正在团中央《辅导员》杂志社任总编辑的李致，很快就被作为"反革命修正主义分子"揪了出来，先是靠边站，继之进"牛棚"，后被送到干校"劳动改造"。这期间，他与巴金难通消息，1972年萧珊妈妈（巴金的妻子）病逝，他得知同样已被"打倒"的巴金又遭遇了更大的打击，便决定利用回北京探亲的机会，在返回河南干校时借口看眼病绕道去上海看望四爸巴金。那是一次秘密的行程，一次终生难忘的相见！当已是成年人的李致再次和四爸同睡在一张床上的时候，三十年前在成都的情景再次浮现在眼前，分别的时候，正逢大雨，巴金把自己的雨衣穿在侄子身上，他们又一次紧紧握手，互道"保重！"李致淋着雨，流着泪，离开了上海……

往事依稀，虽然年已七十有七，但李致的思绪非常清晰，从他讲述着的目光中，我仿佛能看到天国中巴金正在倾听的神情，他也许会对他的侄子说："把我的心带回去吧！"那是巴金九十岁寿辰时，当从成都前来祝寿的友人问他有没有什么要带给家乡人民时，他说过的一句话。

在回忆四爸巴金时，李致的态度是深情的，也是严谨的，他只讲述他经历的细节和片断，他心中最真实的感受，从不添加任何虚词。他虽然确定了要与我说普通话，但也会忽然间情不自禁地冒出几句四川话来。看得出，他虽然是一位从少年时代就参加革命的领导干部，但他又不是那种纯粹意义上的老干部，他同时又是一个文人，一个出身于那样一个弥漫着文学气息、逃也逃不出的大家庭，并且从少年时代就沉浸在"五四"时期新文艺的绚烂彩池中被熏陶，被浸染，被沉醉……与其说他崇拜四爸辉煌的文学成就，不如说他更拥戴四爸的做人品质！"讲真话""做好人"成了他一生的信念。或许因为年龄，或许因为巴金对其大哥的深情的转移，这一对叔侄竟相知甚深，那同睡一张床的岁月，偷赴上海探望却不敢多语的无言时光，那多次的深夜长谈，那弥留之际留在彼此手心里的温暖与柔软……

采访是在一个初秋的上午，李致的家在他那所住宅楼的顶层，他的家人把楼顶修整成一个美丽的空中花园，身处掩映在绿树与小花之中的楼顶，笼罩在轻柔雾霭中的成都市区尽收眼底，空气中弥漫着川中特有的麻辣气息，让人有一种说不出的怀旧情绪，遥想当年巴金人生最初的日子，就是在这样一种空气中度过，虽然巴金的故居已无了踪影，但他的精神家园却因为他的作品和由这些作品延伸出来的电影和音乐，挥之不去地在故乡蔓延。直到后来我在成都的街巷流连，在四川大学旁一座绿意参天的竹园品茶时，都能清晰地感受到这种巴金式的忧郁和坚韧……我和李致的交谈，就在他们家空中花园里一间四面通透的玻璃房中进行，中午时分，阳光开始照耀，不觉间人已出汗了。正好又有客人来访，于是，我们结束了这次愉快的交谈，回到屋内。就在这时，我看到了书桌上那尊巴金的雕像，一瞬间被他吸引，也被他震撼！是啊！原来那无形中指引我前来拜访的正是他——

在我苍白孤寂的青春岁月里，曾经有过"很绝望、很悲凉"的日子，背诵着鸣凤投湖前的那段内心独白，我把巴金的《家》当成了自己人生的慰藉。如今，面对着这位伟大文学偶像的亲属，我却没有了当年阅读巴金时的那种激情与幻想。人事沧桑，心事沧桑，文学的魅力是想象，而这种想象又远远大于真实世界的一览无余。青春年华往往也是人生的梦幻时期，所以，青春加上文学，永远都不是成熟加上现实的对手。而巴金的意义就在于，他不仅写出了不朽的"激流三部曲"，还写出了被誉为"世纪良知"的《随想录》……

记　者：您虽然一直在当领导干部，但同时又是一个作家，您走上写作这条路与巴金有关系吗？

李　致：那当然有关系了。我们家是真正的书香门第，我儿子在美国一所大学当终身教授。他收集到了在清朝乾隆时期我们李家祖先的作品，还有我的曾祖父的东西，李氏诗词四种。

记　者：李家几代人都与文字、文学有解不开的渊源？

李　致：我们李家是一个很大的家族，我父亲（巴金的大哥，《家》中觉新的原型）特别喜欢新文学。包括巴老看的一些新书报都是我父亲买回来先看，然后传给他的。我的三叔是一个很有名的翻译家叫李林，抗战刚胜利的时候就去世了。巴老有一个大弟弟在宁夏，今年大概九十五岁了，解放前后搞过平明出版社，后来支援边区去了宁夏。我开玩笑地讲，在中宣部主编的《出版家列传》中，我们李家就占了两位，一个是他，一个就是我。我曾在四川人民出版社工作,从刚粉碎"四人帮"到80年代初期,川版书是很有名。我的另外一个小叔叔是上海文艺出版社的编审,既能写书又能翻译。巴金的女儿李小林是上海《收获》杂志实际上的主编(杂志上标的是第一副主编)。巴老的儿子李小棠笔名李晓,是获过全国奖的青年作家。我们家搞出版的就有四位,搞写作的更多几个。我受"五四"以后的新文学、新文艺包括戏剧、电影的影响很大。抗战时中国一批最著名的话剧演员都集中在成都和重庆,我受他们的熏陶和感染。十四岁读初中时,我的第一篇作文就变成了铅字,印在了我们学校的校刊上。那时校刊只登老师和校长的文章,一年只选一篇学生写的,所以我很受鼓舞。

记　者:这件事对您的少年时代是一个特别大的鼓励?

李　致:是。我们是教会学校,我们的校刊只在每年校庆时出一刊。之后,我又陆续在成都、重庆的报刊上发表了一百多篇文章。那时候年轻,主要是喜欢小说和诗歌。我是十七岁时入的党,去年刚好是六十年党龄。我从喜欢新文艺到参加学生运动、加入地下党,然后做地下工作……

记　者:您也经受了这么多运动和磨难,但您仍然能像巴老一样坚持说真话,这是非常难得的。最难能可贵的是,"四人帮"揪出来之后,许多人把许多罪行与错误都怪到别人身上,很少有人肯检讨自己。但巴老就勇敢地从自己开刀,写出了《随想录》,这在当时的中国来说,是一件非常了不起的事。

李　致:我在"文革"中挨批斗是很多的,说我是"胡风反革命集团"的小爬虫,我不服啊,我就在会上高呼"毛主席的革命路线万岁!"他们见我不服就打我,因为拉着我做"喷气式",才没有把我打倒在地……

记　者:在这个社会里生存,完全不讲违心话几乎是不可能的。但是很多人不愿意承认,巴金却勇于承认。这是非常难,也是非常可贵的。

李　　致：我刚才给你讲我自己，我有很多限制词，我也讲过违心的话，讲过假话，我特别限制在"文革"期间。比如别人喊"打倒刘邓""打倒彭罗陆杨"我也得跟着喊。其实讲真话，是做人起码的一个标准。但是经过"文革"之后，人们却很难做到这一点了。

记　　者：是不是因为巴金是您的四爸，您对他更熟悉，更有一种贴近感，从而更喜欢他一些呢？

李　　致：从我上初中起，我就喜欢鲁迅。巴金写的东西，我最喜欢的是《家》，有人说是写的我们家，但不完全是。巴老承认有两个人是真实的，一个是我父亲——他的大哥，一个就是曾祖父高老太爷。这也只能说他们的性格是真的。但文学毕竟是虚构的。这是他自己说的，别人对号入座的就多了。比如有人说，巴金是觉慧，巴金说，觉慧身上有他自己的影子，但并不完全是他。巴金的另一篇小说《憩园》，写一个破落的园子里边发生的事，园子的旧主人姓杨，类似《家》中的克定，比较接近巴老五叔的形象。但不能简单化对号。像我的曾祖父，书中的高老太爷，其实还是有一点开明的。为什么这么说？因为我们家当年有许多照片，清末民国初年的时候，一般人都不愿意照相，说是照相机能把人的魂给勾走，但是曾祖父却照相。又比如他送他的两个儿子——我的两个叔祖父到日本去留学。我的父亲因为是长房长子长孙留在家里（他是承重孙）。巴金和他哥哥李林，被送到了外国语专科学校读书。李林（我的三叔）是燕京大学毕业，然后在你们天津的南开中学教书，周汝昌、黄裳、黄宗江等都是他的学生。

记　　者：上世纪30年代，巴金曾写过一篇《做大哥的人》，记述了您父亲的一生。对于您父亲的自杀身亡，巴金写道："我不能不痛切地感到我丧失了一个爱我最深的人。"1965年，巴金在《谈〈家〉》一文中提到您父亲时，又说，"他是我一生爱得最多的人。"足见巴金与您父亲之间的至深情感。这种情感是不是也会带给您？

李　致：当然会。我与巴金之所以亲，血缘关系很深。他当年出去的一些路费都是我父亲为他筹措的。但更主要的还是巴金的做人。我最欣赏巴金的就是他的"生命的意义在于奉献，而不在于索取"，我非常赞成他的"人各有志，重要的是做人"，还有"说真话"……他的很多观点，是这些精神上的因素把我们拉近，而不仅仅是亲属关系。

记　者：您写作用笔还是用电脑？

李　致：我从办离休手续到现在已经十年了，这十年我写了大概五十多万字，我也学会了电脑打字，我会发邮件。我的"脑龄"有七年了。我现在还兼着四川省文联主席，我的老伴长期生病，生活不能完全自理，我没有精力写长篇。我这人生的七十多年，经历了许多事，国民党关过我，"四人帮"也关过我。我写的总题目叫"往事随笔"。已经出版了《往事》《回顾》《昔日》等几本书。

记　者：有人说，作为作家的李致与作为宣传部副部长的李致判若两人。您怎么看？

李　致：肯定是有一定区别的，但不会分得这么清楚。巴金称翻译家汝龙是"黄金般的心"，说他一生不是为了"捞一把"进去，而是自己"掏一把"出来。我当年入党也是这样的动机。

记　者：其实也可以以此来形容巴金，他就是一颗"黄金般的心"。

李　致：谈巴老不能不谈王尔德的童话《快乐王子》，故事写一座城市里有一尊快乐王子的雕像，身上贴满纯金叶子，一对眼睛是蓝宝石做成的，剑柄上嵌着一颗大红宝石。他看到住在这个城市的许多穷苦人，于是让一只准备南飞的小燕子把他身上的金叶子和宝石一一啄下来，送给那些需要帮助的穷苦人。直到最后自己变成一个瞎眼的、难看的、光秃秃的雕像，小燕子感动地不再南飞，冻死在它的脚下……读到这我豁然开朗，巴金不就是我们这个时代的"快乐王子"吗？新中国成立以后，巴金是唯一没有领取工资、仅靠稿费生活的专业作家。他在四川出书都不要稿费，钱捐了出来，建立基金又不允许以他的名字命名，更不允许恢复他的故居。他在给我的一封信中曾这样写道："我不希望替自己树碑立传，空话我已经说得太多，剩下的最后两三年里我应当默默地用'行为'偿还过去的债。我要做一个普通的老实人。我没有才华，没有学问，没有本领，只有一颗火热的心，善良的心。"

记　者：能谈谈您的父亲吗？

李　致：我父亲去世时我才一岁多，谈不上什么印象。他是自杀的，家庭突然破产，他是一个大大的好人，比如你是亲戚，他带着你做生意，赚了钱是你的，赔了钱是他的。后来他做股票生意，赚的钱人家拿走了，但赔的钱要他来还。在他生病期间几家银行倒闭家庭破产他承受不了了，觉得对不起这个家，就自杀了。我在很长一段时间不能理解我父亲。我母亲，还有四个姐姐，生活非常艰难。直到我上中学以后，读了巴金的小说《家》和散文《做大哥的人》才对父亲有所了解。巴金说，我父亲是"一方面信服新的理论，一方面依旧顺应旧的环境生活下去。顺应环境的结果，就使他逐渐变成了一个有两重人格的人"。新华社记者赵兰英采访我后这样写道："在李致心里，四爸巴金胜过亲生的父亲；时常苦恼不被人理解的巴金，却多次说李致是比较了解他的。"这种说法我是认同的。

记　者：您和巴金之间的通信有多少？

李　致：巴金给我写的信，很难精确地进行统计，大概有三百封，其中有五十封在"文革"中被抄家抄走了。我现在还保存了二百五十封信。我给巴金写的信更多。在上世纪80年代后期，他把我写给他的信送回来了。还专门给我写着："我本想保留着它们，多么好的资料啊！终于决定请你自己保存。以后你替我整理资料，用得着它们。"我在学电脑时，已经把这些信都输入电脑了。四川人民出版社最近刚刚出版了《巴金的内心世界——给李致的200封信》一书。

记　者：您最后一次见巴金是什么时候？

李　致：2005年，巴金去世时，我去给他送终，撒骨灰时我也是跟船到东海。在他弥留之际，我一直都在他身旁，为了减轻他的痛苦，医生给他大量地注射镇静剂。病房是不允许进去的。当我赶去之后，小林就说，五哥，你去把手洗干净，去跟爸爸握手。我进去握了大约有半个小时，我发现他的手很柔软，帕金森病人的手一般都是很僵硬的，可我握他的手却很柔软。在这握手的半个小时里我想起了很多很多往事……

我心中的巴金[1]

李致在讲座现场

非常高兴能在上海与热爱巴老的读者、研究巴老的专家见面并交流思想。我不是专家,不做学术演讲。只就我与巴老的接触,讲一些对巴老的感受。我曾经在共青团中央工作十年,普通话肯定比电影《抓壮丁》里的卢队长讲得好,但毕竟不如讲四川话自如。前两天我在成都看望导演谢晋,他主张我讲四川话,说邓小平、陈毅的口音,上海人能听懂。巴老离家八十一年,至今讲四川话。我讲四川话,大家也可以听到巴老的乡音。

---

[1] 本文系在上海"走近巴金"系列讲座上的讲演。

我和巴老的交往

我的父亲是巴老的大哥。我是巴老的侄子。

一般人只知道巴老是四川人。四川人多是外省移民去的。我们李家的祖籍是浙江省嘉兴,清朝嘉庆二十三年(1818年),巴老的高祖父李介庵入川定居。到巴老这辈,是入川的第五代;我这辈是第六代;我的两个小孙女则是第八代。

巴老诞生的时候,李家是一个封建的大家庭,共三大房。我们这一大房以巴老的祖父李镛为首,他有五个儿子。巴老的父亲叫李道河,是长子。巴老的大哥即我的父亲,叫李尧枚。巴老的三哥叫李尧林,即翻译家李林。三哥是按大排行(李镛的子孙)叫的。巴老还有两个胞弟:一个叫李采臣,在银川;一个叫李济生,在上海。按大排行,巴老共有兄弟二十三人,姐妹十六人。最小的二十三弟,我的二十三叔,是我的高中同班同学。四川人说:幺房出老辈子。

1923年,巴老与他的三哥离开成都去南京读书。在阔别家乡十八年后,1941年巴老首次回成都。当时,原来的大家庭已经崩溃;加上日本侵略中国,在天津的三爸无法给成都老家寄钱,生活十分困难,我继祖母和母亲各自带子女回娘家居住。巴老回来,住在我们这个小家里。我十一岁,对巴老的印象不深,记得他常带我几个姐姐去看电影,说我看不懂,给我钱买邮票,我从

巴金的父母

小喜欢集邮。1942年巴老第二次回家,住了四个多月,我和他同睡一张大床。白天,除上学外,我老在外面玩,连吃饭都要大人"捉拿归案"。巴老开玩笑说:"我给你改个名字,不叫李国辉(这是我的原名),叫李国飞好了。"当时,不少青年请巴老题字,我也拿了本子请他写。他丝毫没推辞,用毛笔给我写了四句话,即:"读书的时候用功读书,玩耍的时候放心玩耍,说话要说真话,做人得做好人。"我小时候对这四句话理解不深,最拥护的是"玩耍的时候放心玩耍",因为我外祖母要我"有空就读书"。随着年龄的增长才加深理解,这四句话影响了我一生,我还用它来教育子女和孙辈。平常,我们家有这样一个传统:犯了错误,只要讲真话,可以从轻处罚或免于处罚。用我外孙的话,叫作"诚实了,说真话就不挨打",尽管我从来没有打过子女。至于我,"文化大革命"中受审查,无论靠边站、被夺权、关"牛棚"、被批斗、进干校,交代自己的问题或给别人写材料,我从没说过假话,并为此被造反派打过。从巴老1942年回成都起,他开始担负全家生活费用,并供我和四姐上中学读书。为了节约开支,我们又和继祖母住在一起。直到1955年,巴老路过重庆,打电话找我,时隔十四年再得以相见。我那时二十六岁,以成人的资格开始与他交往。这以后的十年,无论我在重庆、成都和北京,巴老经常寄书给我,帮助我在藏

年轻时的巴金

书上"先富起来"。无论巴老来北京开会，或我去上海出差，我们都能见面。巴老给我有近五十封信，这些信后来被"造反派"弄丢了。"文革"迫使我们中断联系达六年之久，直到1972年才重新通信联系。1973年春，我从北京回河南团中央"五七"干校，利用只凭一张单程票就可报销来回车票的规定，悄悄绕道上海看望巴老。这次会面，除我与老伴暗中策划外，没有告诉任何人。我突然到了巴老家，巴老喜出望外。根据以前做地下工作的经验，我宣称是来上海看眼病的，机关的同志都知道我有眼病。第二天一早即去医院看病，挂号证保存至今。在上海只有三天时间，我又同巴老睡一张大床。巴老1942年回成都，我和巴老睡在一起。当时正是巴老创作最旺盛的时候。时隔三十年，我又和他睡在一起，他却碰到这样不公平的遭遇。我睡觉时打鼾，原想等巴老睡着了我再睡。可是他睡着以后，我却久久不能入眠。我在一篇短文中曾记叙当时的心情："我深切期望他能摆脱这不幸的处境，但我自己也不知道那黑暗的日子什么时候才能结束。"这次见面，我不敢深谈，但和巴老的心靠得很近，互相理解和信任。离开上海那天早上，天下大雨，巴老为我穿上雨衣，互道"保重"。我实在舍不得离开巴老，但又不能不按时回到那要我"脱胎换骨，重新做人"的"五七"干校。我淋着大雨去车站，满脸是水，有雨水，也有泪水。作家李累看了我写的散文《我淋着雨，流着泪，离开上海》后说："李致想见巴金，竟然像解放前在国统区做地下工作一样，悄悄地相会；叔侄同睡一张床上，也'不敢深谈'。难道这仅仅是巴金与李致两人的遭遇吗？不！这个侧面，这个片段，反映了'文革'中的中华民族的悲剧。"好不容易盼到粉碎"四人帮"，巴老在信上给我说："'四人帮'垮台我可以安心睡觉了。我得罪过张、姚，倘使他们不倒，总有一天会把我搞掉，这些'人面东西'。"接着又盼来改革开放的新时期。在这一期间，我和巴老有过多次见面和深夜长谈，互相抢着说话，直到九姑妈一再催促才上

1972年，中断联系六年后，李致给巴金写的第一封信床。80年代后期,当巴老因为写《随想录》太疲倦,快到"心力衰竭"的时候,他曾希望我退下来帮他做点工作,例如整理他的日记、佚文、书信等;在他不能工作的时候,代替他帮助王仰晨编好《全集》的后一部分。可是我又当选为省政协秘书长,以致巴老感到"现在这些都成为空想",这也是我感到十分遗憾的。如果我久没去上海,巴老会惦记我。1989年7月,巴老在给我的信上说:"我仍在医院,大约八九月回家。回家后可能感到寂寞。……你有机会过上海时,可以找我谈谈,你可以理解我心上燃烧的火,它有时也发发光,一旦错过就完了。"这一生,巴老为我付出很多,我为巴老做得很少。我写过一篇名为《不知如何弥补》的散文,表示自己的内疚。从1972年起,巴老给我的信有二百五十多封,其中一百九十二封收入《巴金全集》。

我是巴老的侄子,但更重要的是我是他的忠实读者。我是受"五四"新文学的影响成长的。我喜欢读巴老的书,尊重他的人品。我信仰他的主张:生命的意义在于奉献不是索取。去年,有位

1997年冬,巴金在医院口授,李小林笔录

记者问"巴金的侄子"这个"身份"给我带来什么？我说"身份"不能带来什么，是巴老的文章和人品教育了我。如果一定要说"身份"带来什么，就是"文革"中为此受批判，被污为"地主阶级的孝子贤孙"；这若干年，让我接受许多重复的采访，浪费一些时间；让我损失了不少照片，借出去又收不回来。

巴老一贯重视做人，对此我有较深的感受。二十多年来，我在这方面写了一些散文和随笔。去年，为庆祝巴老百岁华诞，三联书店为我出了一本书，名为《我的四爸巴金》，汇集了我所写巴老的散文和日记。我心中的巴老，大多写在这本书上了。巴老不喜欢他的亲人写他，我们的小林、小棠至今没写过巴老，其实他们比我感受更多更深。1981年，我用笔名写了巴老的第一篇短文（即《永远不能忘记的四句话》），文章发表后，有一些报刊转载。上海的《儿童文学选刊》要我写作者简介，我怕"露馅"，不敢写。可是，在成都市少年儿童开展"向巴金爷爷学习"的活动中，一家报纸未与我商量刊载了全文，并把笔名换成本名，在姓名前还加上了我的职务。我大有被"曝光"之感，颇为尴尬。既如此，就豁出去了，反正我写的是事实，没有瞎吹，文责自负。以后干脆用本名写有关巴老的文章。幸好巴老知道这个过程，没有就此责备我。

人各有志，最要紧的是做人

巴老很看重做人。1941年，他教我"说话要说真话，做人得做好人"。事隔五十二年，1993年我去杭州看望巴老。临别前一天下午交谈，他第一句话就说："人各有志，最要紧的是做人。"巴老这句话，我当成座右铭，请人书写为横幅挂在墙上。

巴老对我，更多的是身教。我讲一些主要的感受：

一是巴老"即使饿死也不出卖灵魂"的骨气。我1973年悄悄去上海看望巴老，最使我吃惊的变化是：巴老满头白发。它印证了巴

巴金上海武康路寓所，"文革"中，全家人挤在楼下居住

老在"文革"中精神和肉体上所受到的迫害。被加上各种罪名，在全市电视大会上批斗；十四卷《巴金文集》被打成"邪书"；家几度被抄，六七间书房被封，全家人挤在楼下居住；小棠被下放到安徽农村当知青；稿费存款被冻结，只能领取生活费……我问巴老生活上有无困难。他说："已经告诉姑妈，必要时可以像我早年在法国一样，只吃面包。"巴老的夫人萧珊在磨难中患癌症，因得不到及时治疗而离开人世。我在照片上看见萧珊妈妈全身盖着白布床单，巴老穿一件短袖衬衫，左袖上戴着黑纱，两手叉着腰，低着头在哭泣。我突然感到自己也到了现场，和家人一起给萧珊妈妈告别。这次见面，令我最宽慰的是：巴老身体健康，精神未垮。尽管我们不敢深谈，我能感受到他十分关心国家民族的未来。他在家里翻译赫尔岑的书——明知无法出版，只为送给图书馆，供人参考。以后知道，巴老每天翻译几百字，仿佛同赫尔岑一起在19世纪俄罗斯的暗黑里行路，像赫尔岑诅咒尼古拉一世的统治那样诅咒"四人帮"的法西斯专政。巴老当时平静从容的态度，表现了他"威武不能屈"的硬骨头精神，也就是他

重新提笔所写的第一篇文章所说:"我即使饿死,也不会出卖灵魂,要求他们开恩,给我一条生路。"

二是巴老一生的信念:生命的意义在于奉献,而不是索取。粉碎"四人帮"不久,巴老患帕金森病,几次骨折,举笔重千斤。巴老在与疾病做斗争的同时,一直坚持写作。我工作过的四川人民出版社,陆续出版了四本《巴金近作》和《巴金选集》(十卷本),最后一本近作结集《讲真话的书》,包括了他重新提笔后的全部著作(共八十多万字),深知他所付出的心血。80年代末,巴老曾对我说,在他做完工作以后就休息,好好地看武侠小说。可是,天知道何年何时才是他做完工作的时候。我多次劝巴老要把健康放在第一位,而他一再强调:"如果不工作,生命就没有意义。"我们还为此辩论过。我说:"人有不可回避的自然规律",你已做了很大的贡献,即使不能工作,"你的健在就是力量"。巴老似乎同意我的看法,说冰心健在对他就是力量,但他实际上仍像春蚕吐丝一样地工作,说自己"已死丝未尽",编《全集》和《译文集》,艰辛地为此写跋。巴老甚至希望能再活一次,重新学习,重新工作,把全部感情献给他热爱的读者。当我六十岁快离开领导工作岗位时,他笑着对我说他六十六岁才进"五七"干校。我知道:这是他对我的启示和鼓励。

巴老是作家,完全靠稿酬养活自己。他历来对自己的物质生活要求不高,有了稿酬常去帮助有困难的读者和亲友。新中国成立后,直到今天,他不领取工资。"文革"中被冻结的存款,其实是他的稿酬。存款解冻后,仅1982年一次即捐了人民币十五万元给中国现代文学馆,这在当时是一笔相当大的数目。对"希望工程"和救灾,他也常请家属或工作人员隐名捐款。当时,巴老在四川出书,不要稿酬,出版社为他翻洗照片,他却亲自到邮局寄翻洗费四十一元一角。他的另一巨大"财富"是大量藏书,多次分别捐给国家图书馆。目前我们国家仍实行低稿酬制,作家的生活水平尚待提高。我说这些,绝不是希望作家放弃稿费,或都去捐赠,我只是想从这个侧面反映巴老的人品。

 三是巴老经过认真的反思,坚持独立思考和主张讲真话。"文革"结束后,在拨乱反正的同时,仍有不是运动的运动。巴老不唯上,不随声附和。在讲假话成风的年代,巴老主张大家讲真话。讲真话的主张,受到广大读者和作家的欢迎,但也受到若干指责。巴老对这些指责十分坦然。在我们的交谈中,巴老表示他不害怕长官点名。他说:"倘使一经点名,我就垮下,那算什么作家?"一位主管意识形态的高级官员,主张不写"文革",巴老写信给这位高官,说自己是这个主张的受害者(因为受这个主张的影响,巴老发表在香港报纸上的一篇涉及"文革"的文章被删节)。1987年4月29日,巴老在给我的信上说:"对我来说,我按计划写完《随想录》,而且出齐两种版本,想说的话都说了,该满意了吧!可是想到我们多灾多难的国家和善良温顺

《随想录》是巴金晚年的力作,被称为"说真话的书"。图为该书几种版本的封面

的人民，我又得不到安宁。对，人怎么能只考虑自己呢？不管怎样，我提出来：大家要讲真话，为了这个，子孙后代一定会宽容地看待我的。我只能尽力而为。"1988年冬，他又写信说："……（我）又老又病，活下去总有些痛苦，但对我的国家和我的人民有感情，我始终放不下这笔。"

四是巴老不做盗名欺世的骗子。巴老不止一次表示他要用行动来证明和补写他所写的、所说的到底是真是假，自己到底是怎样的人。七八十年代，巴老在四川出书，不收稿费。1981年，出版社拟用巴老的稿费设立巴金编辑奖，巴老就不赞成，只同意用来帮助青年作者。1994年，四川省作家协会拟设立"巴金文学奖"。巴老来信说："我只是一个普通文学工作者，写了六十多年，并无多大成就……建立'巴金文学基金'，设立'巴金文学奖'，又使我十分惶恐。我一向不赞成用我的名字建立基金会、设立文学奖。"巴老还反对出他的日记单行本。人民文学出版社编辑《巴金全集》时，拟编两卷巴金的日记。巴老委托我替他校看原稿。四川出版界一位朋友知道这个情况后，建议由四川出版日记的单行本。1991年冬我去上海，向巴老转达了这位朋友的请求。巴老有些犹豫，我说："《鲁迅日记》也有单行本，您的日记也可以出单行本。"在我的再三要求下，巴老勉强同意了。我回成都不久，接到巴老的信。他说："关于日记我考虑了两个晚上，决定除收进《全集》外不另外出版发行，因为这两卷书对读者无大用处（可能对少数研究我作品的人提供一点线索）。我没有理由出了又出、印了又印，浪费纸张。我最近刚看过这些日记，里面还有些违心之论，你也主张删去，难道还要翻印出来，使自己看了不痛快，别人也不高兴？你刚来信说你尊重我的人品，那么你就不该鼓励我出版日记，这日记只是我的备忘录，只有把我当成'名人'才肯出版这样东西。我要证明自己不愿做'名人'，我就得把紧这个关，做到言行一致。对读者我也有责任。我出一本书总有我的想法。为什么要出日记的单行

1956年12月，巴金回成都重游正通顺街旧居

本？我答应你，也只是为了不使你失望。……一句话，日记不另出单行本。"我立即给巴老去信表示尊重他的决定，并把巴老的决定转告给出版界的那位朋友。

五是不愿浪费国家钱财，不赞成重建故居。巴老的故居在成都市正通顺街，是巴老的祖父购置的。最兴旺的时候，四世同堂。巴老诞生在这里。除幼年随父亲在广元县住过两年多之外，一直生活在这里。巴老十九岁时离开成都去南京。随着大家庭的崩溃，故居被变卖了，几易其主。原成都市市长李宗林曾表示要把它保留下来，但他在"文革"中被迫害致死。故居经过"文革"，成了一个文艺团体的宿舍，原有房屋荡然无存。改革开放以来，不少国外友人和港台同胞来成都，希望看看巴老的故居。有时专为此找到我。我解释说故居已经不存在了，但他们坚持要去看一看，在故居原址拍照。有的还对故居没有保留下来表示遗憾。1985年省作家协会给省委、省政府写了报告，要求恢复巴老的故居。张秀熟、任白戈、沙汀、艾芜、马识途等老同志积极支持。经省委同意，成立了一个筹备小组。可是巴老一直不赞成，多次对我讲："不要恢复故居。如果将来要搞点纪念，可以在旧址钉一个牌子，上面写：作

家巴金诞生在这里,并在这里度过了他的童年和少年。"虽然存在各种实际困难,故居的筹备工作一直没有进展,但巴老仍然很不放心。1986年10月3日,巴老去杭州休息之前写信给我:"我想谈谈故居的事,一直没有工夫写出来。我的意思就是:不要重建我的故居,不要花国家的钱搞我的纪念。旅游局搞什么花园(指园林局搞慧园),我不发表意见,那是做生意,可能不会白花钱。但是关于我本人,我的一切都不值得宣传、表扬。只有极少数几本作品还可以流传一段时期,我的作品存在,我心里的火就不会熄灭。这就够了。我不愿意让人记住我的名字,只要有时重印一两本我的作品,我就满意了。"不久,我又接到巴老21日的信。他说:"我耳病未愈,无法跟你通电话,否则就用不着写信了;写信在我是件苦事。但不写信又怎么办?你知道我的想法吗?我准备写封长信谈谈我对'故居'的意见(也就是说我不赞成花国家的钱重建故居),以为在杭州可以写成。想不到十一天中一字也未写,因为没有精力,也没有时间。回到上海更没有办法。现在把第五卷的《后记》寄给你,你不妨多想想我那句话的意思:'我必须用最后的言行证明我不是盗名欺世的骗子。'"30日,巴老又在给我的信上说:"关于故居的事就这样说定了。不修旧宅,不花国家的钱搞这样的纪念,印几本《选集》就够了。"说实在的,对恢复巴金故居,我一直处于矛盾状态。无论从成都市市民的角度来考虑,或从文艺工作者的角度来考虑,能恢复故居的确是一件有意义的事情。我访问过若干国家,多数国家都注意保存著名作家的故居,作为本国历史文化遗产的组成部分。但我是巴老的亲属,他不赞成重建故居是对我说的,我当然不愿做违反他心愿的事。至于巴老不愿为修故居浪费国家钱财之心,是令人尊敬和感动的。去年庆祝巴老百岁华诞,参加巴金国际学术讨论会的代表又提出修建故居的意见,时任四川省委书记张学忠、省长张中伟和成都市委领导均积极支持。后来,我给市领导写了信,转达小林的意见:尊重巴老的心愿，不重建巴金故居。省委书记张学忠看见我的信的抄件，也表示尊重巴老的意见。最近巴金文学院按可靠的图纸，做了一个故居模型，我前几天去看过，很不错。这个模型将长期存放在巴金文学院的陈列馆。

六是尊重读者。巴老常说读者是他的"衣食父母"。有一件小事足以说明巴老如何对待读者。巴老有自己的写作计划。他怕干扰，我们也不愿干扰他。但许多人都想看看巴老，或请他写文章、题字，或为他拍照、摄像。遇到这些要求，我总是加以解释，希望得到谅解。但有时也有例外。1991年秋，成都市第二中学原校长张珍健来到我家。他是巴老的读者，十分崇敬巴老的作品和人品。为迎接"巴金国际学术讨论会"在成都举行，他用了半年时间把巴老作品的书名刻成五十六方印章，并请艾芜老人题签。他希望我为他介绍，以便他到上海把这些印章送给巴老。张珍健幼时患骨结核双腿致残，一生拄着双拐。看见他诚恳的态度和辛苦的劳动，我被感动了。我向他说明了巴老的近况，试图寻找一个折中方案：我去信征求巴老的意见，能否用十五分钟时间会见他。张珍健表示同意，愿意静候佳音。不久巴老即回了信说："张珍健同志要送我七十多个印章，我感谢他的好意，但是我不愿意举行一种接受的仪式，让人们谈论、看热

巴金回复读者来信

闹，也不愿意让他把印章送到上海亲手交给我，只为了一刻钟的会见。这样做，我仍然感到很吃力，而且显得不近人情。总之烦你告诉张同志，不要来上海送印章，他的好意我心领了。我看由慧园代收，不好吗？将来还可以在慧园展览。"读完信，我感到自己的考虑很不周到。我虽然没有建议举行"接受的仪式"，但的确没有想到"为了一刻钟的会见"，让张珍健专程到上海"显得不近人情"。我当然尊重巴老的意见，立即给张珍健打了电话，委婉地做了解释，请他谅解。1992年春我去美国探亲，1993年回到成都，偶然在一本杂志上看到张珍健的文章《巴金访问记》。原来他已在1992年秋到上海看望巴老。巴老收到《印谱》以后，既高兴又谦虚地说："你不值得花这么多时间和功夫，我过去那些书都是乱写的，没有多大意思。"巴老和张珍健交谈了五十多分钟（我原建议只会见十五分钟），送了一部"激流三部曲"给他，并题字签名。临别的时候，八十七岁高龄且举步维艰的巴老，坚持把张珍健送到大门外。张珍健一再请巴老留步，巴老却说："你不远千里专程来访，我送送你是应该的。"

总的来说，我感到巴老是当今的快乐王子。大家都知道大卫·王尔德有一篇叫《快乐王子》的童话。快乐王子的像，高耸在城市上空。他身上贴满纯金叶子，一对眼睛是蓝宝石做成的，剑柄上嵌着一颗大红宝石。他站得很高，看得见小孩生病躺在床上；看得见一个年轻人饿得头昏眼花，冷得不能再写一个字；看得见卖火柴的小女孩没有鞋，没有袜，小小的头上没有帽子，她现在正哭着……快乐王子请求睡在他像下的小燕子代他去帮助那些受苦受难的人们，先摘掉红宝石，再取下他的眼睛，然后拿走身上的贴金。小燕子本来要去埃及过冬，但它被快乐王子善良的心感动了，它不愿离开快乐王子。最后，它吻了快乐王子的嘴唇，跌在王子脚下，死了。我早年读过这篇童话，它深深地震撼过我的心，也使我流过不少眼泪。随着对巴老的了解，我豁然开朗，感到巴老不正是当今的快乐王子么？他从不索取什么，却无私地奉献自己的一切。

希望更多的人理解

巴老曾对我说过："能够多活，我当然高兴，但是我离开世界之前，希望更多的人理解我。"得到人们的理解，不是一件容易的事，但巴老的真诚无饰，把心交给读者，广大读者是理解巴老的。只是由于种种原因，在大半个世纪中，巴老受到过一些误解和指责。

"无政府主义者"这个称谓，就是长期对巴金的指责。中国的知识分子追求真理的道路十分曲折。巴金在早年信仰无政府主义，许多知识分子如此，毛泽东也如此。1945年，毛泽东在重庆会见巴金。毛泽东问巴金："你年轻时信仰过无政府主义吗？"巴金说："是。听说你也信仰过。"无政府主义反对权威反对专制，强调个性自由，虽然属于空想的社会主义，但是在反对旧社会、旧的专制统治上，起过积极的作用。巴金早年是无政府主义者，同时也是爱国主义者和人道主义者。他参加新思想启蒙运动，继而又坚决拥护抗日战争和反对国民党的独裁统治。鲁迅早在30年代就称赞"巴金是一个有热情的有进步思想的作家，在屈指可数的好作家之列的作家"。再举被巴老称为他的"第三个先生"的吴先忧为例：吴先忧信仰无政府主义。他认为劳动神圣，脱离了学生生活去学裁缝。办刊物缺钱，他经常将衣服送进当铺，把当衣服的钱捐给刊社。他任中学校长时，拒绝参加国民党主办的庐山集训，多次保护共产党员和进步人士。我1947年6月1日在重庆被捕（当时我已是党员），也是他亲自把我保释出来的。令人高兴的是，近几年理论界对无政府主义已经开始有较客观的评论。

从20世纪四五十年代开始，一些评论家指责巴金的作品没有给读者指路。他们认为巴金只是揭露了旧社会的腐朽,但青年人离开封建家庭以后干什么,巴金没有指明出路。政治家以施政纲领指路,文学家以作品净化读者心灵。就是政治家指路,有指对的,也有指错的。毛泽东为建立新中国做出了重大贡献,但他晚年却错误地发动了"文化大革命"。邓小平这样伟大的改革家,对于具体怎样改革开放,采取科学的态度:主张"摸着石头过河"。政治伟人尚且如此,怎么能苛求一位作家来指路呢?何况这根本不是作家的任务。如果谈到巴金著作的影响,当年有人在延安做过调查,很多知识分子是受巴金小说《家》的影响,投身革命的。这个情况,毛泽东在1945年去重庆和谈时对巴老说过。事实证明:巴老的作品是有利于革命、有利于社会进步的。

80年代,巴金提倡讲真话。有些理论家指责说,真话不等于真理。真话的确不等于真理,这本来就是两个不同范畴的概念。讲真话是针对讲假话而言的,不能因为真话不等于真理而反对讲真话。难道主张讲假话?如果一定要把真话与真理联系在一起,应该说:只有讲真话的人才可能追求到真理,讲假话的人永远与真理绝缘。

随着时间的推移,人们不难看清谁是谁非了。

巴老和他的两个哥哥

这里所说巴老的两个哥哥,是大哥李尧枚、三哥李尧林。

1986年4月2日,巴老与我有过一次谈话,其中有两处很动感情。他说:"我感到痛苦的是,我的两个哥哥对我都很好。他们两人都是因为没有钱死掉的。后来我有钱,也没有用。""……他们都不愿意死,结果死掉了,就是因为没有钱。……所以我也不愿过什么好生活。他们如果有点钱,可以活下去,不至于死掉,但是偏偏我活下来……"其间,巴老两次痛哭失声,谈不下去。

去年,《中华读书报》记者祝晓风问我,他们三兄弟之间感情为什么这样深？我认为除深厚的手足之情外，还因为他们都受到五四运动的影响。正如巴老所说：五四运动"在我们的表面上平静的家庭生活里敲起了警钟。大哥被忘记了的青春也给唤醒了。我那时不过十四岁半，我也跟着大哥、三哥一起贪婪地读着本地报纸上关于学生运动的北京通讯，以及后来上海的'六三'运动的记载。本地报纸上后来还转载了《新青年》和《每周评论》的文章。这些文章使我们的心非常激动。我们觉得它们常常在说我们想说而又不会说的话。"还说，"大哥设法买全了《新青年》的前五卷。后来他甚至预先存了一两百块钱在华阳书报流通处，每天都要去那里取一些新到的书报回来。……当时在成都新的书报很受欢迎，常常供不应求。""每天晚上我们总要抽出一些时间轮流地读这些书报，连通讯栏也不肯轻易放过。有时我们三弟兄，再加上香表哥和六姐，我们聚在一起讨论这些新书报中所论及的各种问题。后来我们五个人又组织了一个研究会。"我最近写了一篇短文，名为《一部旧书，一片兄弟情》。说的是1967年，巴老寄了一部在1913年（民国二年）出版的法国革命小说《九十三年》（上下）给我。作者是"嚣俄"（即雨果），译者自称"东亚病夫"。上面有我父亲的图章，刻有他的号"李卜贤"三个字和英文音译，又盖有"尧林图书馆"的章，还有巴老用毛笔书写的"李卜贤先生捐赠"几个字。这应该是早年他们三兄弟一起读过的书。巴老在信上说是他在1942年那次回家带走的。1945年，李尧林逝世，为纪念三哥，巴老拟成立尧林图书馆，在书上盖了这个印章，并写上"李卜贤先生捐赠"这几个字。由于多种原因，尧林图书馆没办成，但书完整无损。这本书，是当年他们读新书报的见证，也反映了三兄弟的手足深情。

巴老的大哥赞成刘半农的"作揖主义"和托尔斯泰的"无抵抗主义"。正如巴老所说："他一方面信服新的理论，一方面顺应旧的环境生活下去。顺应环境的结果，就使他逐步变成一个有双重人格的人。"大哥支持巴老和三哥去南京读书，继又克服家中的经

《新青年》是李尧枚、巴金、李尧林都喜欢的杂志

济困难，帮助巴老去法国留学。后又鼓励巴老写小说《春梦》（即小说《家》）。他在最后一封信上对巴老说："《春梦》你要写，我很赞成；并且以我家人物为主人翁，尤其赞成。实在的，我家的历史很可以代表一切家族的历史。我自从得到《新青年》书报，读过以后，我就想写一部书来，但是我实在写不出来，现在你想写，我简直欢喜得了不得。弟弟，我现在恭恭敬（敬）向（你）鞠躬致敬，希望你有暇把他（它）写成罢。怕什么罢。《块肉余生》过于害怕就写不出来了。现在只好等着你快写成了在《小说月报》上发表，你尚没有取名的小说罢。"大哥在成都撑持一房人的生活，他实在承受不住各种压力，终于在1931年服大量的安眠药自杀。没想到，4月18日巴老《激流》的总序在上海《时报》第一版上发表，报告大哥服安眠药自杀的电报19日下午就到了。大哥不仅一个字

不曾读到，连巴老开始写小说《家》也不知道。巴老读完电报，怀疑自己在做梦，像发痴一样过了一两个钟头。他不想吃晚饭，也不想讲话，一个人到北四川路，在行人很多、灯火辉煌的路上走来走去。……30年代，巴老写过一篇《做大哥的人》，记叙了大哥的一生。巴老说："我不能不痛切地感到我丧失了一个爱我最深的人了。"1956年，巴老在《谈〈家〉》一文中提到他大哥，又说："他是我一生爱得最多的人。"巴老小说《家》的大哥高觉新，以大哥为模特儿，大家都熟悉这个人物，我不多说。不同的是：高觉新没有自杀。我理解巴老的心：他要给读者以希望，不忍心觉新在他笔下死去。

我过去不完全理解父亲。我虽然知道他是好人，但不满他扔下母亲和五个子女。我为此还和巴老辩论。巴老给我看了我父亲给他的仅存的四封信，才接触到父亲的心灵，尽管我仍不赞成他自杀。

1931年《激流》总序在《时报》发布

他不是不热爱和留恋生活，更不是回避矛盾抛弃亲人。他阅读《新青年》杂志，喜欢狄更斯的小说《大卫·科波菲尔》，爱听美国唱片 Sonny Boy。家庭破产，父亲觉得对不起全家，企图自杀，正因他舍不得家人，写了三次遗书又三次把它毁掉。最后一封遗书中写道："算了吧，如果活下去，才是骗人呢。……我死之后不用什么埋葬，随随便便分尸也可，或者听野兽吃也可。因为我应得之罪累及家人受此痛苦，望从重对我的尸体加以处罚……"（这是我以后读到的）。自杀前二十多天，父亲借自己的生日，请了全家人（包括佣人）看戏，以示惜别。父亲自杀当夜，他几次来看望母亲和我们几个孩子。第二天早上，全家乱成一团。我和二姐、三姐、四姐年幼尚小不懂事，唯大姐痛苦不已。她拼命地喊爹爹，多次用手扳开父亲的眼睛，希望把父亲叫醒，但这时已"呼天天不应，叫地地不灵"了。

巴老的三哥李尧林比巴老只大一岁多。两人从小住在一个屋子里，一起在外国语专科学校读书，一起外出求学，直到尧林上大学才分手。巴老称三哥是"世界上最关心他的一个人"。他俩离开四川以后，与大哥保持密切联系。巴老曾说："在故乡的家里还有我们的大哥。他爱我们，我们也爱他。他是我们和那个'家'的唯一的连锁。他常常把我们的心拉出去又送回来。每个星期他至少有一封信来，我们至少也有一封信寄去。那些可祝福的信使我们的心不知跑了多少路程。"以后巴老去法国，途中写的《旅途通讯》，先寄给三哥，由三哥寄给大哥，多年后才正式出版。巴老和三哥离家后，大哥给他们写了一百多封信。巴老非常珍惜这些信，把它装订成三册，保存了四十几年。1966年，风云突变，大祸就要临头。巴老为了避免某些人利用信中一句半句，断章取义，乱加罪名，"只好把心一横，让它们不到半天就化成纸灰"。1980年，巴老回想起烧掉大哥的信时还说："毁掉它们，我感到心疼，仿佛毁掉我的过去，仿佛跟我的大哥永别。"

唱片《小宝贝》足以反映三兄弟的友情和喜爱。我最先是从巴老的文章《做大哥的人》中知道这张唱片的。1929年，巴老的大哥去上海，他们相聚一个多月。30年代初，巴老回忆大哥离开上海回四川时的情景："我们的分别是相当痛苦的。……正要走下去，他却叫住我。他进了舱去打开箱子，拿一张唱片给我，一边抽咽地说：'你拿去唱（即听）。'我接到后一看，是G.F.女士唱的 Sonny Boy，两个星期前我替他在谋得利洋行买的。他知道我喜欢听这首歌……然而我知道他也同样地爱听它，这时候我很不愿意把他喜欢的东西从他手里夺去。但我又一想我已经有许多次违过他的劝告了，这一次我不愿意在分别的时候使他难过……我默默地接过唱片。我的心情是不能够用文字表达的。"1984年在上海，巴老把仅存的我父亲给他的四封信给我看。其中一段，也提到这张唱片："弟弟，你说你硬把我的《小宝贝》要去了，你很失悔。弟弟，请你不要失悔，那是我很愿意送你的。之所以要在船上拿与你，就是使我留下一个深刻的映（印）象，使我不会忘记我们的离别时的情景，借此也表出我的心情，使我的灵魂附着那张小小的唱片永在你的身旁。"我一直很想找到这张唱片，问音乐界的朋友，都不知道有这首歌。1992年，我去美国探亲，闲聊时提到此事，儿子记下了我的心愿。去年庆贺巴老进入百岁，上海明星演出曹禺改编的话剧《家》。我两次在电视上听见剧中播放了一首英文歌，打电话问在上海的济生叔，果然是 Sonny Boy。从李尧林的好友杨苡那儿，我知道李尧林也喜欢这首歌。我请教杨苡，她说：Sonny Boy，直译为"儿子般的男孩"或"阳光般的男孩"。巴老意译为"小宝贝"。"Sonny是儿子的爱称，也可理解为心中最珍爱的人。"我想，是否还可理解为某种信念，如对人类的爱？巴老三兄弟出身在封建大家庭，他们却从自己的母亲和"下人"那儿学到"爱"。巴老曾说："我的第一个先生就是我的母亲。……使我认识'爱'字的就是她。""她很完满地体现了一个'爱'字。她使我知道人间的温暖；她使我知道爱与被爱的幸福……"他们三兄弟为什么都喜欢这首歌？前面已经讲到，五四运动像春雷把三兄弟唤醒。他们贪婪地阅读新书报，吸取新思想。不同的是大哥重在妥协，巴老重在反抗。在各自选择的道路上，都有曲折和痛苦。大哥和巴老在上海分别后，曾谈到彼此的心情。大哥在信上对巴老说："弟弟，你对现代社会失之过冷①，我对于现代社会失之过热，所以我们俩都不是合于现代社会的。现代社会所需要的是虚伪的心情，无价的黄金，这两项都是我俩所不要的，不喜的。我俩的外表各是各的，但是志向却是同的。但是，我俩究竟如何呢？（在你的《灭亡》的序言，你说得有我俩的异同，但是我俩对于人类的爱是很坚的）其实呢，我两个没娘没老子的孩子，各秉着他父母给他的一点良心，向前乱碰罢了。但是结果究竟如何呢？只好听上帝吩咐罢了。冷与热又有什么区别呢？"面对旧社会，大哥处处委曲求全，走投无路；巴老参与改天换地，难见成效（他作品的影响是另一回事）。他们三兄弟既喜欢音乐又懂英语，唱片《小宝贝》，无论作为心中最珍贵的人，还是孤寂中的精神寄托，或作为所寻求的信念"对人类的爱"，引起他们的共鸣。这是我的分析，是否正确，得请专家评论。

巴老的三哥是一个有理想、开朗乐观的人，喜爱音乐，会滑冰，能与学生打成一片。从燕京大学毕业以后，在天津南开中学教英语。他深受学生爱戴，20世纪50年代曾任《中国青年》杂志总编辑的邢方群、作家黄裳、戏剧家黄宗江等，至今对他充满深情。李尧林利用寒假，单独为方群补英语课，教他练习发音。黄宗江说李尧林教他们读《快乐王子》给他的启示，不下于曾经使他"感动

---

① 失之过冷：2014年，李致在儿子李斧家偶然看见一本巴金的旧作《一月十五日》（即《旅途通讯》），序中说："我虽然知道我们的心不会被那无边的海洋所隔断，但是现在我的心实在寂寞得很！冷得很！希望你们（指尧枚和尧林）送点火来罢。"大概便是李尧枚说巴老的心"失之过冷"的原因吧！

并行动的宗教的宣讲、政治的宣言"。今年发表的申泮文院士的文章，称李尧林为南开名师中的佼佼者，学生崇拜的偶像。他选教的英译杜甫《赠卫八处士》诗，深受学生喜爱，几乎成了他们的班歌。五十年后聚会时大家还一起凑全诗的译文。1929年，大哥去上海。巴老和大哥曾邀李尧林来上海，但因没有解决路费，失去这次团聚的机会。1931年，大哥自杀以后，全家十一人的生活重担落在三哥的肩上。他一直过着清贫的生活。他担心不能给未来的妻子带来幸福，甚至没有结婚。抗日战争爆发后，他离开天津到了上海，靠翻译维持最低的生活。好不容易抗战胜利，他却因贫病交加，在1945年逝世，年仅四十二岁。作家李健吾当年在《挽三哥》一文中，一开始就说"世界上少了一位君子人"。巴老前后写了两篇怀念三哥的文章，其中说三哥像"一根火柴，给一些人带来光与热，自己却卑微地毁去"。李尧林逝世后被安葬在虹桥公墓，墓碑的形状是翻开的两页书，上面刻有他翻译的小说《悬崖》中的一段话："别了，永远别了。我的心在这里找到真正的家。"过去，时有人来墓前献花。但"文革"中，这个从没有伤害过人的墓，也被作为"四旧"给毁掉了。巴老为此不停地追问自己："我在哪里去寻找他的'真正的家'呢？"

　　巴老多次对我说，他们三兄弟的共同之处，都是愿意多为别人着想，多付出一点。"两个哥哥对我的帮助很大，我要帮助他们，结果没有机会了。我可能不会被人忘记，我希望他们两人能被人记住。"巴老希望他们三兄弟能在"慧园见面"（即有一个展览室展出他们三兄弟的物品），但难以实现。

　　为实现巴老的愿望，去年我选编了一本书，名为《不应被忘记的人——巴金的两个哥哥》。以巴老所写两个哥哥的文章为主，兼收了已有的李健吾、黄裳、纪申等人的文章，还有新组织的邢方群、杨苡、黄宗江等人的文章（由巴金文学院内部赠送）。可惜巴老不能阅读了。

巴老已用最后的言行证明自己

巴老生于1904年,到2004年正好百岁。去年只是进入百岁。时至今日,巴老已经用行动来证明和补写了他所写的、所说的到底是真是假,自己到底是怎样的人。人们爱戴巴老,称他为"世纪良知"。国务院在去年授予巴老"人民作家"的称号。明天是巴老进入一百〇一岁的生日。在此之际,上海巴金文学研究会和上海档案馆联合举办"走近巴金"系列讲座很有意义。感谢你们给我这个机会介绍自己对巴老的感受,尽管我讲得不深不全。还得感谢在座的朋友耐心地听完我用四川话讲的感受。不当之处,请不吝指正。

2004年11月24日下午

李致文存·我与巴金

难舍亲情

LIZHIWENCUN

永恒的手足情

熟悉巴金的读者，都知道巴金对他大哥深厚的感情。

巴金的大哥是我的父亲，叫李尧枚，字卜贤。20世纪30年代，四爸写过一篇《做大哥的人》，记叙了我父亲的一生。写到我父亲自杀时，四爸说："我不能不痛切地感到我丧失了一个爱我最深的人了。"1956年，四爸在《谈〈家〉》一文中提到我父亲，又说："他是我一生爱得最多的人。"

四爸和三爸，1923年离开成都，到南京读书。直到1931年，我父亲给四爸写了（其中包括和三爸一起写的）一百几十封信。四爸把这些珍贵的信装订成三册，保存了四十多年。1966年，风云突变，大祸就要临头。在8月底或9月初，四爸为了避免某

1929年，李尧枚去上海时与巴金的合影

1923年，巴金和三哥李尧林离家去南京前与继母和兄弟合影。前排为：继母、巴金弟弟尧集（济生）。后排从左到右：巴金弟弟尧椽（采臣）、大哥尧枚、三哥尧林、巴金

些人利用信中一句半句，断章取义，造谣诽谤，乱加罪名，"只好把心一横，让它们不到半天就化成纸灰"。1980年，四爸回想起烧掉我父亲的信时，还说："毁掉它们，我感到心疼，仿佛毁掉我的过去，仿佛跟我的大哥永别。"

"十年浩劫"以后，出人意料，四爸找到四封未曾烧掉的我父亲给他写的信。1929年7月，我父亲在和四爸分别六年后到上海，他们"在一起过了一个月愉快的生活"。这四封信是我父亲回成都后写的，前三封写于1929年，后一封写于1930年。可以想象得到，四爸发现这四封信，是多么的珍惜和喜悦。1982年5月我到上海，四爸把这四封信给我看。这是我第一次看见他们的通信，我为他们深厚的兄弟友谊所感动，含着泪水读完它们。我把这些信带回成都复印，然后又寄回上海。1986年4月2日，我出差到上海，就有关信中的一些问题向四爸请教，并做了录音。

我一直想把这四封信作为史料，提供给巴金的读者和研究者，但总因工作忙乱无法注释和说明。最近因为在医院做陪伴，便抽空找出信并注释。昨天我还听了上次和四爸谈话的录音。录音的质量不错，四爸谈笑风生，声音十分清晰，使我重温了和四爸在一起的愉快时刻。

　　四爸在这次谈话中，有两次很动感情，痛哭失声。他说："我感到痛苦的是，我的两个哥哥对我都很好。他们两人都是因为没有钱死掉的。后来我有钱，也没有用。""……他们都不愿意死，结果死掉了，就是因为没有钱。……所以我也不愿过什么好生活。他们如果有点钱，可以活下去，不至于死掉，但是偏偏我活下来……"我理解四爸的心，他对两位哥哥的感情是永恒的。

1993年6月12日

|附|

李尧枚给巴金的四封信[①]

一

亲爱的弟弟：

当你们送我上其平轮[②]的时候，我的弱小的心灵实在禁不起那强烈的伤感，眼泪不知不觉地流下来，把许多要说的话也忘记了。我们哭了一阵，被他们将你同惠生[③]唤走，我送——也未送，但是我也不忍送你们。你们走后，我就睡在舱里哭，一直到三点半钟船开始抛（起）锚，我才走出来，望着灯光闪闪的上海，嘴里不住地说："别了，上海！别了，亲爱的弟弟们！"上海，我不大喜欢[④]，但是我的弟弟住在那里，我也爱他了。一直看不见了，眼泪也流得差不多了，我才回舱睡觉。直到八月初三后方抵重庆，初七乘汽划到合川赶旱回省[⑤]，十五夜八（点）钟方抵家，从七月二十八日由宜昌起，每日不住的下雨，一直把我送回成都。十六日却又天晴了，一路平安，请释念。归家即读你七月十七日写的信（八月初十到的），又使人伤感不已。弟弟，沪上一月的团聚，使我感到极大的安慰，不料匆匆又别了，相见不知何日。弟弟，我真舍不得离开你呵。我回来

---

① 原信无标点，现有的标点和注释为李致所加。
② 其平轮：船名。李尧枚乘该船离开上海返回四川。
③ 惠生：即高惠生，李尧枚和巴金的表弟。他同李尧枚一起去上海，留在上海读中学。后来与李尧枚和巴金的九妹李琼如结婚。
④ 上海，我不大喜欢：据巴金分析，李尧枚可能是不喜欢"海派"和上海的快节奏。同时，李尧枚第一次远离四川，对家里很思念。
⑤ 赶旱回省：指由陆路回省会成都。

20世纪20年代，高惠生与李琼如的合影

到今已经六天了，但吃饭也吃不得，精神也不如以前了，什么事也不想做了。弟弟，并不是我懒，或是我病了，只是心中像损失了一件什么东西一样。弟弟，我真苦啊！弟弟，我在上海把你耽搁了一个月，什么事都使你不能做，真是对不起你得很。但是，我还觉得我们未好生快乐过一天，太短了。我觉得你在我的面前太少了。亲爱的弟弟，我还觉得你是我一个最小的弟弟，难得有我这个老哥子在你面前时时拥抱你。弟弟，我想你时时在我怀中。弟弟，我人虽回到成都来，弟弟，我的灵魂却被你带去了。弟弟，我时时刻刻在你的身边，我是一刻不离你的。弟弟，前数夜，我同妈妈、大嫂、九妹①他们摆龙门阵，我说四弟同高惠生他们俩在我的面前，简直比一些寻常的儿子在老子面前还好，我实在舍不得他们，不放心他们。我含泪的说，却把他们的眼泪惹下来了。弟弟，你的哥哥是爱你的，你也是爱你的哥哥的。但是，你的哥哥实在不配你爱呵！唉！

  弟弟，我托你一件事，是你已经答应的，就是照顾高惠生弟的事。请你照应照应一下呵。那天立约虽是我们三人一时的游戏，但高惠生他很愿意的。他有志于文艺，希望你指导指导罢。

---

① 妈妈：指李尧枚的继母邓蕴如。大嫂：指李尧枚的妻子张和卿。九妹：即李琼如，高惠生的妻子。

今天又接着你的第三封信。谢谢你的美意，怎么你又送我的书？弟弟，你说你硬把我的《小宝贝》要去了，你很失悔。弟弟，请你不要失悔，那是我很愿意送你的。之所以要在船上拿与你，就是使我留下一个深刻的映（印）象，使我不会忘记我们的离别时的情景，借此也表出我的心情，使我的灵魂附着那张小小的唱片永在你的身旁。

弟弟，还有许多话是说不完的，只好打些……代表了罢。本来，我要再等两天才写的（因为我实在不舒服），却因接着你的信，很念我，所以勉强写点给你。但是，我并没有大病呵，只不过我太懒和心中难过罢了。请了，下次再谈，敬祝健康！

枚　八月二十一日夜书于灯下

二

弟弟：

好久没有接你的信了，很念你的。知道你的事情忙，所以我先写封来，有空请复我，没空也就算了。好在我的灵魂是在上海的，在你身旁的。

你的身体好么？你不要太劳苦了，总得要休息休息和运动运动一下，一天到晚伏在桌子上，很痛苦的。请你听我的话罢。

你近年来还爱看电影么？我知道你进了电影院一定不高兴，因为你的哥没有坐在你的旁边了。但是，弟弟，你只管看你的电戏（影）罢，你的哥还是在你的左右。他不过是爱听悲哀的音乐，坐在前面罢了。弟弟，他还是在等他的弟弟，解释着悲哀的剧情给他听呢！就是听不见他的弟弟唱 Sonny Boy，心里不免有些酸痛罢了。

弟弟，你对现代社会失之过冷，我对于现代社会失之过热，所以我们俩都不是合于现代社会的。现代社会所需要的是虚伪的心情，无价的黄金，这两项都是我俩所不要的，不喜的。我俩的外表各是各的，但是志向却是同的。但是,我俩究竟如何呢?(在你的《灭亡》的序言,你说得有我俩的异同,但是我俩对于人类的爱是很坚的)其实呢,我两个没娘没老子的孩子,各秉着他父母给他的一点良心,向前乱碰罢了。但是结果究竟如何呢?只好听上帝吩咐罢了。冷与热又有什么区别呢?弟弟,我的话对不对?

弟弟,我向你介绍一个人罢了,就是高惠生,胖大娘①是也。他是个富于感情的人,希望你时时指导他。他前天与他的妈妈有封信,信内有几句话:"大哥在上海时,有什么事情,还可同他商量商量。现在呢,我还有什么人来商量呵?唉!"弟弟,你看他说得多么可怜呵!弟弟,你安慰他一下罢。

弟弟,我是不再看电影了。因为没有他弟弟在他旁边替他解释剧情了。弟弟,他要他弟弟来了,他才得快乐呵!

弟弟,这次我回川,我失掉我两个小弟弟:你和惠生。我是如何的痛苦。唉!请了,祝你健康!

枚　双十夜

三

四弟:

一连接着你两封(信):九月二十八日一封,本日一封。二十八日那封信接着时,我的二女②正患着极重的气管肺炎,离死神不远了。好容易才由死神的手里夺回来,现在还调养着,所以当时没有给你写回信。

弟弟,我此次回来,一直到现在,终是失魂落魄的。我的心的确的掉在上海了。弟弟,我是多么的痛苦呵!弟弟,我无日无夜地不住思念你。

---

① 胖大娘:高惠生的绰号。
② 二女:指李国炜。

弟弟，我回来，我仍在我屋里设一间（张）行军床，仍然不挂帐子，每夜仍然是照在上海时那个样子吃茶看书。然而在上海看书过迟，你一定要催促我。现在我看书往往看到一两点钟，没有人催促我，因为大嫂月份大①了，总是十点前后就睡了。我还是朝深夜看去，□□过迟，往往掩卷而泣，悄悄地睡了。

弟弟，我常常的当是你在我身旁一样，即（及）至警觉你不见（在）我的面前，我总是十分的难过。我每天吃了饭，我总是到处乱跑的混午饭，总不愿意在家吃，因为我总想你回来吃晚饭。弟弟，我诚然不对，因为我什么事都不想做了。弟弟，我自己都不知道我要怎么才对。

弟弟，我万不料我这一次把我的弱小的心灵受着这剧（巨）大创痕。弟弟，我这创痕不知何时才医得好？弟弟，更不料我这次使你也受着极大痛苦，弟，我恨不得……种种……

弟弟，你说的"如果你还不曾忘记你的弟弟"。弟弟，我如何会忘记你？弟弟，我如果忘记你到（倒）好了，因为我无论什么事我总是闷在心头，越筑越紧。弟弟，我多年来未曾胖过的，受不住热天，即（及）至我回来，我却胖了。家里人这样说，我不信，我把我以前的衣裳穿起，果然胖了。但是现在却大瘦了许多了。弟弟，我是时时刻刻的思念你呵！

弟弟，你不要以为我难得写信来是忘记了你了，那是错了。因为我写信给你，总是悲哀话多。我想我已经难过，如何再使你难过。所以每次提起笔又放下了，甚至有一两次写好了，我又（把）他（它）撕了。弟弟，如果你今天的信不来，还不知哪天我受不住才写呵！

弟弟，白天我都好混过，夜间最糟，我真痛苦极了。我想我有一架飞机，那就好办了。

弟弟，我一天到晚都是鬼混唐朝的，希望你也将空时候，给我写一点信来。总之，我俩互相安慰着罢。

弟弟，我的神经是慌糊（恍惚）的，这是为什么缘故？

---

① 月份大：指怀孕后期。

弟弟，我托你一件事：请你代买一本法文初范，用快邮寄来。务必费心，因为成都多年没有了，天主堂邓梦德牧师那里也去问过了。弟弟，请你不要忘记，费心，费心。

弟弟，我是时时刻刻的在你身旁的，你也是时时刻刻在我的身旁的。请你时时放宽心罢，因为忧愁是很不好的。

弟弟，好好的过去罢，不要太伤感了。弟弟，我接你这封信，不知道要使我难过多少天。弟弟，我也放心些。弟弟哟，请你不要忘记罢。

弟弟，天气冷了，你的大衣做起了么？不要受凉。弟弟，《小宝贝》你在唱么[①]？弟弟，假如你要吃西餐，请人照顾一下三和公[②]罢，因为他对我和你两个很好的。茶房我走时一共给了三块钱，但是对于那个笑嘻嘻的堂官（倌）和那几个山东人，我很抱歉的。你照顾他一下也好，因为我俩是时常在那里一块吃饭呵！

话是说不完。弟弟，我是忘记不了你的，请你也不要忘记我罢。我想你决不会忘记我，只有越更想我的。弟弟你说对不对？请了。敬祝健康！

枚　十一月九日

四

小弟弟：

连接你好几封信，知道你一切情形，但是实在没有空复你。很使你失望，实在的对不起呵！望你原谅。

自从回来，再没有比去年冬月腊月忙的了。忙到腊月二十，把我的胃病疼一切发了，好不扫兴。但是事实上不容许我安静，只好撑着病体与他

[①]　此处李尧枚问巴金是否在放唱片《小宝贝》。
[②]　三和公：指上海淮海路附近一家饭馆。

（它）奋斗了。把幺妹的事办完，年也完了，所以病也没有好。这两天事情到（倒）少些，精神却委顿了，所以你的信只是一封一封的接着，没有精神与你写回信，只怕你要疑我把你忘了。

读了你二月六日（邮局戳）的"我对于生活早就没有一点兴趣"一段，不觉使我异常悲痛，我也是陷于矛盾而不能自拔之一人，奈何！来函谓"哥来函……未及弟痛苦于万一也"。此时，暂不自辩，将来弟总知道兄非虚语[1]。恐到那时，弟都忘却兄了。唉！

《春梦》[2]你要写，我很赞成；并且以我家人物为主人翁，尤其赞成。实在的，我家的历史很可以代表一切家族的历史。我自从得到《新青年》书报，读过以后，我就想写一部书来，但是我实在写不出来。现在你想写，我简直欢喜得了不得。弟弟，我现在恭恭敬（敬）向（你）鞠躬致敬，希望你有暇把他（它）写成罢。怕什么罢。《块肉余生》[3]过于害怕就写不出来了。

现在只好等着你快写成了在《小说月报》上发表，你尚没有取名的小说罢。

我一定要寄点钱给你看电影，不过要稍缓几天，这几天有点窘。

代出版合作社[4]收的账，他们答应农历年底交付。成都的习惯，三十晚上给钱，都算漂亮的。那（哪）知到了初一都不给。问他们，他们反说我的怪话。现在钱他们决定是不给的。我只好将收条寄上，请你转交，并代答歉意。

你有空吸点新鲜空气，最好早上早一点起，去到小咖啡店喝一杯热牛奶，于你很有益。希望你听我这一个小小的要求罢。

---

[1] 将来弟总知道兄非虚语：巴金在《做大哥的人》中说："他回到成都写了几封信给我。他说他会自杀，倘使我不相信，到了那一天我就会明白一切。但是他始终未说出原因来，所以我不曾重视他的话。"

[2]《春梦》：巴金和大哥议论写大家庭的小说书名，即以后的《家》。

[3]《块肉余生》：即英国作家狄更斯的《大卫·科波菲尔》。

[4] 出版合作社：上海的一家出版单位。

以后你写什么东西，务请你将他（它）的名字告诉我。出版时你签名给我一部。我把（它）惠存着拥抱着，就像我的小弟弟与我摆龙门阵一样。这个要求，想来总可以允许罢。我的小弟弟。

枚　三月四日

带来光和热的人

我的三爸叫李尧林。我从没有见过他,但他却给我留下极为深刻的印象。

三爸和四爸,都是我父亲的弟弟。1923年,他们抱着追求新生活的热望,毅然离开成都,去南京读书。四爸以后成了作家,笔名叫巴金,抗日战争时期,曾两次回成都住过一些时候。但三爸离家以后,就再没有回来过。

我心目中三爸的形象,是从照片上得来的。他穿一身中式长衫,头发梳得很整齐,戴一副圆形的近视眼镜,显得善良温和,文质彬彬。这张照片原由我母亲保存,我长大以后便理所当然地"接管"过来。

我很小就知道全家的生活费用主要靠三爸供给。当时,我们家庭成员在成都的一共九人:祖母,一个姑姑和一个叔父,我母亲,四个姐姐和我。三爸的汇款,每月按时从天津

巴金的三哥李尧林

1925年，三爸李尧林（左）和四爸巴金摄于南京

寄来。当时，我们家已从童子街搬到金丝街。我爱在院子外面玩，邮差（现在叫邮递员）送汇款单来，总是我最早发现。汇款偶尔也会有迟到的时候。这首先使祖母着急，坐卧不安，以致全家笼罩着一种担忧的气氛，连我都不敢过分调皮。

在这种情况下，我更爱在大门口玩。这可以少惹大人心烦，又能担负起一种"侦察"任务：留心邮差是否到我们家来。如果匆匆从我们家走过，我自然感到失望。要是向我们家走来，不是送一般的信，而是汇款单——

我便接过来就往上屋跑，同时大声喊："三爸寄钱回来了！"

这时，我可以不怕大人，也不必拘束了。祖母仔细地看着汇款单，我已经帮她打开抽屉，把图章和印泥找出来。祖母把图章蘸了印泥，总要用口对着图章哈几口气，然后才盖在回帖上。于是，我又挥舞着回帖，飞快地跑出去把它交给邮差。我做这件事十分得意，好像自己也给家里做了一点贡献似的。

这样，家里至少又有一个月的安宁。

抗日战争爆发以后，天津和四川的联系中断。我们家再也接不

到三爸的汇款了。无论我在门外等多少次也无济于事。接不到三爸的汇款，全家的生活无着。经过"家庭最高会议"讨论（我们小孩子是没有资格参加的），决定一分为二，祖母和母亲各自带着子女回娘家居住。我们搬到北门銮华寺街跟外祖母住在一起，除靠母亲为别人绘画、刺绣以外，还靠变卖一些旧的衣物维持生活。这是日本帝国主义侵略中国，给我们家庭带来的一个直接影响。

1941年和1942年，四爸两次回成都，发现家里生活困难，便由他负担一家的生活。四爸是作家，没有固定收入。好在这时我的小幺爸和大姐先后当了小职员，多少也分担一些。经"家庭最高会议"再次研究，为了节省开支，把已分在两处的家庭又合在一起，搬到东城根下街七十六号居住。

三爸在1939年9月从天津到了上海，身体不好。在休养的同时，翻译一些外国文学作品。1945年，抗战终于胜利了。几个月以后，四爸从重庆回到上海，但年底接到四爸来信，说三爸患病逝世。我们全家都为三爸逝世感到难过。父亲去世时我只有一岁多，毫无印象。三爸去世，使我第一次感到失去亲人的痛苦。

我没有和三爸接触过，谈不上对他有所了解。后来读四爸写的文章才知道三爸的情况。三爸先后在东吴大学和燕京大学读书，过着一种苦学生的生活，有时还得担任家庭教师来为自己缴纳学费。他"从不羡慕别人的阔绰，也没有为自己的贫苦发过一句牢骚"。大学毕业后，三爸找到职业，在天津南开中学做英文教员，并给自己的未来订了一些计划，但不幸我父亲去世了，留下一个破碎的家。三爸过去没有向家里要求什么，现在却毅然挑起这副重担，每月按时把自己的大部分薪水寄回家。不用说，他自己的计划完全消失了。正如四爸所说，他像"一只鸟折断了翅膀"，"永远失去高飞的希望了"。就这样过了九年。三爸教书很认真，得到学生真诚的爱戴。以后，我认识了他的学生邢方群、黄裳、黄宗江，也证实了这一点——但家庭的重担使三爸逐渐消瘦，身体也渐渐坏了。他到上海以后，翻译了俄国作家冈察洛夫的小说《悬崖》和其他几本书。因为没有钱，长期不能住进医院。三爸逝世的时候，已经四十多岁，还没有结婚。三爸不是什么英雄人物，也没有干什么惊天动地的事情，然而——这也是四爸说的——他像"一根火柴，给一些人带来光与热，自己却卑微地毁去"。

了解三爸的情况以后，我对他十分尊重和热爱。我是身受三爸带来光与热的人之一，不能不对他充满感激，但更重要的是我感到三爸具有为别人幸福而牺牲自己的精神。

1964年7月，我第一次到上海。四爸问我有什么要求——他曾答应过我到上海时陪我玩。我提出到三爸墓地去一次。在一个星期天（26日）下午，四爸雇了一辆三轮车，我们两人坐在一起，冒着烈日，到了虹桥公墓。三爸的墓碑很别致，是用大理石制作的图书形状的墓碑，上面刻有他翻译的小说《悬崖》上的一段话："别了，永远别了。我的心在这里找到了真正永久的家。"四爸不断地弯着腰去拾墓地上的枯草。我默默地站在墓前对三爸——我从没有见面的叔父——表示敬意。当时，我和四个姐姐早参加工作，都结了婚，有了孩子，生活很幸福，但三爸却一个人长眠在这里。我想起四爸说过的一句话："你悄悄地来到这个世界，又悄悄地走了。"眼泪从我眼眶里流出来，一直滴下去。……亲爱的三爸，就让这几滴纯真的泪水，来浇灌您坟上的一两棵小草吧！

没隔两年，史无前例的"文化大革命"发生了。当时我在共青团中央工作。一个极愿做我"顶头上司"的同志，抢先和造反派站在一起，根本不顾我家庭的实际情况，赠予我一顶大帽子——"地地道道的地主阶级的孝子贤孙"。以后，再加上其他"罪名"，我被关进"牛棚"。在"牛棚"里面，凡属我自己支配的时间，我一用来学习，二用来回忆。我越讨厌那些一天到晚讲假话、乱整人的人，就更加怀念三爸这种平凡的、有益于人的好人。1973年，我在回干校途中悄悄绕道上海去看四爸，又提到三爸的墓地，但四爸回答说："已经在破'四旧'时被铲平了。"我听了心像刀割似的绞痛，但怕引起四爸难受，便竭力控制住自己的感情，一句话也没有说。我只是想：你们能铲掉三爸在虹桥的墓地，但无论如何也抹不掉三爸在我心中的崇高形象。

"十年浩劫"早已过去了。不论社会如何发展和变化，我不相信什么"人本来就是自私的"这类鬼话，我期望下一代能具有好的思想。每当晚上，我有机会和孩子聚在一起的时候，我爱讲三爸的故事给他们听。四爸说三爸不愿意惊动别人，但却"播下了爱的种子"。我发现，孩子们已开始了解和尊敬三爷爷了。有一次，刚学步的小外孙在旁边玩，我女儿就对他说："等你长大了，给你讲我三爷爷的故事！"

1981年10月22日

|附|

挽三哥

◎ 李健吾

世界上少了一位君子人。"三哥"去了，静悄悄的，没有留下一句话，带着生的希望，就在小鸟迎着太阳唱起欢喜的歌曲的时候，辞别了我们这个永远在纷呶之中旋转的地球。去了也好，对于这样清贞自守的君子人，尘世真是太重了些，太浊了些，太窒息了些。

他并非不是斗士，我们一直把他看作《家》里面的觉民，随着三弟觉慧打出腐朽的世纪，独自，孤单单一个人，在燕京大学读书，在南开中学教书，以李林的笔名翻译外国的杰著，然后，神圣的抗战未了，流落在上海这个闹市，除去六七个朋友之外，没有朋友，为良心，为民族，守着贫，读着书，做了一名隐士。他没有"琴"，永远没有那么一位鼓舞他向前的表妹。我们时常和他开玩笑："你的琴表妹呢？"他笑笑。那是他四弟的制造。巴金在故事里面安排了一点点理想，一点点美满的幻觉，然而我们的"三哥"一直在寂寞之中过活。

他是巴金的三哥，我们这些热情的喽啰，便也喊他"三哥"。

他兄弟的几个朋友变成他的朋友。四五年来，不想多交朋友，有了钱便只是在旧书铺为自己买书，为兄弟买书，更喜为心性喜爱音乐，买旧乐片（古典的，著名的大曲），听工部局乐队演奏。没有人看见他在任何社交场合抛头露面，生活越来越高，他没有力量维持下去了，然而不开口，他只是剥削他可怜的最低的享受。书不买了，音乐会不听了，门也索性不出了，他开唱机，坐在他的（实际是他四弟的）破旧的沙发里面，四处堆满各式各样的西洋书，陶醉于灵魂的独来独往的天地。人是一天一天瘦了。朋友也一个一个全瘦了。聚在一起，大家握着一份报纸，从兴奋或者颓丧的消息推论战争的胜败。期限恐怕更要长了，压迫恐怕全要更长了，朋友恐怕更走投无路了，最后一关最难过。做生意不会，煎熬的本领倒是有的。物质的享受减到零，一个原本瘦弱的身体越发瘦弱了，最后有一天，倒下来，躺在床上，发了好几个月的烧。他拒绝寻来的同情，以为肺痨不至于把他带往死亡。然而，精神敌不过物质，书生斗不过市侩，我们的三哥，由于营养不良终于去了。胜利让他兴奋，他唯一的遗憾是他没有能够利用长期的隐居好好工作，分分四弟的担负，减减四弟的心思。

百无一用是书生。

这个书生是我们几年以来看到的仅有的一位君子人，他不高傲，但是孤洁两个字送给他当之无愧，恐怕也就是只有他最最相宜。这真不易，太不易了。

> 听不到人籁，
> 自有你的天籁，
> 天那样蓝，
> 天那样高，
> 你干净的灵魂。

1945年11月29日《文汇报·世纪风》

一部旧书，一片兄弟情

1967年4月12日，我收到四爸巴金的信。信中说："……下月内还要寄出几本书，里面有一部雨果的《九十三年》，是我四二年回成都带走的，书上还有你父亲的图章，让你保存更好些。"

不几天，我果然收到这部书了。

这是两本薄薄的书，上、下册，书名叫法国革命小说《九十三年》。作者为嚣俄（即雨果），译者为东亚病夫。竖排，仅有圈点。版权页上印有：中华民国二年十月发行，印刷所和发行所均为有正书局。定价为大洋六角。正文第一页右中有一圆形蓝色的印章：上面有一排英文LIPUSHIEN，中有一条线，下面有"李卜贤"三字。

李卜贤是我父亲。他名为李尧枚，号卜贤。这本书印证了当年我父亲和三爸李尧林（笔名李林）、四爸（笔名巴金）阅读新书报的事实。四爸的文章中早有描述：

> 我常常说我是五四的产儿。五四运动像一声春雷把我从睡梦中惊醒了。我睁开了眼睛，开始看到了一个崭新的世界。
>
> 五四运动发生的时候，报纸上如火如荼的记载，甚至在我们的表面上平静的家庭生活里敲起了警钟。大哥的被忘记了的青春也给唤醒了。我那时不过十四岁半，我也跟着大哥、三哥一起贪婪地读着本地报纸上关于学生运动的北京通讯，以及后来上海的"六三"运动的记载。本地报纸上后来还转载了《新

青年》和《每周评论》的文章。这些文章使我们的心非常激动。我们觉得它们常常在说我们想说而又不会说的话。

当年，三爸、四爸是学生的时候，我父亲已在工作。四爸的文章还说：

> 大哥设法买全了《新青年》的前五卷。后来他甚至预先存了一两百块钱在华阳书报流通处，每天都要去那里取一些新到的书报回来（大哥工作的地点离那个书铺极近）。当时在成都新的书报很受欢迎，常常供不应求。

我分析，这部法国革命小说《九十三年》，是当年我父亲所购买的新书之一。三爸和四爸在1923年离开成都去南京求学。四爸以后去法国留学，并在法国写出他的第一部小说《灭亡》。四爸归国后，我父亲曾在1929年去上海看望他，相聚一个多月。当时，三爸毕业于燕京大学，在天津南开中学教书。由于没有解决路费，他们失去了三兄弟团聚的机会。1931年，我父亲逝世，给三爸、四爸带来极大的痛苦。四爸在离开家乡十八年后，于1941年和1942年两次回成都，都住在我们的小家。1942年那次住得较长，雨果的法国革命小说《九十三年》，是他"四二年回成都带走的"。这显然是四爸珍惜他和父亲的感情，以此留做纪念的。

在书的首页左下有一个大一些的椭圆形蓝色印章：上面有三排字，第一排是"上海"，第二排是"尧林图书馆"，第三排是"藏书"。在第一页前的译者《评语》上，有四爸用毛笔写的："李卜贤先生捐赠"。

我三爸李尧林，用作家李健吾的话来说，是一位"君子人"。我父亲逝世后，他毅然担负起全家十一人的生活费用。为此，他一直过着清贫的生活，甚至没有结婚。抗日战争爆发后，他不愿在天

《九十三年》书影　　　《九十三年》内页上　　《九十三年》内页
　　　　　　　　　　　巴金写有"李卜贤赠"和　上加盖有李尧枚、巴金
　　　　　　　　　　　尧林图书馆章　　　　　　和李致的章

津教书，应四爸之邀到上海，靠翻译书的稿费生活。抗日战争胜利了，他却因病离开人世，年仅四十二岁。四爸先后写过两篇怀念他的文章，称赞他像"一根火柴，给一些人带来光与热，自己却卑微地毁去"。为纪念三爸，四爸准备成立一个"尧林图书馆"，并在许多书上盖了"尧林图书馆"的章。法国革命小说《九十三年》便是其中之一。以后由于多种原因，尧林图书馆没有建成。

这部书，不仅印证了当年他们读新书追求新思想，同时反映了他们三兄弟的友情。当我看见它上面盖的章和所写的字时，心里流淌着一种激情。

我在书上加盖了"李致"二字的印章，体现四爸说的"让你保存更好些"的用心。

这部书在我这里保存了二十八年。因多次搬家，曾一度找不到下册。2003年夏天，我女儿找到下册，令我十分高兴。我今年七十有五，难免丢三落四。为保护好这件"文物"，我已把它交给儿子，请他代我复制和保管。

为此，我写了这些文字，以作纪念。

2004年10月11日

唱片《小宝贝》

最近，我经常听20世纪20年代的一首美国歌曲，名叫 Sonny Boy。

我最先是从四爸巴金的文章《做大哥的人》中知道这首歌的。

四爸本名李尧棠。我父亲是他的大哥，叫李尧枚。巴金还有一个三哥，叫李尧林。他们三兄弟之间感情深厚。四爸李尧棠和三爸李尧林在1923年离开成都，去南京读书。以后，三爸从燕京大学毕业，在天津南开中学教书。四爸则留在上海。1927年，四爸去法国留学，把他的旅途见闻写信寄给两个哥哥，若干年后以《旅途通讯》为名正式出版。在法国，四爸创作了他的第一部小说《灭亡》，扉页上印着："献给我底亲爱的哥哥：枚！"我童年时在家里见过这本书。

六年间，我父亲给他的两个弟弟写了一百多封信。四爸

年轻时的巴金

非常珍惜，把它们装订成三册。可惜后来在"文革"毁于一旦。

1929年秋，我父亲去上海。他在上海停留了一个多月，与四爸相聚得非常快乐。他们邀请了当时在天津的三爸去上海，因为没有寄路费，三爸未能成行，失去三兄弟团聚的机会。一年半后父亲的去世，给两个弟弟带来莫大的痛苦。

30年代初，四爸的散文集《忆》中，有一篇叫《做大哥的人》。其中写到我父亲离开上海回四川时的情景：

> 我们的分别是相当痛苦的。……正要走下去，他却叫住我。他进了舱去打开箱子，拿一张唱片给我，一边抽咽地说："你拿去唱（即听）。"我接到后一看，是G.F.女士唱的 Sonny Boy，两个星期前我替他在谋得利洋行买的。他知道我喜欢听这首歌……然而我知道他也同样地爱听它，这时候我很不愿意把他喜欢的东西从他手里夺去。但我又一想我已经有许多次违抗过他的劝告了，这一次我不愿意在分别的时候使他难过。……我默默地接过唱片。我的心情是不能够用文字表达的。

这段细节相当感人。从此，我知道他们都喜欢这张 Sonny Boy 的唱片。

1984年，我去上海看四爸，四爸把仅存的我父亲给他的四封信给我看。其中一段，也提到这张唱片：

> 弟弟，你说你硬把我的《小宝贝》要去了，你很失悔。弟弟，请你不要失悔，那是我很愿意送你的。之所以要在船上拿与你，就是使我留下一个深刻的映（印）象，使我不会忘记我们的离别时的情景，借此也表出我的心情，使我的灵魂附着那张小小的唱片永在你的身旁。

这张唱片不仅为父亲和四爸所喜爱，而且还反映了他们的手足深情。当时，我就很想找这张唱片，认真听一听。问过音乐界的朋友，都不知道这首歌。1985年，我儿子去美国攻读博士学位。他先忙于学习，后忙于工作，我不便给他布置任务。1992年，我去美国探亲，闲聊时提到此事，儿子记下了我的心愿。去年庆贺巴老进入百岁，上海明星演出曹禺改编的话剧《家》。我两次在电视上听见剧中播放了一首英文歌，打电话问在上海的济生叔，果然是 Sonny Boy。我立即将此事告诉儿子。不久，我收到女儿从北美用电子邮件给我发来的 Sonny Boy，喜出望外。原来，儿子在网上找到，女儿请她的儿子下载，再由她传给我。

我连续听了许多天，一天听若干遍。

为了加深理解，我请女儿把歌词试译为中文：

> 乌云遮盖了天空，
> 我却不在意灰暗，
> 你就是我的蓝天，Sonny Boy。
>
> 众人弃我而去，
> 就让他们离开，
> 我仍然拥有你，Sonny Boy。
>
> 你来自上天，
> 珍贵无限。
> 你使人间变成了天堂，
> 上帝保佑你！Sonny Boy。
>
> 当我老去，灰发丛生，

答应我你不会离去，

我需要你在身边，Sonny Boy。

从三爸李尧林的好友杨苡那儿，我知道三爸也喜欢这首歌。他们三兄弟为什么都喜欢这首歌？为此，我请教了杨苡。Sonny Boy，直译为"儿子般的男孩"，四爸意译为"小宝贝"。杨苡说："Sonny是儿子的爱称，也可理解为心中最珍爱的人。"我推想，不知是否还可理解为某种信念或者博爱？

父亲生于1887年，三爸和四爸分别生于1903年和1904年。出生在封建大家庭，他们却从自己的母亲和"下人"那儿学到"爱"。四爸在1936年《我的几个先生》一文中说："我的第一个先生就是我的母亲。……使我认识'爱'字的就是她。""她很完满地体现了一个'爱'字。她使我知道人间的温暖；她使我知道爱与被爱的幸福……"

与此同时，封建的礼教和人世间的尔虞我诈，激起他们强烈的恨。五四运动像春雷把他们唤醒。他们贪婪地阅读新书报，吸取新思想。不同的是父亲重在妥协，四爸重在反抗。在各自选择的道路上，都有曲折和痛苦。我父亲从上海回成都不久，在信上对四爸说：

李尧林的好友杨苡

弟弟，你对现代社会失之过冷，我对于现代社会失之过热，所以我们俩都不是合于现代社会的。现代社会所需要的是虚伪的心情，无价的黄金，这两项都是我俩所不要的，不喜的。我俩的外表各是各的，但是志向却是同的。但是，我俩究竟如何呢？（在你的《灭亡》的序言，你说得有我俩的异同，但是我俩对于人类的爱是很坚的。）其实呢，我两个没娘没老子的孩子，各秉着他父母给他的一点良心，向前乱碰罢了。但是结果究竟如何呢？只好听上帝吩咐罢了。冷与热又有什么区别呢？弟弟，我的话对不对？

面对旧社会，父亲处处委曲求全，走投无路；四爸期望改天换地，难见成效（他作品的影响是另一回事）。他们三兄弟既喜欢音乐又懂英语，唱片《小宝贝》，无论作为心中最珍贵的人，还是孤寂中的精神寄托，或作为所寻求的信念"对人类的爱"，引起他们的共鸣，就不难理解了。

是否如此，得请专家评论。

2004年五一劳动节

"她仍和我在一起！"
——巴金对萧珊的深情

巴金对萧珊的深情，集中体现在他的两篇怀念萧珊的散文和《家书》与萧珊的通信中。下面记叙的几件事，仅是我的感受。

萧珊原名陈蕴珍，是巴金的读者。他们于1936年首次在上海见面，以后相爱八年，1944年在贵州花溪结婚。40年代，萧珊两次回成都，住的时间不长。我那时在上高中住校，她因语言不通，有时要我为她外出带路。60年代在上海见过她一次，在北京见过她一次。时间虽短，但我已感到巴老有一个温暖和睦的家，萧珊在家里起着重要的作用。萧珊既管理家务，又在《上海文学》杂志做义务编辑。

年轻时的萧珊

"文革"一开始，我被迫中断与巴老的联系，也不知道萧珊的情况。在那史无前例的黑暗日子里，巴老和萧珊相濡以沫。萧珊为了保护巴老，受到北京来的红卫兵用带铜头的皮带的毒打，留在她左眼上的黑圈好几天后才退尽。巴老则说："我多么愿意让她的泪痕消失，笑容在她那憔悴的脸上重现，即使减少我几年的生命来换

1949年，巴金与夫人萧珊、女儿小林在上海寓所

取我们家庭生活中一个宁静的夜晚，我也心甘情愿！"这是若干年后读巴老的《怀念萧珊》才知道的。1972年8月我在河南潢川县团中央"五七"干校，给巴老的女儿小林写了封信，希望能得一些信息。小林回信告诉我，萧珊因患肝癌在8月13日逝世。萧珊比巴老小十三岁，她怎么会这样早就离开人世？我接受不了这个事实。也深知萧珊逝世，对巴老会有多大的打击。

只有两只眼睛非常明亮

为了安慰巴老，我终于提笔给他写了信。11月4日得到他的回信：

……蕴珍去世对我是一个很大的打击，我永远忘不了她，然而我无论如何要好好地活下去，认真地学习。

……你的第一封信是8月4日写的，信寄到时，她的病已到危险阶段，刚开了刀，小林在病床前对她讲你有信来。她只是点了点头，那时身体极度衰弱，靠输血维持生命，说话非常吃力，只有两只眼睛非常明亮。我们不知道她那么快就要离开我们，还劝她不要费力讲话，要她闭上眼睛休息。她也不知道这个情况，因此也没有留下什么遗言。想到这一点，我非常难过。

写不下去了。……

随信有一张较大的萧珊的照片，身体不错，略带微笑。我真不能相信，她已离巴老、离我们而去。

床头和书桌都有萧珊的照片

1973年春，我从北京回干校，悄悄绕道上海去看望巴老。这次去上海的情况，我写在散文《我淋着雨，流着泪，离开上海》里面。其中一段写萧珊逝世给"家里笼罩着一层阴影"。"记得我第一次来上海时，到处都有她的身影和笑声。她张罗着许多事，她殷勤待人，她不断地和我开玩笑……"我不敢向巴老提到萧珊。"只在小林卧室的玻璃板下看见一张照片：萧珊躺在床上，全身盖着白布单；巴老站在旁边，穿一件短袖衬衫，左袖上戴着黑纱，两手叉着腰，低着头哭泣。我突然觉得自己也到了现

中年时的萧珊

场，和家人一起给萧珊妈妈告别。"

若干年后我在巴老的《怀念萧珊》的文章中读到："我在变了形的她（萧珊）的遗体旁边站了一会。别人给我和她照了相。我痛苦地想：这是最后一次了，即使给我们留下来很难看的形象，我也要珍视这个镜头。"我理解巴老的心情。不过，离开上海前一天，我向小林说："这张照片看了使人难受。最好换一张妈妈平常的照片。"小林赞同我的建议。

粉碎"四人帮"以后，我再去上海，在巴老的卧室床头上，放着萧珊带着笑容的相架。书房的两张书桌上，也各放着一个有萧珊笑容的相架。无论巴老在工作或休息，萧珊都陪伴着他。

保留这段黑暗历史的真面貌

有一次我去上海，巴老在聊天时谈到他有些事需要人帮助办理，其中之一是整理照片。

我马上表示可以效力。遵照巴老的指点，我拿出一大堆照片，按新中国成立前、"文革"前、"文革"后，分成几大类。这时，巴老拿出几张萧珊在新中国成立前的照片给我看。萧珊当时很年轻，照片的质量也不错，可惜有的被打了叉，有的在萧珊脸上画了胡须。我一看就知道是当年那些红卫兵"英雄"干的，心里顿时充满愤怒。

为避免引起巴老不愉快，我什么都没有说。后来我建议把这几张照片带回成都，请人做技术处理，恢复照片的本来面貌。巴老却说："用不着，就让它这样，这是历史。"

联想起萧珊在"文革"中的遭遇，那是一个多么疯狂的年代啊！谁也不该遗忘它！

在萧珊的骨灰盒前留影

1986年4月我随川剧院演出去上海,同去的还有摄影家陈彦,机会难得。我向巴老说明,由于工作变动,我以后不可能像在出版社时经常来上海,所以想拍一些照片。巴老欣然同意。我和陈彦在5日上午去了巴老家,分别在花园、客厅、书房、卧室等地,按巴老平常的生活习惯,为巴老摄影。

巴老那天情绪很好,针对我要拍照的原因,开玩笑说:"没关系,如果我不行了,会打电话叫你来。"他积极配合,听从安排。陈彦在巴老上楼时拍了一张,巴老笑着说:"我上楼时还没拍过照片。"在书房,我看见大镜子,立即想起巴老的散文《大镜子》,说镜子对他说真话,"在我的头脑发热的时候,总是它使我清醒",便请巴老站在大镜子旁照了一张相。

巴金第一张上楼时的照片

在卧室,巴老主动提出:"在萧珊骨灰盒前为我照张相。"拍了几十张照片,都是我安排的,只有这一张是巴老提出的。我一下想起巴老在《怀念萧珊》一文中所说的:"一切都结束了。过了几天我和女儿、女婿到火葬场,领到了她的骨灰盒。在存放室寄存了三年以后,我按期把骨灰盒接回家里。有人劝我把她的骨灰盒安葬,我宁愿让骨灰盒放在我的寝室里,我感到她仍然和我在一起。"骨灰盒放在寝室进门靠床的立柜上,巴老走到前面,像望着萧珊似的望着骨灰盒。陈彦立即拍下这张照片。

1987年夏，我随川剧院去日本访问演出。4月29日，巴老来信说："你们去日本，在那边文化界我有不少朋友，如遇见我的熟人，请代我问候他们。"我想，在日本遇见

巴金深情地望着放在卧室里的萧珊的骨灰盒

巴老的朋友，最好请他们看看巴老的近照。正好上次陈彦为巴老拍有照片，装了一本影集，我便把影集带上。一天下午，日中友好人士丰田正子到东京国立剧场看望我。1980年巴老访问日本时，丰田正子用日文宣读过巴老的演说，是巴老的朋友。我们很自然地谈到巴老，我请她看影集。当她看巴老在萧珊骨灰盒前的那张照片时，目光停留了很久。我看见她眼里充满泪水。

听《怀念萧珊》的录音

自萧珊逝世后，我怕引起巴老伤心，从未主动向巴老提到过萧珊，然而巴老很坚强。1997年我去杭州看望巴老，有天下午，看见巴老靠在轮椅上，安详地听散文《怀念萧珊》的录音。小林告诉我，这是著名播音员陈醇的播音。我坐在巴老身旁，不敢出声，绝不能在这时对巴老有任何打扰……

2001年2月16日

我淋着雨，流着泪，离开上海
——记"文革"中去上海看望巴金

夜读作家徐开垒著的《巴金传》（续卷），其中《患难见真情》一节，提到有关我的一些记叙。先摘其一段：

> 这一年10月底，巴金的大哥李尧枚的儿子李致给巴金来了信，给巴金带来了成都老家对萧珊去世后巴金处境的关心。在一年以前，李致就曾从北京返回设在河南的干校时，悄悄地绕道上海来武康路看过巴金。当时他与巴金同睡在一张床铺上，曾给他转述过一些老朋友对巴金的怀念。但由于受当时各种条件的限制，虽同睡在一张床上也不敢深谈。在这次来信之前，李致就曾有信给小林。那时萧珊住院动了手术，小林曾把李致来信的事告诉她，但萧珊已不能说话了，她只点了点头，就闭上眼睛休息。这次李致来信，是萧珊去世后给巴金的第一封信。它给巴金带来安慰。①

读完之后，二十三年前的一些事，又重新出现在我眼前。

"十年浩劫"开始的时候，我在共青团中央《辅导员》杂志

---

① 这里叙述的时间有误。"文革"期间李致给巴金的第一封信是1972年10月30日写的。李致从北京绕道去上海看望巴金是在1973年春。

20世纪50年代巴金在上海

任总编辑。很快，团中央所有报刊的总编辑，一个个被作为"反革命修正主义分子""揪"出来，包括我在内。我先靠边站，继之进"牛棚"，然后又到干校"劳动改造"。

过去许多"运动"，往往从文艺界开刀，这次更不例外。看见北京文艺界许多著名人士被"揪"出来，我必然担心四爸巴金的处境。特别是几年前我就知道姚文元在策动批判巴金，后被周总理制止。1966年6月，亚非作家会议在北京召开，巴金是中国作家代表团副团长。但与此同时，造反派在揭发我的大字报上，已提出要我交代与"反动学术权威"巴金的关系。当时我还没有完全被看管，我先从全国作协那儿知道四爸的住地，然后打电话给他。电话通了，只说了几句一般的话，彼此都显得很拘谨。过去四爸到北京，总要打电话给我，我也一定会去看他。而这次我没提出去看他，他也没有叫我去。不过，听到了他的声音，我感到温暖。六年后我才知道，四爸当时已经预感到"大祸临头"了。[①]

相当长一段时间，我不知道四爸的消息，但我认定他在劫难逃。果然在1967年5月10日，报纸刊登了一篇名叫《大树毛泽东文艺思想的绝对权威》的文章，批判巴金"是最典型的资产阶级精神'贵族'"，"过着寄生虫、吸血鬼的生活，写的都是反党反社会主义的大毒草"。可以想得到，四爸会遇到多么大的灾难，我真担心他能否承受得了。机关造反派趁机对我施加压力。说我过去写的材料是"假揭发，真包庇"，必须真正揭发巴金的"罪行"。其实，我和巴金接触（不包括童年时期）的次数不多，我如实地一一写出。造反派说我"态度恶劣"，但除拍桌大骂以外，也无可奈何。不过，他们责令我把巴金给我的信全部交出。我清理了一下，有四十多封信，是四爸在1956年到1966年十年间写的，光明正大，没有见不得人的地方。我理直气壮地把信交给造反派，以为他们看了之后会退给我。没想到，交给这些人的信之后便石沉大海，到现在为止谁也不知道它们的下落。

由于受"左"的思想影响，我自己的思想也乱了。我认为巴金的世界观是小资产阶级的世界观。既然我从小喜欢巴金的作品，现在是"文化大革命"，有必要重新阅读一次。第一本读《家》，这是他的代表作。接连两三个晚上，我读到深夜，在鸣凤跳湖和瑞珏逝世时，伤伤心心地哭了。因为哭出声，把爱人惊醒，她以为我出了什么事，连问我："哭什么？"

1968年4月22日，我被关进"牛棚"。除受批判和劳动之外，只许学《毛选》。我通读了四遍《毛选》，但还有很多时间，坐在那儿实在难受。我以检查文艺思想为理由，要求读《鲁迅全集》。出乎意外，我的要求被批准。我儿子按时送东西的时候，给我分卷

[①] 见《家书——巴金萧珊书信集》。巴金在1966年6月10日给萧珊的信中曾说："我来京后除听报告，参加宴会、晚会外，什么地方也没有去，什么人也没有找。（李致打听到了，来过一次电话。）"

送来《鲁迅全集》。这一下日子好过多了，我天天读鲁迅的书。在"牛棚"，我思念四爸。每当我翻开《且介亭杂文续编》，读到鲁迅说巴金是"一个有热情的有进步思想的作家，在屈指可数的好作家之列的作家"这一句话，真是思绪万千。我明白了那些所谓"无产阶级革命家"打着鲁迅的旗帜，实际在玩"颠倒人妖，混淆是非"的把戏。

1969年，到了河南省潢川县"五七"干校。有一天，公布晚上将放电影《英雄儿女》。我看过根据巴金小说《团圆》改编的电影《英雄儿女》，十分感人。如果是放这部电影，是否意味着四爸的处境有所变化呢？吃完晚饭，全连人排队到校部前的空坝。一路上，众人有说有笑，我却埋着头不言不语，一心期待我的愿望能实现。电影一开放，果然是根据巴金小说改编的，我当然感到高兴；但"根据巴金小说《团圆》改编"这几个字却被删去，使我大失所望。这个谜若干年后才解开：影片是周总理叫放映的，删去"根据巴金小说《团圆》改编"，则是"四人帮"在上海的爪牙下令的。

巴金，我的四爸，我真想念你，担心你！

已经记不清我是怎样下的决心：1972年8月，我给巴金的女儿、我的妹妹小林写了一封信去。历时一个月，才收到小林的回信——原来萧珊妈妈在8月13日逝世。我几次提笔给四爸写信，但坐在桌前，望着稿纸，竟写不出一个字来。直到10月30日，我再也控制不住自己的感情，一口气写了六年来的第一封信。

爹[①]：

　　提起笔，千言万语，真不知从哪儿说起，我们有六年没有通信。然而，我这几年比过去任何一个时候都更关心你。你对

[①] 李致曾过继给四爸巴金，故称巴金为爹。详见《李致文存》之《我的人生》卷中《大妈，我的母亲》一文。

我一定也如此。

到目前为止，我们最后一次见面是1965年你去越南之前；最后一次谈话，是1966年在北京的那一次电话。所有一切，我都不会忘记，它们将永远刻在我心里。

为了避免某些不必要的麻烦，前一段时候我暂时没有给你写信，而且也不知道把信寄到哪儿。今年8月，我写了一封信给小林，算是试投，期望能取得联系。小林有一个月没回信，我担心这个希望也没了。后来，小林的信来了，我一看见信封就高兴，满以为这封信会给我带来一些令人愉快的事。可是，做梦也没有想到，它带来的却是妈妈逝世的消息。

妈妈逝世，你当然最难受。我本应该立即写信安慰你。可是，我能向你说什么呢？有什么话能减轻我们的痛苦呢？我实在想不出。就是现在，写到这里，我的眼泪也忍不住往下流。

1964年夏天，我第一次到上海。这是新中国成立后我第一次看见妈妈，我开始喜欢她。记得那个晚上，大家在屋外乘凉，萧姐①也在场。我向你要《收获》复刊第一期，你答应了。妈妈立即说你"偏心"，说她向你要过几次，你都没有给她。当时，我们是多愉快啊！这大概就是一般人所谓的"天伦之乐"吧！然而，这样的聚会，这一生都不会再有了。

我最好不在这个时候给你写信。因为不仅不能给你安慰，反会引起你的痛苦。不过，我还要问一遍：妈妈去世之前，她看见我给小林的信没有，她说了些什么？我问过小林，她没有回答，但我很想知道。

就这样吧，我不再写下去了。我相信你能理解我的感情。

李致
10月30日

---

① 萧姐：萧荀，李致大姐的朋友，也是巴金和萧姗的朋友。

大约十天以后，我收到四爸的信。多么熟悉和亲切的字，我的心激动得快要跳出来了。我小心地把信封剪开，急急忙忙地读下去。

李致：

　　三十日来信收到（你上次给小林的信我也见到），知道你的近况我放心多了。这些年我也常常想念你和你的几个姐姐。三年前有人来外调，才知道你当时靠过边，但是我又知道你没有历史问题，认为不会受到多大的冲击，我一直不想给你写信，害怕会给你找麻烦，心想等到问题解决了时再通信息。现在你既然来信，我就简单地写这封信谈点近况吧。我1969年参加三秋后，就和本单位革命群众一起留在乡下，以后1970年3月又同到干校。今年6月因蕴珍病重请假回家，7月下旬就留在上海照料她。她去世后我休息了一段时期，9月起就在机关上班（工宣队老师傅和革命群众今年都上来了），每天半天，主要是自学马列主义经典著作。这几个月并没有别的事。但问题尚未解决，仍在靠边。住处也没有改变，只是从楼上搬到楼下而已（楼上房间加了封，绝大部分书刊都在里面）。我身体还好，情绪也不能说坏，蕴珍去世对我是一个很大的打击，我永远忘不了她，然而我无论如何要好好地活下去，认真地学习。

　　你问起妈妈去世前看到你的信没有。你的第一封信是8月4日写的，信寄到时，她的病已到危险阶段，刚开了刀，小林在病床前对她讲你有信来。她只是点了点头，那时身体极度衰弱，靠输血维持生命，说话非常吃力，只有两只眼睛十分明亮。我们不知道她那么快就要离开我们，还劝她不要费力讲话，要她闭上眼睛休息。她也不知道这个情况，因此也没有留下什么遗言。想到这一点，我非常难过。

写不下去了。祝好！

尧棠

11月4日

　　与四爸通信，我不敢告诉任何一个人。萧珊妈妈去世，对四爸是"一个很大的打击"，但他毕竟健康，这是不幸中之大幸。我明白当时的形势，也清楚彼此的处境，不能过多通信。但我产生了一个强烈的愿望：要设法去看望四爸，安慰他。正好我爱人所在河南明港学部（即以后的中国社会科学院）干校，全部人员回北京"清队"，春节我将回北京探亲。于是，一个"秘密"计划开始在我大脑里酝酿。

　　当年12月底，我回到北京。我儿子早随他妈妈回北京读书，女儿不久也从北大荒兵团回来。难得的团聚使我们暂时把这几年的苦难丢在一边，高高兴兴地度过了春节。当时，一家四口挤在一间屋子里住，只有晚上孩子们熟睡了，我和我爱人才能讨论我的"秘密"计划，决定在我回河南干校时，绕道去上海看望四爸。为避免被人抓辫子，我们不向任何人透露这个打算。到了上海，看到的熟人，都说是去看眼病——我的确在害眼病，曾先后请假到武汉、成都去医治过，这次回北京多次去朝阳医院看病。在上海，如住在四爸家不方便，就住在最可信赖的朋友家。按时回干校，只按北京到河南信阳报销火车票。当时探亲，只要有一张从干校回家的车票就可以报销双程车票了。因为人已经回到干校，必然是乘车回来的，不可能从北京步行回来。一般不会引起怀疑。一年一度的探亲假，日子非常值得珍惜。为了不浪费时间，春节前我们不去排大队买吃的东西，而是改在春节后（人不拥挤了）再买。但为去看四爸，在我爱人支持下，我提前五天离开北京，乘去上海的火车。我本想在车上多睡一会儿，但想到即可见到四爸，兴奋不已。一天多的路程，我的思想有足够的时间自由驰骋。

141

1946年7月,巴金根据周恩来总理的建议,去越南深入生活。图为巴金在越南战地留影

……

强加在四爸头上的"罪状"之一,是他早年信仰过无政府主义。这有什么了不起?毛主席青年时期也相信过无政府主义。这是追求真理过程中难免的事。何况四爸同时又是爱国主义者,他热爱自己的祖国和同胞。抗日战争前,以鲁迅为首,四爸和许多作家共同发表了一个文艺工作者宣言,表示抗日救亡的主张。我读过四爸在抗战时主编的杂志《呐喊》(后改为《烽火》),我也记得四爸在长篇小说《火》第三部的后记里说过:"我虽然相信过从外国输入的'安那其',但我仍然是一个中国人,我的血管里流的也是中国人的血。"四爸的《家》启发了许多青年人参加革命,这是众所皆知的事情,怎么一下就成了"大毒草"?新中国成立以后,四爸一再表示:"我要写人民的胜利和欢乐,我要歌颂伟大的时代,伟大的人民,伟大的领袖!"50年代四爸两次到朝鲜,60年代四爸又

两次到越南，曾受到周总理和陈毅副总理的赞扬。哪一个"贵族"或"寄生虫、吸血鬼"肯去吃这种苦？

我想起前两次到上海的情景。那是在1964年7月和10月。第一次去，四爸陪我参观他的藏书室，大小七间，令我羡慕不已；我们还一起到虹桥公墓为三爸扫墓。第二次是我陪外宾去，只匆匆见了四爸一面。临别时电话告别，四爸喜悦地说："两件大喜事，一是我国第一颗原子弹爆炸，一是赫鲁晓夫下台，真令人高兴！"我似乎现在还能听到他洪亮的声音。

我在机关交代时曾提到四爸送过许多书给我。1960年四爸回成都时，我看见他书桌上放了一本《三家巷》。我向他要，他说是欧阳山送他的，他准备回上海时在火车上看。但是1961年他回上海前却把书给我，说："还是送给你吧！"1929年秋我父亲离开上海时，把一张自己心爱的唱片送给四爸。四爸深受感动，把这个情节写在《做大哥的人》里面。我不禁想起书中的描写。

我和四爸也有过争论，主要是对我父亲的看法。我父亲的性格和遭遇，类似《家》里的觉新，所不同的是我父亲以自杀结束了生命。四爸爱他的大哥，对我父亲自杀表示理解和同情；我则认为我父亲丢下母亲和五个子女，太不负责任。争论是在三轮车上进行的，那是1964年我们冒着烈日去给三爸扫墓的路上。四爸感慨地说："连你都不理解，小林他们就更难说了。"

我小时候人很瘦，鼻子比较高，鼻梁有些"右倾"。我外祖母经常把我的鼻梁往左扳。有一次，一个同学不当心打中我的鼻梁，使我流了鼻血。我立即准备还击，但一下意识到他打我鼻梁的方向和外婆扳的方向一致，气马上消了。四爸知道这个故事以后，常常当成笑话当着我讲给别人听，使我十分尴尬。这是1941年的事情，四爸第一次回成都。

1958年10月，我和四爸在北京巧遇。我参加中国青少年报刊工作者代表团从苏联访问归来，四爸正要去苏联参加亚非作家会议。

在鲁迅葬礼上，巴金等为鲁迅抬棺（左一为巴金）

我到和平宾馆看望四爸，他请我在餐厅吃晚饭。他问我吃什么，我说："当然是回锅肉呵！"他笑了，并立即告诉了服务员。但后来端上桌的，却是一盘对虾。这是我第一次吃对虾。

车厢广播在介绍上海，说上海是什么"一月革命的发源地"，等等。"文革"把什么都搞乱了，姚文元等批"无政府主义"，要"巴金负责"。这是风马牛不相及的事！20世纪30年代鲁迅在为巴金辩诬时就回答过："难道西班牙的'安那其'的破坏革命，也要巴金负责？"我不相信姚文元没有读过这篇文章！

联想到自己，我过去自称是鲁迅的"信徒"，但我并没有学到鲁迅的"硬骨头"精神，明知有些事是错的，也不敢讲真话。从在"牛棚"里读《鲁迅全集》时起，我就决定不再称自己是鲁迅的"信徒"，因为我不够格。

……

到了四爸家，四爸和九姑妈既感到高兴，又感到意外。四爸稍瘦了一些，身穿一套蓝色中山装，唯一不同的是头发全白了。我们紧紧地握着手，以此表示互相的信赖和关怀。

新中国成立前我做过地下工作，有些经验可以运用。我必须表明我的来意，以便对付可能出现的各种场面，我说："我是专程来上海看眼病的！"

第二天上午，我请萧荀——我大姐的朋友，后成为四爸和萧珊妈妈的朋友——陪我去上海五官科医院看眼病。一个写有我姓名和年龄的挂号证，我把它妥善保存了很多年。通过萧姐，我了解到四爸在"文革"中的许多遭遇。

1973年春，李致去上海看望巴金时，到上海五官科医院看眼病的凭证

家里显得很冷清。造反派封闭了楼上所有的房子，全家被赶在楼下居住。原来的客厅成为四爸和小棠的卧室，但小棠到安徽农村插队，床空着。小林和祝鸿生刚结婚，他们是同学。小祝是在四爸处境最困难的时候与小林结婚的，这说明小祝的人品和爱情的纯真。当时他们还没有生孩子。九姑妈和十二孃也不像过去那样爱说话。没有人来串门。

萧珊妈妈逝世给家里笼罩着一层阴影。记得我第一次来上海时，到处都有她的身影和笑声。她张罗着许多事，她殷勤待人，她

不断地和我开玩笑……我不敢向四爸提到萧珊妈妈。我只在小林卧室的玻璃板下看见一张照片：萧珊妈妈躺在床上，全身盖着白布单；四爸站在旁边，穿一件短袖衬衫，左袖上戴着黑纱，两手叉着腰，低着头哭泣。我突然觉得自己也到了现场，和家人一起给萧珊妈妈告别。

单独和四爸在一起的时候，我便告诉四爸，这次来上海是为了看望他。我知道眼病情况和治疗方法，到医院不过是拿一个挂号证。四爸原以为我"没有历史问题"，"不会受到多大的冲击"。但，欲加之罪，何患无辞？我早年参加党的地下组织，难道不是"假党员"？1947年我在重庆被捕过，正好抓"叛徒"。我上中学时与所谓"胡风反革命分子"有过接触，曾在文章中引用过胡风的一句话，起码算一个"小爬虫"。加上我不"认罪"，又"拒不揭发"，态度"恶劣"。不过，终于查不到他们想抓的问题。在1969年底"解放"——我们连队最后一个"解放"的当权派。今后怎么办？不知道。好在身体不错，算个壮劳力，我不怕用自己的劳力维持生活。

四爸的"问题"没有结论，因萧珊妈妈去世，回家听候审查。四爸是我们国家唯一不领工资的专业作家，他的存款全被冻结。一个月只许他取三百元，一百四十五元作房租，五十元供养萧珊妈妈的父亲，剩下一百零五元一家四口人用。我问他够不够用，他泰然地说："没有什么！我的生活很简单。我告诉过九姑妈，必要时我可以只吃面包。早年我在法国就是这样。"当年四爸在法国，物质生活非常贫困。

关心别人胜过关心自己，四爸一贯如此。当他知道我曾两次回成都探亲时，便询问我母亲和几个姐姐、姐夫的情况。我也主动告诉他我知道的一些亲友的遭遇。他知道李宗林（成都市市长）被迫害致死时，显得很难过。李宗林是他的朋友。

有两个晚上，我和四爸睡在一张床上。四爸1942年回成都时，我刚满十二岁，也和四爸睡在一起。当时正是四爸创作最旺盛的时候。时隔三十年,我又和他睡在一起,他却碰到这样不公平的遭遇。我在一篇短文中曾记叙了当时的心情:"我深切期望他能摆脱这不幸的处境,但我自己也不知道那黑暗的日子什么时候才能结束。"

我很想安慰四爸,可惜说不出什么有力的话。我告诉四爸,无论怎么批他,他并没有被遗忘。特别是一些老同志,常悄悄问我有关他的情况,为他的遭遇鸣不平。当时,我不敢提这些同志的姓名。其中有曾德林(后为中宣部副部长)、萧泽宽(后为北京市委组织部部长)等。我还空洞地讲了一些要"相信党、相信群众"这类的话,其实我自己早不相信什么"中央文革"和其控制的"革命群众"了。临走前一天下午,我和四爸在二楼的走道上谈话,我讲了准备要求调回成都的想法。想到可能面临的各种情况,我终于冒出一句心里话:"如果你的问题解决不好,你可以回成都。我能用自己的劳动供养你!"当时,我们都很激动,四爸没有说什么,至少没有表示反对。

这次和四爸会面,我不敢深谈。但我目睹了四爸的现状:第一身体健康,第二精神没垮。这就是希望!我在上海只待了三天,第四天一早就得离开。我不想在离开时惊动四爸,但他和九姑妈几乎和我同时起床。不凑巧,天下雨,而且下得不小。四爸把他的雨衣给我穿上,我们又一次紧紧握着手,互道:"保重!""保重!"这两个字,在当时的环境下,有它特殊的含义和感情。我实在舍不得离开四爸,但我岂敢不按时回到要我"脱胎换骨,重新做人"的"五七"干校?我只得双手提起行李,毅然离开家门,快步赶到公共汽车站。

我满脸流着水,是雨水,也是泪水。

1995年元旦

巴老对我健康的关爱

巴老对我的关爱是多方面的,包括对我的身体健康。

抗日战争时期,成都流行疟疾,人称"打摆子"。我当时十岁左右,也被感染,一会儿高烧发热,一会儿冷得发抖。因为缺少药物,很难治愈。正好四爸巴金在离家多年后第一次回蓉,住在我们的小家。他离开成都不久,即寄回一种叫"扑疟母星"的药,为我治好了疟疾。

1960年,"大跃进"造成物资极度匮乏。成都市每人每月十九斤粮食,一月一斤肉,一般只能买点厚皮菜和空心菜(人称"无缝钢管"),其他副食品全无。现在的年轻人可能不理解,认为十九斤粮食满够了,问题是现在可以喝牛奶吃鸡蛋,鸡鸭鱼肉、蔬菜水果和其他副食品很多,当时以粮食为主。我身体本不强壮,那个时候更骨瘦如柴。一天中午,我突然吐血。当时四爸正回成都写作,住在学道街。他得知我吐血后,很快来看我。巴金的《成都日记》1960年12月19日记有:"……两点后我去李致处探病。在李致处坐了一个多钟头,返家已四时半……"正像四爸所说:"为了保粮保钢,汽车都弄去运煤去了,城里公共汽车只剩了两路,到许多地方都搭不到车。"四爸从学道街步行到祠堂街看我,又步行回学道街住地。他在21日写信给萧珊妈妈说:"……我星期一还是走了一大段路,去看小五的病。他开始吐血,一连几天未止,星期一下半天

李致和巴金在上海寓所交谈

入医院后已经止住了。"1961年1月24日,他又写信回答萧珊妈妈的询问:"小五身体最近好些了,虽然住医院,已经可以请假出外走动了。"有一次,市长李宗林弄了几样菜,请了几个家人陪他吃饭,我应邀参加。我自带碗筷,他说不必。他叫我不要紧张,说:"年轻时我也得过肺病,休息一段时候,吃点药,也就好了。"以后我照胸片,没发现肺结核病灶,不知是什么原因导致吐血的。

我从小常患眼病,细菌或病毒这些"牛鬼蛇神"隔几年就"跳"出来一次。四爸也很关心。1975年,我因眼病住进四川省医院,四爸多次来信询问我的病情,并说:"我觉得更重要的还是你的眼睛、你的身体,你要注意,为了更好地工作。"特别是有一次误传我得青光眼,四爸十分关切,在给我的信上说:"知道眼病基本治愈,就要出院,很高兴。本来听说你患青光眼,倒有些着急。"我为此请我爱人写信给他说明情况。这次住院时间较长,当炎症基本消失后,我耐不住寂寞,又想看书。四爸理解我,多次叮嘱我不要急于看书和多看书,同时又专为我找出大字本的《镜花缘》(六本)寄我,并在信上说:"《镜花缘》找全了,这是大字本，看起来方便些。"以后又多次叮嘱我保护眼睛。

我在1980年发现心脏供血不足，住过疗养院。四爸来信后说："你怎么也成病人了？想得开，很好，但要认真对待，做到劳逸结合，真正休息。"第二封信又说："好好疗养吧。看书也要有节制。你和我不同，千万不要把身体累垮。"1997年，我去杭州看望他，他又问我的心脏情况，我说问题不大，就是刚下飞机，因为气温突然变化，稍有不适。我说过就算了。没想到离开杭州前，四爸很认真地对我说："我发现你的动作不如以前敏捷，千万要注意身体。我想你来看我，但你不要一个人来，要有人陪你。"我答应好，但心里却不愿为此麻烦别人。他又托人带话给我，还说他不愿我因一人去看望他，造成我身体出问题。

1999年，四爸住进华东医院，再也没有出来。我经常从小林和国烺那儿得知四爸的病情。我当然关心四爸，可是却不能为他做任何一件事情。联想起他对我健康的关爱，我感到痛苦和内疚。

2000年12月1日

不知如何弥补

今年上半年的一天，我与住在上海华东医院的巴金通电话。巴老有语言障碍，主要是我讲成都亲人的近况和问候，不向他提问，以免他着急。那一天他突然说了一句："你到上海来走走。"我知道巴老想念我，便回答说："到上海有点困难，等女儿暑期回来，争取到杭州看望您。"

放下电话，我心里很不平静。

40年代巴老两次回成都，当时我很小。50年代中期巴老路过重庆，我才算以成人的资格与他交往。1964年我调北京工作后，巴老来北京开会或办事，加上我出差到上海，接触的机会增多。"文革"中我悄悄去看望巴老，对林彪、"四人帮"的仇恨，对国家、民族前途的担忧，使我们的心紧紧地靠在一起。粉碎"四人帮"和以后几年，我在出版社工作，每年一般两次到北京、上海组稿。到上海住巴老家。为了便于交谈，姑妈在巴老书房里给我放了一张折叠床，巴老还亲自为我抱过枕头和毛毯来。这是我享受的"特殊待遇"。我和巴老每一次会面，彼此都很高兴。我除了出外组稿，就是在家和巴老摆龙门阵。那些深夜长谈，是长辈对晚辈的启发，又是心灵的交流，我从中得到净化和快乐。

1982年年底我的工作变动，到了四川省委宣传部。工作忙得几乎没有间歇的时候，更不像过去在出版社，有些工作必须去上海。

我和巴老见面的机会大为减少。当时飞机票很贵，我的外甥李舒，过去为存钱去上海看巴老，吃饭时只买咸菜。有一次我半开玩笑写信给巴老说，准备只吃咸菜，以便存钱去看他。巴老很快回信说："你不用吃咸菜。要是我不回四川，我就请你来上海，你买飞机票，实报实销吧！"巴老因患帕金森病，写信难；以后听力减退，通电话也吃力。1986年10月3日，巴老在信上说："我这几个月身体很不好，大概编写《随想录》太疲倦，快到'心力衰竭'的地步。最明显的是听力衰退，所以无法同你交谈。"尽管如此，我仍经常去信问候巴老。

巴金在开心地打电话

巴老需要我的帮助。1987年3月30日来信说：

> 我已搁笔，现在心情倒还平静，估计还可以活两三年。这段时间当用来处理后事。所谓后事，除了要把捐赠北京图书馆、现代文学馆、上海图书馆、黎明学院的图书资料全部交出，还有《全集》和《译文集》两种。《全集》由王仰晨负责，《译文集》我自己在整理，有十本稿子已经交给董秀玉了。这最后两件事，大概都需要你帮点忙，出点力。

我极愿为巴老效劳，但时间从哪儿来？好在只有三年我就该退下来了。1988年2月，我被选为四川省政协秘书长。巴老知道后来信说："信早收到。打算回信，却一直抽不出时间。干扰实在太多，

李致和巴金总有谈不完的话

因此我常常感到苦恼。……有一段时候我倒希望你退下来帮忙我做点工作,例如整理我的日记、佚文、书信,等等,在我不能工作的时候,代替我帮助王仰晨编好《全集》的后一部分。现在这些都成为空想。"巴老的失望,是我的痛苦。我一时找不出好办法,便主动提出帮助他校看日记。有一次我生病住院,校看《赴朝日记》。原稿写在一个很小的笔记本上,字比小蚂蚁还小。我要戴上四百度的老花镜,加上放大镜才看得清楚。由此可见当年巴老在战地生活的艰苦。我这次校看,时间和精力集中,任务完成较好。但以后校看《上海日记》,时间和精力分散,拖得很久,影响了王仰晨的进度,使巴老着急。若干年后见到巴老给王仰晨的信上说:"李致他们不了解我,我比较急,只因为我没有多少时间了!"幸好1991年我去上海给巴老祝贺生日,趁客人多的时候,躲在一个安静的地方才把它看完。我实在为巴老做得太少了!

时间长了没去上海,我想念巴老。巴老思念家乡,终于下了决心,在1987年10月回成都住了一段时间。回上海后巴老来信说,十七天过得这么快,"仿佛做了一个美好的梦"。不久他又来信说:"这次回成都我收获不小,想到一些人和事,我觉得精力充沛。我感到遗憾的是没有机会跟你交谈。能够多活,我当然高兴,但我离开世界之前,希望更多的人理解我,你可能理解我多一些。"巴老说我理解他可能多一些,我当然感到高兴。但同时也感到惭愧,因为我对巴老的理解还很不够。理解巴老,既要有一定的理解能力,更重要的是应具有一定的思想境界。我在这两方面都不够,已做过一些反思,还将继续做下去。至于没有机会交谈,主要是因为我负责安排巴老整个活动,既要考虑到许多人希望见到巴老,又不能让巴老过于劳累,所以尽管天天见面,却不愿多占巴老的时间。天下真难有两全的事!

这以后,我大概每隔一年到上海去一次。不能要求巴老多写信,他听电话又吃力。不过我每次去上海,除少数必办的事以外,总是尽可能待在巴老身边。他精神好的时候陪他聊天,疲倦了就让他闭目养神。他说找不到照片,就为他清理照片。有时轻轻地为他揉揉手。我的时间安排得很紧,有几次巴老都问:"为什么慌着回去?"但巴老处处为人着想,从没有强留过我。有一次我到了上海机场,航班改在第二天,我立即赶回家里,对巴老说:"'上帝'要我多陪你一天。"巴老高兴地笑了。

1989年7月,巴老写信对我说:"我仍在医院,大约八九月回家。回家后可能感到寂寞。……你有机会过上海时,可以找我谈谈。你可以理解我心上燃烧的火,它有时也会发光,一旦错过就完了。……"

然而那时我一天忙到晚,未能满足巴老的愿望。

1991年我退下来。为探亲,和老伴在美国待了八个多月。这八个月巴老一共给我写了三封信。他不但没有责备我,反而在信上说:"你和秀涓难得这样长期休假,能多看看,多休息也是好的。"

我满以为回国后有机会多去上海,帮助巴老做点事。但我的老伴病了,生活不能完全自理。1993年10月,我陪三位美籍华人去上海(这是在美国时约定的),当天下午便赶去看望巴老。巴老正在

1997年8月底，李致女儿李芹、儿子李斧和孙女珊珊到杭州看望巴金。图为四代人同在西湖边。左起：李芹、小林、珊珊、巴金、李斧

客厅午睡，姑妈说平常这时巴老已经起来，要叫醒他。我坚持不叫醒巴老。大约半小时后巴老醒来发现我，生气地问："为什么不早叫醒我？为什么不早叫醒我？"巴老这样珍惜和我见面的时间，使我很受感动。

这几年，只要我女儿李芹从加拿大回来，我的身体条件许可，我总要争取去杭州看望巴老。但巴老年高，身体不好，有语言障碍，交谈的时间不能过多。我这才感到自己的过失。我错过了许多理解巴老发光的"心上燃烧的火"的机会。然而他知道秀涓的病情时，却对我说："我赞成你对秀涓的态度。"还说，"你身体不好，出远门最好找人陪你。"

去年暑期，我的女儿和女婿、儿子和孙女，一起去杭州看望巴老，特别是我儿子会说些话使巴老发笑，巴老很高兴。临别时，巴老对我女婿说："李致前几年他不来，现在来，我谈话已经困难了。"

我原准备今年去杭州，但暑期因住医院，愿望落空。我觉得对不起巴老，又让他失望，但巴老却担心我的健康，叫我千万不要去。

　　我真不知怎样才能弥补这些遗憾和过失。

1998年9月28日

心留巴老家[①]

我有六年没到上海市武康路巴金老人的家了。

前几年,巴老每年一半的时间在上海,一半的时间在杭州。我曾两次到杭州看望他,一次住了三天半,一次住了两天半。1999年巴老因病没去杭州,我和儿子就到上海去看他。

过去我到上海,都住在巴老家。为了便于和巴老聊天,家里在巴老的书房架一张行军床。这次怕增加家里的负担,我请市文联安排住宿。巴老住华东医院,市文联的宾馆恰好在医院对面,十分方便。

1999年巴老两次病危,最近相对稳定。我早想看望巴老,但巴老知道我有心脏病,几年前就不同意我一人远行。这次儿子应邀从美国回来参加国庆五十周年观礼,约好他在上海虹桥机场接我,一起去看巴老。

在医院见到巴老,他很想与我们说话,但又说不出来,非常着急,眼角流出泪水。我和儿子看了很难受,几次到外面的套间去擦眼泪。那天我的心情十分沉重,对别的任何事都没有兴趣。直到第二天上午听陈护士介绍,说巴老的主要器官尚好,如果没有意外可

[①] 此文是李致1999年去上海看望巴老后所写,记叙了他当时的心情。值得庆幸的是,巴老顽强地与疾病做斗争,已胜利进入新世纪。

1999年9月，李致和儿子李斧去上海华东医院看望巴金。后去巴金家，李致一人坐在客厅，回想起许多往事

以进入新的千年，我的心情才稍微平静。特别是小林一到，高高兴兴地向巴老问好，与我们讲话，使病房有了生气。回到宾馆，我和儿子谈到巴老武康路的家，都想去看看。

中午，我和儿子随小林去武康路巴老家。

进入巴老家，从大门、房屋到庭园似乎都没有大变化，只有地板、房门和窗框等用油漆过，颜色深一些。吃饭的方桌、楼梯、客厅的各种设置、室外的草坪，一切依旧。两只小狗，见到我们也很亲切，似乎早就认识。

小林要送书给我的儿子，儿子跟着她上楼。

我一人坐在客厅里。客厅比较大，四方都有沙发。"文革"期间，巴老被迫从二楼卧室搬下来，把客厅当住房。1973年春我悄悄来看望巴老时，屋里有两张床。小棠在安徽插队，他的床空着。我和巴老同在大床上睡了两个晚上，未能深谈。我永远不会忘记那可诅咒的日子。

粉碎"四人帮"以后，巴老搬回二楼卧室住，客厅得以恢复。

一家人其乐融融。从左到右为：祝鸿生、小林、巴金、端端、九姑妈

1978年秋，我再来到上海。晚上全家都在客厅看电视。巴老很随和，大家看什么，他就看什么。有一次巴老正要上楼休息，电视播放姜昆、李文华的相声《如此照相》，把"四人帮"时期的某些荒诞做法讽刺得淋漓尽致。巴老站在客厅中间，不时哈哈大笑。我真愿巴老经常这样快乐！

巴老在1982年摔伤腿。出院以后，他活动的地方主要在客厅。客厅外的走廊三边装上玻璃，巴老常在走廊上的一张小桌子上写作，累了在走廊的藤椅上晒太阳休息。我到上海看巴老，也常在走廊与他坐着聊天，有时陪他走几步。他说："我重新学走路。"我以为，除走路外，这话还意味着巴老经过反思，破除迷信，独立思考，坚持说真话了。为了维护巴老的健康，我不敢再与他深夜长谈。

巴老对家乡有很深的感情。1984年秋川剧团到上海演出，巴老已不能到剧场看戏。一天下午，以陈书舫、周企何为代表的十几位老中青演员去看望巴老。就在这个客厅，演员们清唱给巴老听。唱

完后大家要求巴老讲话,巴老说:"我爱家乡,爱听乡音,当然爱川剧。"直到1993年秋,巴老还对我说:"我哪儿都不想去了,只想再回四川一次。"可惜这个愿望未能实现。

有一次,我在客厅里与巴老谈到我的父亲和三爸,巴老两次痛哭失声,他说:"我最爱我的两个哥哥,他们两人都是因为没有钱而死的。现在我有钱,也没用了。我又不想过好生活。"这是我唯一一次看见巴老失声痛哭。

我有几次在巴老寿辰时到上海。无数鲜花、贺电、蛋糕,不断的来客和采访,代表了人们对这位讲真话的作家的爱戴。巴老对我说过,一个人如果不能工作,长寿也没意义。我不同意巴老这个话,多次与他辩论,期望他以健康为第一。巴老似乎赞同我的建议,但实际并未被我说服,他像春蚕似地不断吐丝,编《巴金全集》和《巴金译文集》。巴老还说:"长寿也是一种惩罚。"我理解他说的"惩罚"是指:不能工作,生活不能自理,许多亲友(同辈的和下辈的)先他而去。

……

儿子从楼上下来,手里拿着小林送他的《随想录》(手稿本)和《巴金小说全集》(台湾版)。正好国烺也赶回家。国烺是我小么爸的女儿,住在巴老家里。她除自己的编辑工作外,长期与小林、小棠一起照顾巴老,尽心尽意,非常难得。我与两个妹妹在客厅里说话。儿子为我们照了相。趁我们说话,儿子还在巴老家里拍了不少照片。我的儿子和女儿,对巴老有深厚的感情。1997年,他们还和我的女婿、孙女一起专程去杭州看望巴老。

我和儿子依依不舍地离开巴老家。我深深地感到:人虽走了,心却留在这里。

1999年10月初稿
2000年5月12日改

白　发

巴金1923年离开成都，1941年回到阔别十八年的家乡。我那时仅十一岁，第一次看见他。他留给我的印象是，身体健康，满头黑发。

这个印象一直保留到1965年。那时我在北京工作，巴老去越南前从上海到北京，约我和我爱人一起到他住地吃午饭。

"十年浩劫"中我和巴老异地受审。我在1969年获得所谓"解放"。巴老在上海，受了很多迫害，甚至失去他的妻子萧珊。事后才知道，张春桥说过："不枪毙巴金就是落实政策。"

我在1973年从北京回河南干校，曾悄悄绕道上海去看望巴老。

这次见面，巴老最大的变化是满头白发。

满头白发，让我看到"四人帮"从肉体到精神对给巴老的摧残。十四卷《巴金文集》，包括引导许多青年走上革命道路的小说《家》，被打成"邪书"。给巴老加上了各种罪名，在全市电视大会上批斗，把他赶出文艺界。我感到心痛，好像有一双手要把它撕成两半。

满头白发，又让我感到巴老的纯洁和崇高。面对这场浩劫，他的精神没有垮。正如巴老后来回忆："我即使饿死，也不会出卖灵魂，要求他们开恩，给我一条生路。"萧珊逝世以后，巴老在家搞点翻译，准备将来把书稿送给图书馆。不仅如此，他内心仍然燃着

满头白发的巴金

对祖国、对人民的爱。在一片"万岁"声中,重新开始独立思考。这时,我被撕裂的心又感到希望。

粉碎"四人帮"以后,巴老坚持说真话,严于解剖自己,写出了他的巨著《随想录》。人们赞颂他为"20世纪中国知识分子的良知"。

我比巴老小二十五岁。巴老经常勉励我好好工作,并用实际行动支持我。当我接近六十岁,开始考虑退休后怎么办,巴老觉得很好笑。他说这"正是该好好工作的时候",他"六十六岁才进干校"。至于巴老,他早就表示要为人民工作到生命的"最后一息"。

随着年龄的增长,我也开始有白发。

开初,机关的理发员曾主动用染发剂把它染黑。但我爱人是学化学的,她认为任何染料对头发都会有损伤,坚决反对。当然,更主要的是我们都崇尚自然,头发白了就让它白吧,不必修饰。

有一次巴老说:"你的头发开始白了。"

以后每一次见面,巴老都会说:"你的头发又白一些了。"去年,他刚见到我时,竟把我当成他身边的一个工作人员。因为我的头发更白了,白的程度接近那位同志。

李致和巴金摄于上海巴金寓所

"不知我们家有没有白发的遗传？"我问。

巴老笑了一笑，未置可否。

"希望我的头发将来和你的头发一样白。"我说。

巴老不无惋惜地说："可惜我看不到了。"

我理解巴老的心情。巴老是现实主义者又是乐观主义者，他从不避讳他的"日子不多了"。但他是我一生爱得最深的人之一，我不能设想他看不见我满头白发，马上表示："我相信你能看到。"

多年来，我一贯愿意满足巴老的愿望。不过，头发变白是一个自然发展的过程，没有办法提前实现。我不能为满足他的愿望把头发染白，也不能戴一个白发套。因为巴老从不喜欢虚假的东西，我也如此。

想来想去，唯一的办法是祝愿巴老健康长寿。到巴老百岁华诞，看到我满头白发，我们一定都非常高兴。

想到将来有这样一张照片，我现在就笑了。

1996年8月13日，第七个"秋老虎"

叔侄情

——谈小说《春》中海儿的原型

《巴金全集》第十八卷(《集外编》上)刊有一首诗:《哭侄》。这是四爸巴金在1923年写的,距今已七十三年。

"四叔!"
"四叔!"
从可爱的小口里叫出的声音
我能再听一回吗?

四爸所哭的侄儿,是我的哥哥。我的朋友大多只知道我有四个姐姐,而不晓得我还有一个哥哥。因为我哥哥四岁多就去世了。

我哥哥是我父母的第一个孩子,生于难忘的1918年,叫李国嘉,小名庆斯。我小时候听母亲讲,哥哥出生,祖爷爷为实现了四世同堂而特别高兴。哥哥眉清目秀,聪明活泼,大家都喜欢他。我母亲还特别说四爸非常爱李国嘉,经常逗李国嘉玩。

真是天有不测风云,人有旦夕福祸。我哥哥四岁多一点时,突害脑膜炎,多次抽风。先请中医看,没有效果。有一次抽风,家里的人十分紧张。稍后好一些,哥哥居然用大人的口吻说:"我今天把你们吓倒了!"由于病情加重,父亲改请了成都平安桥医院的法国医生祝医官来看,但为时已晚。哥哥去世,我父母和全家都很难过。我父亲把他葬在天回镇我祖父祖母的坟地，还给他立了一个碑：嘉兴李国嘉之墓。我家祖籍是浙江省嘉兴县，清朝嘉庆年间来到四川。

过去我们家有许多老照片。我看见过以曾祖父为首的全家福、曾祖父和我父亲的合影、爷爷的单人相、我父亲和我四个姐姐以及我父亲抱着我的照片，可是唯独没有看到过我哥哥的照片。我分析，我父亲一定给我哥哥拍过照，但我哥哥去世给我父亲打击太大，很可能把照片毁了。

我父亲、四爸还有三爸之间的感情极好。同时，四爸一贯喜欢孩子，所以非常喜欢李国嘉。在创作"激流三部曲"时，四爸情不自禁地把李国嘉作为海儿的原型写在《春》里。1958年四爸在《谈〈春〉》一文中写道：

> 海儿是我大哥的第一个儿子，孩子的小名叫庆斯。海儿的病和死亡都是按照真实情形写下来的。连"今天把你们吓倒了"这句话也是庆儿亲口对我说过的。祝医官也是一个真实的人，到今天我还仿佛看见那个胖大的法国医生把光着身子的庆儿捧在手里的情景，我还仿佛看见那个大花圈和"嘉兴李国嘉之墓"七个大字。我为什么记得这么清楚，到现在还不能忘记？因为我非常爱这个四岁多的孩子。"嘉兴李国嘉"在《春》里面就变成了"金陵高海臣"了。

我过去没有和四爸谈过有关哥哥的情况。最近因为读到《哭侄》诗，我为四爸深厚的叔侄情而感动。

一个月前我去看望四爸，陪了他三天半。在一次谈心中，我问四爸《哭侄》诗是否写的是李国嘉。"是。"四爸说，然后沉浸在回忆之中，叙述着七十多年前的往事，"我很喜欢李国嘉，他死了我很难过。我记得那是正月初七，我和朋友到草堂寺去玩，回家看见带李国嘉的何嫂在哭，说李国嘉去世了。"稍后他又说，"尽管平安桥医院的法国医生祝医官给他看过，但当时条件差，没有办法。"

　　四爸今年九十二岁，对七十三年前的事记得这样清楚，连我哥哥去世的日子也记得这样准确，我不禁感到惊奇，想寻找一个答案。其实，根本用不着我分析，四爸自己早有说明："我为什么记得这么清楚，到现在还不能忘记？因为我非常爱这个四岁多的孩子。"

1995年7月22日

简述李国炯[1]

1946年，巴金在回忆他的三哥李尧林的《纪念我的哥哥》一文中写道："在离我们家乡不远的地方有着一个称你做'亲爱的爹爹'的女孩，我不能忘记她。那是我们大哥的女儿，在她很小的时候就'过房'给你的。……现在她已经做了两年小学教师，却始终得不到跟你见面的机会，而且永远不会有这样的机会了。……她喜欢音乐，像你一样，她热诚待人，像你一样，她正直，她无私心，也像你一样。你们在一块儿，应该是一对最理想的父女。"

巴金提到的这个女孩，名叫李国炯，是巴金大哥李尧枚的女儿，我的三姐，她出生于1926年。我的四爸巴金和三爸李尧林于1923年离开成都去南京读书。1941年巴金第一次回故乡，李国炯才首次看见他。李尧林1945年在上海病逝，始终没有回来。尽管李国炯从来没有见过李尧林，但她对李尧林的感情一直很深，其原因就是我父亲把李国炯"过继"给了李尧林。李尧林在北平燕京大学学英语，后在天津南开中学任英语教员，给李国炯起了个英文名字"Mary"。李国炯称自己的父亲为伯伯，称李尧林为爹爹。为什么把李国炯过继给李尧林，已经没人能说清楚。分析起来，主要是李尧枚、李尧林和李尧棠三兄弟的感情极好；李家当年又有过继和拜

---

[1] 此文为《巴金致李国炯》书信的注释。

干爹的习惯。李国炯初中毕业以后，在绵阳师范读书。受恩师、著名的女高音演唱家刘亚琴的影响，李国炯酷爱音乐，歌唱得好，会弹风琴。40年代中期，李国炯曾参加刘亚琴组织的以日本国内反战为主题的大型歌剧《秋子》，在成都的国民剧场演出，引起轰动。李国炯还能作曲，她的弟弟妹妹至今还能唱她谱曲的歌。

50年代初期，李国炯多次被评为优秀教师、优秀校长、优秀共产党员。李国炯的丈夫文栋臣是李国炯在绵阳师范的同学，后参加中国人民解放军，抗美援朝。转业时响应号召留守福建，任劳改农场的场长。李国炯为此也离开家乡去了福建，继续担任教师。"文化大革命"中，犯人造反，李国炯、文栋臣夫妇首当其冲，备受迫害，并累及子女。党的三中全会之后，在时任福建省委书记项南的关怀下，得到平反。

巴金爱他的两个哥哥，自然爱他们共同的女儿李国炯；再加上李国炯一家远离家乡，生活有一定困难，"文革"中受尽迫害，巴金更加同情和关注这一家"弱势群体"。关心他们的生活和健康，寄钱帮助他们修房，给他们寄书，通信也比较多。李国炯有三个女儿，一个儿子；在巴金百岁华诞之际，她的女儿文小西写了一篇文章，感谢四外公对他们的关怀。

文栋臣于2001年逝世，李国炯于2005年逝世。两人叶落归根，其骨灰现合葬于成都"憩园"公墓，安息在李国炯母亲的墓旁。"憩园"二字是由张爱萍将军题写的。巴金的小说《憩园》，是用旧时李家那个小小的花园作背景的，这是一种有意思的巧合。

2006年9月19日

简述李国煜[1]

李国煜，巴金大哥的长女，巴金的侄女。

李国煜出生前，也就是当年的旧历除夕，巴金的祖父李镛逝世。在全家举哀期间，李国煜的母亲面临生产。封建礼教认为，产妇必须搬出城外，否则死者会遇"血光之灾"。李国煜的母亲在这种压力下，搬到城外生下李国煜。这个细节，巴金把它写在小说《家》里。小说中的高觉新，巴金以自己大哥李尧枚为原型。觉新的妻子生孩子，正面临祖父逝世，也因避免"血光之灾"，搬到城外生产，以致死亡。不同的是，巴金的大嫂没有死亡，生下的孩子是李国煜。

李国煜出生在巴金的故居：成都市正通顺街。巴金在1923年离开成都。离开成都以前，李尧枚的长子、四岁半的李国嘉因患脑膜炎去世。巴金很喜欢李国嘉，曾为他写了一首小诗《哭侄》。离开成都时，李尧枚的五个子女，巴金仅见过李国煜，其他四个尚未出生。

巴金和他大哥的感情极深。在大哥的支持下，巴金和他的三哥李尧林先去南京、上海读书，后又只身去法国留学。1931年，李尧枚自杀，给巴金巨大的打击。当时，大哥的子女，除李国煜外，其

---

[1] 此文为《巴金致李国煜》书信的注释。

169

他四人都很小，尚不懂事。只有李国煣万分痛苦，哭着叫爹爹，并用手去扳李尧枚的眼睛，期望父亲再醒过来。这以后的长时间内，李国煣以日记的方式来倾诉自己对父亲的感情；无论谁提到她父亲，都会引起她伤心甚至流泪。1940年，巴金第一次回成都。当巴金知道李国煣对父亲的感情时，对李国煣产生了一种深厚的、共鸣的情感。

1942年，巴金回成都，在大嫂家住了几个月。时值李国煣在省职业学校毕业，又因平时的郁闷生了一场病，巴金把李国煣带到重庆文化生活出版社工作。李国煣在出版社担任会计，工作认真负责，得到巴金的赞许。她继承了李家几兄弟"讲付出"的优良传统，把自己微薄的工资的大部分寄回家，以供母亲和弟妹的零用。1945年，抗日战争胜利，巴金和夫人萧珊返回上海，本拟要李国煣同去，李国煣因不愿离母亲和弟妹太远，仍留在重庆。在重庆工作这几年，巴金与李国煣相互的理解加深，感情也更深厚。

李国煣小的时候，父亲为她订了《小朋友》和《儿童世界》。半夜醒来，常看见父亲在读书报。受父亲的影响，她从小爱读书。以后在出版社工作，又与巴金、曹禺、丽尼等作家接触，进一步激发了她读书的兴趣。1980年病退后，更有时间博览中外名著。她是李尧枚子女中读书最多的人。正因为李尧枚子女都爱读书，巴金一心想为他最爱的大哥的子女办一个图书馆。

李国煣先后在《西南工人日报》和四川省科委工作，以认真勤奋的态度，获得同事的尊重。她没有出川，只是在1982年去上海看望过巴金。巴金很高兴李国煣去上海，请李小林到火车站接她。事后，弟妹们开玩笑说，李国煣去上海，受到四爸"高规格"的接待。

2007年12月23日

一定要学好中文
——珊珊不忘巴金的叮嘱

珊珊是我的孙女,叫我的四爸巴金为太爷爷。

珊珊第一次看见太爷爷是在1987年9月。当时她不到两岁,我的儿子从美国回来接她。返美途经上海,珊珊理所当然地跟着她爸爸去看望太爷爷。

当时,珊珊只能叫人,说一些简单的词语。在太爷爷家,和比她大一岁的小姑(太爷爷的孙女)一起骑儿童车玩。她的爸爸和姑妈抱着她和太爷爷照相,她还挣扎着要下来。

珊珊到了美国,父母最初教她学英文,以便她能提前上学。上学后有了学英语的环境,家里就教她讲中国话、学中文。

1992年我去美国探亲,珊珊已经上小学一年级下学期,在学校成绩名列前茅。中文课程学到国内小学课本第四册。普通话的词汇虽然掌握得不多,但她发音比我准确,因为我儿子的童年是在北京度过的。许多中国小孩到国外后不会讲中国话、不认识中文,我最担心珊珊也会变成这样子。这下放心了。

我给珊珊带了不少适合她看的书。连环画《西游记》是她百读不厌的。她最喜欢孙悟空,最讨厌唐僧。妖魔鬼怪当然不好,但一般打不过孙悟空。只有唐僧一念紧箍咒,孙悟空就痛得在地上打滚,特别是唐僧偏听谗言是非不分。我喜欢她这种爱憎分明的感情。

我还带了《巴金影集》和大型连环画《家》(根据小说改编)

1987年8月，一岁多的珊珊第一次看见太爷爷，认生，不愿照相，挣扎着要下来。左为李致的女儿、珊珊的姑妈

去。当我把肚子里的故事给珊珊讲完一遍（或几遍）以后，便把连环画《家》讲给她听。没想到六岁多一点的珊珊对《家》的故事产生兴趣，并同情鸣凤的遭遇。趁此机会我让她看了《巴金影集》。她对太爷爷非常崇敬，还自豪地对她的小朋友讲："巴金是我的太爷爷。"有一位小朋友告诉了来自上海的外公，以至于她外公打电话来"核实"。

当时，我每天教珊珊学中文，便鼓励她给太爷爷写信。为了避免她失望，我同时告诉她，太爷爷身体不好，写字困难，很可能不会回信。她似乎不计较这些，一连给太爷爷写了两三封信。这使我想起抗日战争时期，有一段时间我们疏散到乡下，暂时不能上学。母亲怕我荒废学业，除按时复习已读过的课本外，我唯一的作业就是给四爸（也就是珊珊的太爷爷）写信。我当时对四爸一无所知，而且心在抓鱼、放鸭子上面，极不愿意写信，头上不知挨了母亲多少次敲打。珊珊自觉地给太爷爷写信，与她读过连环画《家》、关心小说中的人物分不开。

我在美国期间，巴老给我写过三封信。第一封里有一段话是给珊珊讲的："珊珊来信看到，她写得比晅晅好，希望她将来有机会帮助晅晅学中文。"晅晅是珊珊的小姑，她那时也到了美国，在东部上小学。珊珊很高兴，又继续给太爷爷写信。

9月下旬，收到巴老给我的第二封信，其中一页是给珊珊的：

亲爱的小珊珊：

收到你三封信，谢谢你还没有忘记太爷爷。

太爷爷住在上海，又老又病，成天坐在家里。太爷爷的住处你也到过，我还有你在我家里拍的照片，在1987年吧。太爷爷喜欢小姑，也喜欢你，希望你们不要忘掉中国话。

我身体不好，写字困难，不写下去了。

问候你爷爷、奶奶、爸爸、妈妈。

愿你生活愉快。

太爷爷
1993年9月23日

珊珊读了太爷爷的信，又笑又跳，赶忙把信拿给她的爸爸、妈妈看。大家都为珊珊感到高兴。我说："珊珊是老愚公，每天挖山不止，终于把'上帝'感动了。"珊珊立即给太爷爷回了信，可惜我没有把这些信复印下来。

我们1993年初回国。1994年暑假，珊珊回国探亲。当时她九岁半。她的外婆为她翻录电视连续剧《家·春·秋》，再一次引起了她对太爷爷作品的兴趣。后来，她又主动看小说《家》，我悄悄为她拍了一张照片寄给巴老。1995年我去杭州看望巴老，巴老说："她看得下去，就不错。"

今年6月，珊珊第二次回国探亲。她在美国，不到六岁提前上小学。由于学习成绩优秀，学校让她两次跳级，即将读高中一年级。

1994年夏，珊珊在成都家里读巴金的小说《家》

去年她的英语和数学成绩（SAT）即达到美国排名最前的大学的入学标准。可是，珊珊仍热爱祖国文化，见面时第一句话就对我说："爷爷，我这次回来，还要看电视剧《家·春·秋》。"

8月，珊珊给太爷爷写了信：

亲爱的太爷爷：

您好！我在美国已经住了十年。这次回国本想从上海回成都，以便看望您。可是您到杭州去了，我和姑妈就从北京回成都。

我这次回来读了曹禺改编的《家》，我很喜欢它的一些对话。特别是觉新和瑞珏进洞房的那天夜里的对话很动人。我第二次看了《家·春·秋》的电视剧，我觉得觉新实在太软弱。如果我是他，我一定要像觉民、觉慧那样反抗、斗争。爷爷还让我读《憩园》，他说杨三老爷类似克定，他说对了吗？

您叫我好好学习，特别是学好中文。我比较努力。今年我和小姑都考了美国的大学考试，而且都考得不错。我回国每周都要用中文写作文，请爷爷改。不过，我跟爷爷一样，做得最好的还是"玩耍的时候放心玩耍"。祝您健康！

爱您的李佳枫（珊珊）

1997年8月8日

1997年8月底,十一岁的珊珊(左二)去杭州看望太爷爷巴金

据我所知,太爷爷看见珊珊的信,十分高兴。太姑国煣称赞她的信"还有点思想"。珊珊还极有兴趣地读了小说《家》《春》《秋》《憩园》和《灭亡》。不过她现在才十一岁半,很难说读懂多少。我告诉她:"好书一定要多读几遍。随着年龄和知识的增长,每读一遍你会有不同的理解。"她同意我的意见。

8月29日,珊珊跟着她的爸爸、姑妈和姑爹,到杭州看望太爷爷。她文静地坐在太爷爷身旁,希望太爷爷再写一本叫《冬》的小说,她想知道高家众多人物的"现状"。太爷爷笑着没有回答,太姑国煣问珊珊的妹妹有多高,珊珊用手比了一下,说:"我妹妹很乖!"太爷爷年老有语言障碍,这时却敏捷地说:"你也很乖!"第二天清晨,珊珊和她的爸爸、姑妈、姑爹,陪太爷爷到西湖边散步。

珊珊恋恋不舍地拥抱太爷爷。太爷爷再一次深情地对她说:"不要忘记中文!"

1997年9月8日

第一次去杭州看望巴老（1995年）

6月6日

  四时半起，收拾好最后一批东西，吃了一个肉粽子和鸡蛋。给秀涓留了一张条子，说明让她多睡一会儿，所以没叫她。李芹在床上对我说了一声"再见"，又睡了。

  乘老赵师傅开的车去双流机场。七时起飞，行程一千七百公里，九时正点到杭州。乘民航大客车到城内售票处，确认十号回成都的票。再乘计程车到南山路浙江西子宾馆。巴老住二号楼，安排我和小棠住一间屋子。我到巴老卧室外的套间，巴老坐着轮椅由人推出来，说："你的头发白了，我第一眼还以为是老彭。"老彭是巴老的司机。

  我与巴老握手，巴老说："现在很难看见你！"他紧握着我的手不放，我发现他的眼睛润湿了。我想说话，但说不出来。直到陈护士长给他洗手，他的手才松开。

  巴老说："我随时都可能'走'了。我当然不愿意'走'，还有些事要做。你看过《为夏公送行》没有？我羡慕冰心，她把该做的事都做了。"

  我立即转移话题，说早该来看他，但秀涓身体不好，需要照顾。最近李芹从加拿大回来，能照顾妈妈，支持我来看四爷爷。几个姐姐也关心他，给他写了信。李芹和齐齐写了信，下午一起念给他听。

他也说:"你一年前来,我可以和你谈许多,现在身体不行了。"

我转达了马老、王火和丹枫等对他的问好。我说李累[①]写了一篇文章《祝福巴老》,问他是否记得李累?他说:"记得,在成都见过面,还通过信。"

我拿了两张与巴老的合影给他看,考他的记忆力。一张是黑白的,他说:"五五年在重庆。"另一张是前年在上海拍的,他说:"这张没有见过。"回答正确。

李致与巴金在宾馆外的草地上合影

他主动谈到我最近写的几篇文章,认为写得不错。

可能在飞机上喝了咖啡,中午没睡着。

三时起,我先给巴老念成都亲人的信,再念李累的《祝福巴老》。李累的文章充满感情,巴老听得很专心。上海作协的陆正伟念了廖全京[②]写的《理解那颗心——读李致的亲情散文》给巴老听。我到小林卧室聊天,我俩都认为巴老回上海后还是住华东医院为好。现在巴老真要把健康放在第一位,事情哪有做得完的?小林说给王仰晨写了信,建议《译文集》不要让爸爸写跋了,我很赞成。

回到巴老身边,他问我的散文集《往事》什么时候出书。我说有可能在三季度。他说:"出来后寄十本给我。"

---

① 李累:作家,戏剧家。
② 廖全京:评论家。曾任四川省戏剧家协会主席。

晚饭后，与李芹、秀涓通了电话。陪巴老看《新闻联播》和《焦点访谈》，直到他进卧室睡觉。想起过去我们常深夜长谈，不免有些怅然。和国煣一起看电视，聊天。十时后进房间看书，我很怕打鼾影响小棠入睡，颇有思想负担。

6月7日

凌晨二时醒，怕开灯影响小棠，没有看书。四时，凭着闹钟微弱的灯光到室外吃安定。回屋竟摸到小棠的腿。（后来他说正做梦，武打，突然有人摸他的腿，吓了一跳。他说："如果我真叫一声，会把你吓倒。"）

六时起，到西湖边散步。遇陈护士长，又向她询问巴老的情况。

巴老九时吊针（输液）。我站在床边，听他说话。他有语言障碍，声音微弱，听不清楚的地方只得问他。

——我们三兄弟在"慧园见面"，只有拜托你了。我不能回成都。三爸的东西还可能找到一些。将来在上海办"尧林图书馆"，用我的稿费成立基金会。我写了一个意见要整理出。

——与四川人民出版社签了《讲真话的书》的合同。这本书在国内外都有影响。你是特约编辑，工作要负责到底。

——台湾印的《巴金小说全集》，他们写了总序，每一本又写了序。我不同意其中一些观点。签合同时没有注意到这一点，没有经验。书的纸张和印刷还不错。给了我二十套，可以供研究者用。我写了一张字条，说我可以容忍它，但我不同意它。

——我的作品能保留一半就不错了。

谈着谈着，巴老睡着了。

天下雨，我午睡约一小时。三时，巴老起床。工作人员小吴把轮椅推到书桌前。巴老先签了本《家书》送我和秀涓，签了本《再思录》送马老，又签了本《童话故事选》送我和秀涓。这是他今天的工作,对他的手也是一种锻炼。

然后巴老和我谈话,前一段小棠也在。

——你们将来写文章,对后头婆婆(即继祖母)要公正。你父亲死,人家来讨账,她本来可以不管,但卖了她的养赡田还账。我小时候爱生病,她给我扯痧。我当时痰很多。有一次过年放火花,鞋被烧坏,脚烧伤了(小棠问:你不晓得把鞋脱了?)在床上躺着。还尿床(小棠说:那么大了还尿床!),也是婆婆为我找的药。

——你父亲死的时候,我寄了一百元回家。三〇年三爸来上海,要我和他共同负担家里的费用,当时我不愿意。

——六〇年在成都迁坟,有前头婆婆、爷爷、你父亲、二姑、十姑和你哥哥李国嘉的。有个名单,上面有二姑和十姑的名字,交给小四①的。现在都记不清他们的名字了。当时,前头婆婆的遗体很好。(小棠问:为什么?)主要是棺材木料好。(我说:可能风水好,向阳、干燥。)你父亲的遗体不行,当时已破产,棺材不好。(我问与他自杀有没有关系?)不一定,他服的是安眠药。

——《家》出版以后,大幺爸②寄了一本回成都。许多人都骂我。(我说,主要是对号入座。)

我问《哭侄》诗是否指我的哥哥李国嘉?他说:"是。我很喜欢李国嘉,他死了我很难过。我记得那是正月初七,我去草堂寺玩,回家看见带李国嘉的何嫂在哭,说李国嘉去世了。害的是脑膜炎,平安桥医院的法国医生祝医官(叫祝武烈)给他看过,但当时条件差。只病了几天,还抽过筋。"

我又问他,我小时候他为我取的英文名字Peter,是否来自克鲁泡特金的名字?他说:"是。"

---

① 小四:即李国莹,巴金的侄女。
② 大幺爸:李采臣,巴金的弟弟。

大概我们说得久了一点，陈护士长来推巴老出去。小林说："让爸爸谈谈，又散散步。"然后，让巴老在饭厅一旁休息。我坐在旁边陪着他，不再交谈。

七时，巴老看完《新闻联播》，进卧室。今晚，小棠住在巴老卧室，我去掉思想负担。看刘白羽送巴老的《心灵的历程》。十时关灯。

6月8日

六时起。到巴老卧室，护理人员正帮他穿衣服。我问："睡得好不好？"他回答："不错。"

天有细雨，但不久即停。

大家推着巴老的轮椅到西湖边散步。绿树成荫，空气新鲜。我拍了几张照片。浙江医院一青年护士小张来为巴老按摩，大家才回到二号楼。

与护士长陈秀珍聊天。她原在上海第五医院工作，去年12月1日到华东医院护理巴老。家里有丈夫和两个儿子。一家人都敬佩巴老，支持她来护理。

巴老做完按摩，又和我谈话。

我说我写《大妈，我的母亲》时，曾与姐姐商量，都认为后头婆婆顾全大局卖田还账。细想起来，当时生活困难，这么多口人，她难免心烦；我人小，又爱闹，所以关系不够亲密。这也可以理解。

浙江人民医院金院长来看望巴老。他以聊天的方式告诉巴老，老人在必要时住医院是一种保健措施，不要以为一住医院就不好。我在一旁"帮腔"，说四川有些老同志也常住医院检查和治疗。

以后，巴老又和我聊天。他说："四川出版工作有成绩，但出版社有的人连版权法都不懂。××出版社宣传要出《家》《春》《秋》，使我丢脸。编我的书信集，一些信的原件不退还给收信

巴金在西湖游船上

人。最近还有人说我在四川拿高稿酬。"我说关于他在四川出书不拿稿酬的情况,我在《巴金的心》一文中说得很清楚。

小林告诉我:下午陪爸爸去游湖。

中午约睡一小时。三时,去巴老卧室,他正准备拿书签名,但小吴来催他,说要上游船了。小吴要他吃"红豆",巴老笑出声。原来是吃"枫斗晶",小吴念成"红豆"。这次游船,是封耀松、陈福新两位处长安排的,并陪同巴老。西湖风光宜人,多数人到舱外欣赏湖光。我陪巴老留在舱内,与两位处长聊天,后到舱外拍了几张照片。从四时半到五时半,游了一小时。

回到二号楼,我问巴老有什么话给几个姐姐讲。他说:"本想给她们带点东西,但现在杭州,不方便。以后回上海再说。"我重复再问:"有什么话要说?"他说:"希望他们保重身体,抱歉的是图书馆没有搞成。"我说:"也不是完全没有搞成。一家一个书柜,书都保存得好好的。"他又说:"原打算一人送一套《全集》,但可能找不全了。"

181

李致与巴金在西湖游船上

    中共浙江省委常委史大孝请巴老吃饭，其余人作陪。国烨能喝酒，成了主攻对象。我主要和大孝同志聊天，但也喝了三杯绍兴酒。
    巴老上床后，我看了一会儿电视，与国烨谈心。她说，当知青从云南回来，她沾了四伯伯的光。到《收获》工作，她是努力的。至于照顾四伯伯，她愿意尽全力。联想起警卫处有人称赞小林是"孝子"，巴老有她们照顾真是福气。
    今晚又和小棠住在一间屋子。

6月9日

    六时起，到饭厅看《家书》。
    七时，到巴老卧室，他正准备起床。我向他问好。他说："下午还可以谈谈。"
    小陆（正伟）用轮椅推巴老到室外呼吸新鲜空气，我又和巴老聊天，记得他讲的一些话：

——前头婆婆娘家，有大舅公、二舅公和四舅公；后头婆婆娘家，有大幺舅公、七舅公。

——抗日战争在重庆，我先住沙坪坝互生书店（吴朗西办），后住市区民国路一二五号文化生活出版社。

——四二年回成都，我把李国煜带到重庆去的。

上午巴老吊针，很快入睡。我分别与小林、国烁聊天。读刘白羽的《心灵的历程》，其中有一段记录周总理在深夜给他的电话：

> 作家一定要到火热的斗争中去……你们不是到了火热的斗争中才写出新的作品吗？现在国内没有战争，外国有战争，比如抗美援越，为什么不组织作家去呢？这事，你和总政商量一下……请巴金带个头，他抗美援朝，深入生活很好嘛！写出《英雄儿女》（这是根据巴金小说《团圆》改编的电影）那样的好作品。当然，不可勉强，要征求他的意见，还要保护他的安全。

李致和李小林

周总理一贯关心文艺工作者，多次表扬巴老，令人感动。1964年巴老去越南，路过北京，曾邀我和秀涓到他住地吃中饭。原来他那次去越南是周总理点的将。

陈护士长要回上海两天，浙江医院临时派了一位护士长来。不知是谁建议巴老下午吸氧，巴老不同意，而且有些激动。他说："这样就把我的时间占完了！"

午睡约一小时。

三时，到巴老卧室，他喝牛奶、吃点心，然后和我谈心。要点是：

——人各有志，最要紧的是得做人，做好人。与别人往来，多想点别人，少想自己。宁可人负我，不要怕自己吃亏。

——我现在觉得我很难工作。活着，总要对社会有点用处。我要用实际行动证明我宣传的道理。现在有些人就是为自己，为钱，可怕的是假话太多。中国人过去讲积德，积阴德。大阴德修桥补路，小阴德济贫。一些人为了自己赚钱，害别人（如食物中毒），实在可怕。

——1945年，毛主席在重庆会见我、胡风、邵荃麟、傅彬（开明书店编辑）。毛主席说有人做调查，到延安的青年中，许多人受过巴金的影响。他问我："你年轻时信仰过无政府主义吗？"我说："是，听说你以前也信仰过。"

——我很赞成你对丁秀涓的态度（指秀涓生病我照顾她）。

——一个人做点好的事情，总不会被人忘记。我常想起你父亲，他对我很多帮助。三爸也是，对我帮助很大；我要帮助他，结果没有机会了。我知道我不会被忘记，但我也希望他们两人能被人记住。

——冰心健康地活着，她的存在对我是很大的鼓励。

五时，封处长来接小棠、国煣和我一起去彩虹桥，陈处长请客。席间的菜有蚂蚁和臭豆腐，我吃东西很保守，十分担心，但也误吃了一点蚂蚁。他们偶然谈到谭启龙和严永洁同志①在杭州，他俩既是我的领导，又是朋友。封处长立即为我联系，饭后便去看望了他们。尽管时间不长，大家都很高兴。……

回到二号楼，巴老已睡。我到他床边站了一会儿，依依不舍。收拾行李，十时半关灯。

6月10日

六时起。把东西完全收好，与老彭聊天。巴老七时起，国煣等正帮助他穿衣服。我和老彭去吃早饭。

巴老在楼外呼吸新鲜空气。我与巴老、小林和国煣合影。该告别了，我拥抱了巴老。巴老深情地望着我，我说不清是什么心情。

飞机九时五十分起飞。天空晴朗，我庆幸又一次见到巴老。特别是他说的"人各有志，最要紧的是得做人，做好人"，将不可磨灭地留在我心里。

---

① 谭启龙：曾任中共四川省委书记；严永洁：曾任中共四川省委宣传部副部长，谭启龙的夫人。

|附|

三辈人给巴老的信

国煜、国炜、国莹致四爸

亲爱的四爸：

你给我们的《再思录》已收到，谢谢！

听说你住过医院，最近又去杭州休息。成都的亲人是非常想念你的。近两年，我们姐弟经常见面，聚会中总是想起你，谈到你。俗话说：常被念到的人耳朵要发烧。亲爱的四爸，你的耳朵烧过没有？

这次小五去杭州看你，也代表我们大家。让他带去我们对你的思念、我们的问候、我们的祝福和真诚的爱。

近来我们的身体还可以，小病不断，大病未犯，精神很好，请勿以为念。

天气太热，就写这些，请多保重！

敬祝夏安！并问弟妹们好！

国煜、国炜、国莹　敬上
1995年6月4日晚

李芹致四爷爷

亲爱的四爷爷：

你好吗？九一年你给我的信上说："希望你有时还想起我。"这些年，我虽然没有常给你写信，但我的确经常想起你。80年代初看了你写的《大镜子》后，我就希望你能如愿，把时间都用在写作上，我就很少给你写信。我相信你知道我是爱你的，因为青年人喜欢讲真话的人。我也相信你是爱我的，因为你爱年轻一代，而我又是你的侄孙女。我去年秋天去了加拿大的温哥华，现在回来看望爸爸妈妈，支援儿子考高中。秋天又要回去。无论我在哪里，我都要像你那样，爱我们的祖国，爱我们的人民。还要学你讲真话，做好人。爸爸说你是当今的快乐王子，他和我都想做你的小燕子。你高兴吗？

爸爸一直想来看你，但妈妈生病，他无法离开。这次我回来的目的之一，就是支援他来看你。

希望你有时也能想到我。

爱你的李芹
1995年6月5日上

汪齐齐致太爷爷

太爷爷：

你好！

我至今记得我们在上海和在成都的几次见面。说实在的，除了被老师逼着我写有关你的作文时，我几乎不把你看成是一位"非常不得了"的人物；你只是我慈祥的太爷爷，辈分最高的人。从第一次见面和你玩打老鼠的游戏后，我一直想教你打更高级的电子游戏。尽管这个希望并不现实，可我相信你一定能恢复健康。我总有一天会教你打电子游戏。

汪齐齐　上
6月4日

第二次去杭州看望巴老(1997年)

8月9日　周六

　　五时,被闹钟叫醒。匆匆喝了一碗芝麻糊,吃了一个鸡蛋。五时半,乘高兴东开的车离家,约二十分钟到达双流机场。

　　飞机正点(六时五十分)起飞,正点(九时十分)到杭州。下小雨,不算太热。巴老的司机彭正昌师傅来接,在车上询问巴老的有关情况。老彭说:"老先生最近还好,没有休克过。小林和国烁在杭州。特护是一位姓谭的护士长。"十时,到达西子湖宾馆,住二号楼二一一四房间。立即去巴老卧室外的套间看望他老人家,

上海作协的徐钤为巴金念书

巴金在翻阅李致的散文集《往事》

他和小林、国煣均在。巴老坐在轮椅上，气色不错，但他第一句话却说："我现在不行了。"我说："我们很想念你。"他说："我也很想念你们。"我握着他的手，感到比前年来看望他时要柔软一些。对帕金森病患者来说，这是好现象。我把李芹、齐齐和珊珊的信读给巴老听。国煣说："珊珊的信写得不错，还有点思想。"这是指珊珊的信中说："我觉得觉新太软弱。如果是我，我一定要像觉民、觉慧那样反抗、斗争。"小林说："爸爸十点钟该休息，但他坚持要等你来。"我说不要打乱爸爸的生活秩序，护士长把巴老推进卧室。

十二时，吃中饭。巴老吃了一小碗泡饭，还吃了两个小包子。宾馆的工作人员小曹在旁边帮助巴老。小林说："小曹一直帮助爸爸吃饭。"

中午，我酣睡到三时半才醒。巴老已起来，在饭厅另一边听上海作协的徐钤同志念《短暂春秋》一书。我把带去的《往事》[①]精装本拿出，在扉页上写："献给爹，以此感谢您对我的爱，教我做人。李致，1997年秋。"他拿着书看了一会儿，我趁机拍了一张照片。书中有些文章，出书前他早看过。

巴老改在套间休息。我坐在他身边和他聊天。他说："我现在主要是精神差，眼睛有白内障，一个一个字看得清，但连不起来。看电视也是一句一句的话听得清，但连不起来。"巴老有语言障碍，声音微弱且时断时续。我尽量少提问，耐心听，以免他着急。

他说："我到杭州已经三个月了。"

我说小林安排得好，冬天在上海华东医院，5到10月来杭州。他说："西湖污染少，空气好，治疗方便。不过给人家增加麻烦和负担。"我说："人家欢迎你。可惜不能回成都，否则四川也会欢迎你，像你八七年回去时一样。"

我不愿巴老讲得过多，便主动给他讲我几个姐姐的情况：大姐会保养，二姐开朗乐观，四姐爱跳舞。又讲了采臣叔拟为我出书（《巴金教我做人》），前半部是巴老给我的一百九十二封信，后半部是我写巴老的文章。他说："我给你和王仰晨写的信最多。"我说："你给我的信不止一百九十二封。'文革'抄走了近五十封信，至今没下落。还有些信我没有拿出来。"

"'文代会'时，你参加文学馆奠基仪式没有？"他问。

我答："没有得到邀请。"

晚饭后，大家陪着巴老在西湖边散步。小吴推车较快，我跟不上。雨早停，颇热。七时，看中央电视台的《新闻联播》。我与成都家里通电话。巴老看完《焦点访谈》后，进卧室准备睡觉。我回房间看电视，翻倪萍前不久送我她写的《日子》，十时半关灯。

---

① 李致的散文集。巴老先后要了十五本平装本，精装本是李致正式送巴金的，所以写上了自己的心里话。

8月10日　星期天

六时醒，看《早间新闻》。

七时，去看巴老，他正在洗脸。我向他点头致意。他却说："早！"然后到卧室外套间，看中央电视台的《实话实说》。小林来叫巴老散步，我们都出去走了十多分钟。

早餐，巴老喝一碗稀饭，吃一个鸡蛋、一小块甜点。

饭后，巴老坐在轮椅上，小林坐在他身边。小林一边揉巴老的手，一边要巴老背鲁迅的诗。小林告诉我，爸爸已能背出八首鲁迅的诗，仅个别时候要提示。这时，巴老像一个小孩子。小林笑得很甜，时而提示，时而鼓励。父女相依，是一幅最美的画。我跑回房间拿出相机，把这个情景拍下来。

小林去工作，我和巴老聊天。我告诉巴老，到目前为止，我已写了十一篇有关他的散文和随笔，还可以写一些。我问他："听李舒讲，去年他读《不做盗名欺世的骗子——巴金二三事》给你听，你说'李致了解我'。你认为我了解你吗？"

他说："是。"

我谈到采臣叔①准备为宁夏人民出版社编几本书，介绍巴老的为人。这使巴老回忆起40年代的往事。他说，当时的文化生活出版社，吴朗西是老板，他任主编，采臣负责经营管理。"采臣能干，吴朗西有些指挥不当，以致后来分手了。吴朗西已经逝世，我送了花圈，还对吴朗西的儿子说：'过去我的脾气大，没有把人团结好。'"说到采臣叔的女儿绵绵，巴老还记得她是1942年生的。我说："那年你第二次回成都，我们睡在一个大床上。"

护士长来叫巴老用助步器散步，在过道（饭厅到卧室，约二十米）走了三次。后发现血压低（五十至八十），立即把轮椅放平，不久即恢复正常。一直睡到十二时。

---

① 采臣叔：即李采臣，巴金的弟弟。

为帮助巴金增强记忆，每天早上巴金都要背诵鲁迅的诗

中餐，巴老吃了一牙烩饼、一块红烧肉和一些烧茄子、丝瓜。

我午睡到二时半起，三时去看巴老。

巴老已起床，问我："睡得好不好？"鉴于巴老的精神较好，请他为我的几个朋友的书签名，字写得较大，说明手不太抖。他送了一本《巴金杂文自选集》给我，也签了名。

接着聊天。巴老又讲了一些文化生活出版社的情况。他讲得吃力，我听得也吃力。我换个话题，想请他讲讲我父亲和三爸的情况，他讲得不多。我问他，我现在和前年相比，有什么不同？他说老了一些。我说是不是头发更白？他说是，还补充说："行动上也看得出来。"我说昨天下飞机，感到气紧，不大舒服。他说以后出来要有人陪伴。我说不是公差不便找人，他说："不要冒险。"我表示只要可能，仍会来看望他。

他说："现在是看一次少一次。我并不悲观，时刻准备……"我一下接过话头："时刻准备着建设共产主义！"我想起少先队员的呼号，故意开玩笑说，"与前年相比，我觉得你的气色好，手柔软，只是语言障碍重一些。我不反对你时刻准备，但仍要争取健康。你内脏没有病，这是最有利的条件。你原计划争取活到九十岁，已超额。我先争取活到八十岁，想写点东西，可惜眼睛不太好。"

"你可以写。"

提前十五分钟吃晚饭。巴老吃了一碗面条、两块鱼、两个鸡翅

膀。然后散步，七时，赶回来看《新闻联播》。我找小林，问巴老能背鲁迅的哪首诗。她说有《自题小像》《悼柔石》《自嘲》《无题》《悼杨铨》《悼丁君》《无题》《亥年残秋偶作》。巴老看完《焦点访谈》进卧室。我回房间看电视连续剧《和平年代》，后看最新一期《收获》，十二时关灯。

8月11日　周一

六时起。六时半到巴老卧室。大家随巴老到西湖边散步。

八时早餐。巴老吃面包一片、奶酪一块、鸡蛋一个。稍事休息，巴老用助步器在过道上来回走了一遍。我问他今天上午是否吊针。他说："上午吊针，下午还可以谈谈。"开始吊针后，巴老一般要睡觉。我也感到疲倦，回房间睡了大半个小时。

中餐，巴老喝稀饭一碗，吃了一些炒面、猪肝和虾仁。小林和国煣吃我带去的牛肉丝，巴老两次表示要吃一点。国煣夹了一点点给他。巴老喜欢吃家乡的菜。

午睡后，我二时半到巴老卧室，他还没有醒。

小林和国煣上街买东西。我看电视。三时半巴老起床，小吴把他推到饭厅另一边，我坐在他身边。我说："你今天睡得好！"他说："睡得好。"可是他很快又睡着了。护士长给他量血压：七十至一百三十六。我给成都家里打电话。直到四时，我才和巴老开始聊天。

他说："可惜家宝①死了，他还有东西没写出来。"我说："我只差一天，不然就能看见他。后来去看了李玉茹②。"

"李玉茹很好，为了家宝牺牲了自己的艺术。"巴老接着说，"写《明朗的天》不是家宝的本意，他不满意。以后收集了不少的

---

① 家宝：万家宝，即曹禺。
② 李玉茹：曹禺的夫人，京剧表演艺术家。

材料，胆子小，没有写，后来又病了。他在医院写了一些诗和散文，在万方①那儿，万方准备编佚文集。"

我告诉巴老，中央电视台刚播了张爱萍将军的经历和贡献，可惜没有看见片头，不知这个专题片叫什么名字。我转达了张老和夫人又兰大姐对巴老的问候，巴老说了一声："谢谢。"我说："张老先后三次表示支持你建议成立'文革'博物馆的意见。我准备在适当的时候把它写出来。"巴老说："八七年回成都，我们三次在一起看了川剧和曲艺。"我说："50年代张老参观过正通顺街故居，就提出把它保留下来，可惜以后拆了。"巴老说："现在故居搞得太多，没有必要。"我告诉巴老双眼井仍在，有石桩和铁链把它围着。

近五时，理发师来给巴老理发。小林和国煣买东西回来。趁巴老焕然一新，请国煣为我和巴老拍照。

晚餐，巴老吃了一个小馒头、一些叫花鸡和猪排。看见国煣吃四川的牛肉丝，巴老又想吃。国煣用巴老吃的馒头，给他沾了一点牛肉丝上的油。

随巴老到西湖边散步。秋风徐徐，感觉凉爽。七时，播《新闻联播》。巴老一边吸氧，一边看。看完后，巴老在进卧室前问我明早几时走；我说和彭师约定七时吃早饭。他说："明天见！"

我回到房间看电视剧《和平年代》。收拾行装。翻了一会儿倪萍的《日子》，十一时关灯。

8月12日　周二

五时半起。看《早间新闻》，预报成都天气，最高三十五摄氏度。六时半，到巴老卧室，他已在听收音机播的新闻。这是他长期养成并坚持的习惯。

---

① 万方：曹禺的女儿。

巴老又问我几点走。我说七点去吃早饭，怕塞车，要早一点走。护理人员帮助巴老穿衣，我怕影响他们的工作，退到靠玻璃窗前的沙发上。我十分珍惜这半小时。巴老站起来又要说话，我立即走到他身边。他问："与彭师联系好了没有？"国烁笑着说："五哥昨晚就告诉你联系好了。"

李致与巴金

小吴把巴老推到外面的套间，已经七时。我拉着巴老的手说："你保重身体，我会……"突然说不下去了，我尽全力控制住自己的感情，才接着说，"争取来看你。"我不愿引起巴老伤感，就此告别往外走。

国烁送我到二号楼门口。

吃过早饭，八时五十分到达机场。我再次向彭师表示感谢。九时四十五分，飞机起飞。在飞机上，我的感情很复杂，当然希望再见到巴老，但他毕竟高龄。他是我一生爱得最深的人之一，我不能没有他……

十二时，到成都的双流机场。文化交流中心秘书长窦维平来接。小窦是我的朋友，1993年在上海与我一起见过巴老，一路上我都在给他讲巴老的情况。十二时半回到家。珊珊和我拥抱。

2003年11月21日

上海日记（1999年）

9月27日　去上海

六时，吃完早饭，叫醒秀涓。

六时半乘文联赵光亚的车去机场，八时起飞。我昏沉沉的，不时想起小林说"你看见爸爸会难受的"这句话。十时飞抵上海虹桥机场，李斧在机场内等我。上海市文联秘书长褚水敖、组联处长叶国强在出口接我们。住华东医院对面的文联宾馆807室，这对我们看望巴老十分方便。不久上海市文联的周渝生（党组书记）、李伦新（前党组书记）、迟志刚（副书记）、褚水敖、叶国强来看望，并请吃午饭。我感谢他们的接待，并说明我们来的目的是看望巴老，不打扰他们。

二时，汪致正来。三时一起去华东医院十七层看望巴老，市作协徐钤在外间。他说巴老近况还好，但前几天小林给他讲上海变化很大时，他说就他没变化。进病房，巴老躺在床上，两眼闭着，嘴张得很大。鼻孔在吸氧，脸色苍白，与前年见他大不一样。站在床前，我不仅不知说什么，连叫他的力气都没有。我控制不住感情，只得走进外间流泪。我再进去时，护士把床摇高一点，为巴老戴上眼镜。巴老看见我们，我只听见他说的"说话——眼睛——"，估计是说话不行，眼睛看得见。立即咳嗽，痰从塑料气管口涌出。我赶快离开，泪水长流。再进病房，巴老的眼里充满泪水，并从眼角流出。我赶快到外间，痛哭失声。济叔、国燦先后来，我也无法和他们交谈。李斧从病房出来，背向我们，用纸擦眼。直到五时我们才回宾馆，小汪妈妈约吃晚饭。

六时半，我们再去医院，护士在帮助巴老喝茶。办法是用一根小棍，上面有棉花醮着的茶水，让巴老吸吮。七时，巴老看《新闻联播》。我和李斧坐在旁边陪巴老看。其实，我根本没看新闻，而是目不转睛地望着巴老。我不知巴老是否看明新闻，但相对来说表情较为正常。只是两手不断地抓遥控器。下午徐钤告诉我，巴老曾说他已失去人的尊严，只能听人摆布。我理解他的痛苦。七时半，我和李斧主动离去。

与李斧交谈到十二时半始睡。

9月28日

昨晚有些热，睡得不舒服。四时醒，李斧近六时醒，又聊天。

济叔电话，说昨天见我很激动，没谈成，随即交换一些意见。我和李斧去对门华东医院。

到病房遇见陈护士长。过去我们在杭州见过，她知道我关心巴老。她说巴老目前较为稳定，白天未用呼吸器。我直截了当问她巴老的现状能维持多长时间。她说如果没有意外，到明年没问题。她的这个回答，使我的心稍为平静。我还问了一些细节。例如，巴老的手为什么老拿纱布卷和遥控器？她说，巴老患帕金森病，手捏得很紧，怕把手捏坏；同时因为神经上的错觉，巴老觉得旁边有个什么东西，他老想去抓住。

李小林来了。她高兴地叫爸爸，问这问那，气氛大为缓和。

巴老睡觉。小林与我和李斧在外屋谈话，内容较广。主要有：

——问我是否要参加襄樊巴金国际学术讨论会？我说没接到通知。她说是她推荐的，因为她认为我写巴老的文章很好，说话得体。

——小林告诉我：爸爸说，他死了以后，把他和妈妈的骨灰合在一起，撒入东海。我问，过去不是说埋在武康路花园里吗？小林说，那是公家的房子，自己不好提。我表示赞同。

——小林告诉我：爸爸说，他把《讲真话的书》的版权送给你和几个姐姐。我说，巴老在十年前征求过他打算放弃版权的意见，我没有赞成。我当时说，小林小棠不会计较这些，但文化市场很乱，放弃版权会有很多意料不到的事发生。小林补充爸爸的意见，版权到你们一辈为止。

——小林告诉我：爸爸说，上海文艺出版社的《巴金六十年文选》的版权送小叔叔（济生叔）；宁夏人民出版社出的他两本书的版权送大叔叔（采臣叔）。

——当我谈到《巴金教我做人》一书的稿费处理（捐希望小学）时，小林说，爸爸说他给你的信的版权给你。

——小林对李斧说，我送你一套台湾出版的《巴金小说集》。我对李斧说，这套书印得不错，但序言和一些评论文章有不妥之处。四爷爷曾说，我不赞成这些观点，但我可以容忍。小林说，还要送一套书给李芹。

此外，谈到昨下午看见巴老时我很难过，小林哭了。

十一时半，我们三人乘老彭的车到丁香花园。济叔已到，国煣、小汪陆续到。菜点得不错，吃得也好。饭后三人到武康路。

我坐在客厅里，感触很多。我不知在这个客厅里坐过多少次，有过许多美好的回忆。但以后我再也不能与巴老同在这个客厅里了。

李斧上楼取了书，拍摄了一些照片。并为我、小林和国煣（她很快回来）拍了几张。在室外拍摄时，我嫌三人靠得太近。小林说："亲热点。"我征求小林意见：今晚是否要向巴老告别？她主张不告别，以免爸爸难受。我想也是。

怀着难舍的心情离开武康路一百一十三号。

没午睡，回到宾馆我与李斧又聊天。丁锡满（《解放日报》前总编）来电话，一定要请我和李斧吃晚饭。盛情难却，只好答应。

三时，我们去华东医院，国煐已到。我和李斧先一起去看望巴老。巴老的床刚被摇起。有人问他是否认识李斧？他点了一下头。又问他是否认识我？他没有特别表示。他不会没认出我，他可能有更多的想法，但无法表示。以后我和李斧又分别去看他。当我一人在他床边时，我叫："爹！"然后努力克制自己，向巴老独白：

"我和李斧、小汪来看你，代表成都和海外的亲人！"

"你怕我一人来，这次是李斧陪我来的。"

"你担心我身体不好，"我用手拍拍胸，"你看不是很好吗？该放心了吧！"

"几个姐姐身体也可以。秀涓能支持我来看你，说明她病情稳定。"

李斧进来向巴老说："我每次来，八五年、八七年、九四年、九七年，你都说下一次你来看不见我了，但现在你又看见我了。"

我又说："李斧这一次是应教育部邀请，回国来观五十大典的。他在机场接我，我们一起到上海的。你不是不放心我一人来么？"

不知巴老听懂多少，见他眼里有泪水，我说不下去了。

如约回宾馆。五时，丁锡满和李伦新来，邀我们在附近一个餐厅吃饭。老丁很热情，说了很多友好的话，可惜我只能听懂一半他的浙江话。对李伦新，彼此相见恨晚。老丁是美食家，很会点菜。青鱼特别好吃。我还喝了黄酒，吃了不少虾。差一刻六时结束。

七时，到医院陪巴老看新闻联播。我和李斧坐在他旁边，不知该向巴老说什么。记得1989年有一次到华东医院看他，临走时他用助步器散步，我又得准时下去乘车，只对济叔说了一声就跑下去了。下次来时，巴老批评我不辞而别，我作了检讨。可是今晚我真要不辞而别了。爹，你能原谅我么？

回宾馆取行李。太热，开了空调。小汪十时来取走小林送李芹的《随想录》手稿本。太疲劳，聊到十一时就入睡。明天，巴老的眼里不会再出现我和李斧的面容。让巴老少滴几点泪水吧！

9月29日　离上海

五时醒。与李斧聊天，商量一定要付他的住房费。近六时起。

七时半，叶处长来，说领导打了招呼，不收费。叶把我们送到机场。李斧办好手续，送我登机。稍晚一点，他即返北京。我在飞机上似睡非睡，十一时十分到成都机场。省文联赵光亚来接，到家刚十二时半，秀涓已午睡。给七妹、二姐电话，报告我已回来。匆匆吃了饭，午睡大半小时。开始补写日记，并发了一部分给芹儿。接了不少电话。老干处通知去领钱。去我姐那儿，报告巴老情况。到邮局领回周良沛从昆明寄送的月饼。打电话向采叔报告巴老情况。

与四爸的历次会面[1]

1941年

年初　巴老第一次回成都，住在我们家。春节前回来，住了五十天。当时，我们住在蓥华寺街外婆家。我在外东踏水桥小学读书。巴老经常带几个姐姐去看电影，说我看不懂，给我钱，让我去买外国邮票。还与九姑妈和我们五姐妹去相馆合影。照片见《巴金全集》第七卷。我对照相毫无印象，上世纪80年代，巴老拿出照片我才看见。我穿童子军装。

1942年

5—9月　巴老第二次回成都，住在我们家。当时我们已从外婆家搬出，仍住蓥华寺街。我在五世同堂街航空委员会子弟学校读书，高小四册。我和巴老睡在一张大床上。当时我很调皮，放学就在外面玩，吃饭都要"捉拿归案"。我原名李国辉，巴老说："你改名李国飞吧！"以后，巴老写了四句话送我：读书的时候用功读

---

[1] 文中加引号的文字皆引自《巴金全集》第二十五、二十六卷。

书，玩耍的时候放心玩耍，说话要说真话，做人得做好人。①

1955年

春 巴老去印度参加世界和平大会归国，途经重庆，住民生路重庆宾馆。

我在共青团重庆市委工作。巴老打电话给我，我去宾馆看巴老，星期天又和秀涓一起陪巴老玩，吃杭州汤圆和鸡汤抄手，合影一张，照片见我的《往事》一书。巴老问我喜欢什么，我答读书。从此，巴老经常寄书给我。

1958年

秋 我参加中国青少年报刊工作者代表团去苏联访问归国，在北京遇即将去苏联参加亚非作家会议的巴老。

当时，我在共青团四川省委《红领巾》杂志社工作。巴老请我在和平饭店吃晚饭。他问我想吃什么，我说回锅肉。结果上了对虾，我第一次吃了对虾。

1960—1961年

巴老回成都写作，与张秀熟老人同住在学道街的院子里。

这期间我去巴老住处共十一次。11月3日，我请巴老在新声剧场看京剧《穆桂英挂帅》。我生病时，巴老于12月19日步行到祠堂街三十三号宿舍看我。"……两点后……我去李致处探病。在李致处坐了一个多小时，返家已四点半。"1961年1月29日，我请

---

① 详见本书《永远不能忘记的四句话》一文。

《红领巾》杂志社摄影家郑家声,为巴老摄影。2月8日,送巴老离蓉返沪。

巴老在离开学道街前,把欧阳山送他的小说《三家巷》转送给我。

1964年

7月 我出差到上海。当时我在共青团中央工作。

7月25日晚 第一次到巴老家,"(晚)饭后李致来……在廊上纳凉闲谈。十点一刻送走李致和济生夫妇。"

7月26日 下午,"李致来。四点同他去虹桥公墓和万国公墓。五点半左右回家。晚饭后在廊下闲谈到九点。"

在家闲谈时,萧珊妈妈多次和我开玩笑。

为三爸李尧林扫墓。①

8月 巴老和萧珊带小棠从山西访问后来北京,住华侨大厦。

8月27日 "十二点半李致全家来,他们已吃过饭。……李致、秀涓坐到一点半钟带着孩子回去了。"

8月28日 上午,"李致来。……十一点半到楼下大同餐厅吃了中饭。……一点半作协车来,树基、李致、家宝夫妇和作协周真勋各位送我上车,并替我搬行李,盛意可感。"

10月 我陪日本民主青年访华代表团去上海访问。

10月13日 抽空到巴老家坐了半小时。萧珊妈妈不在家,我与巴老在书房聊天。"李致来,谈了一会。"

---

① 详见本书《带来光和热的人》一文。

1965年

1月　巴老来京参加全国人民代表大会，住前门饭店。

1月2日　"（晚）饭后李致来。……（八点一刻）同李致谈到十点。"遇见赵超构。我告诉赵超构：1946年，我在学校推销过他的《延安一月》一书。

7月　巴老因访问越南来北京，住新侨饭店。

7月7日　"六点三刻前李致来叫醒我，同他到六楼吃早饭。饭后李致去机关上班……（两点一刻）李致送蚊帐来，谈了一刻钟，我要他把蚊帐带回去。"

7月8日　"十一点一刻打电话约李致夫妇吃中饭。一点半后送他们下楼。"

1973年

4月14–16日　我从北京回河南团中央"五七"干校，悄悄绕道上海看望巴老。①

1978年

5月　我去上海组稿。

5月9日　"晚饭后李致来，同李致谈到十一点。"

5月10日　"午睡。看李致带来的校样。同李致闲谈。……同李致谈到十一点。"

5月11日　"七点后起。同李致散步闲谈。晚饭后……同李致闲谈。十二点前睡。"13日，"……同李致谈了一会，又陪他上楼找

---

① 详见《李致文存》之《我的人生》卷《我淋着雨，流着泪，离开上海》一文。

书。十二点前睡。"

5月14日　"……八点后汪琪父子来找李致，谈了一会，一起照了相。"

5月21日　巴老在北京参加全国人代会，住西苑宾馆。

5月25日　"八点后李致来，在会客室里谈到十点。"

5月26日　"八点李致来。同他到十号楼我的房内，闲谈到十点后。他替我拿行李，我搬到了六号楼六五七号房。……十二点前同李致到餐厅吃中饭。"

10月　我去上海组稿。

10月26日　"四点李致来。……同李致闲谈到十一点三刻。十二点后睡。"

10月27日　"上午在家同李致谈话……同李致闲谈。十二点前睡。"

10月28日　"十点前返家……同李致闲谈到十一点半。陈昌竹来约李致出去。……回家吃晚饭。济生来，同他和李致闲谈。十一点半后睡。"

10月30日　"上午同李致闲谈。"

10月31日　"十点李致、小林出发去北京。"

1979年

5月14日　巴老从欧洲返回北京。"六点飞机提前到达北京机场。李季、张僖、毕朔望、严辰、李致、小祝，法国使馆文化参赞到机场迎接……李致来，同吃了晚饭。"

5月17日　"李致来。五时半坐《文艺报》车去青海饭店吃晚饭，（臧）克家请客，同席的有（戈）宝权、冯至、沙汀、（严）文井、（卞）之琳、（孔）罗荪夫妇、徐迟、小林、李致诸人。"括弧内的姓是我加的。

5月19日　"……李致来。"上午，我同丁磐石[①]父子去宾馆看望巴老，巴老分别与我们合影。磐石父子二人走后，我一人待到十一点。我和巴老谈得十分起劲。这期间，巴老对我说，法国友人问他中国还有哪些小说家。他说有李劼人、沙汀……当时门卫森严，许多人在一大会客室里，不许客人进宾馆。后来要"方便"，找不到地方，我只有"忍痛"离开巴老，赶公共汽车走了。此事我和巴老一直作为笑谈。我至今保留着当时没交回的会客单。

11月　北京举行全国第四次文代大会和全国第三次作家代表大会。

11月1日　"七点后李致来，同去吃早饭，饭后谈到十一点半……李致又来……四人同去楼下吃午饭。"

11月2日　"六时半后起。李致来，七时半一起吃早饭。"

11月5日　"七时后起。李致来。"

11月7日　"七时一刻前起。李致来。"

11月9日　"七点半起。小弥来，李致来。"

11月11日　"李致来，送他两本书。"

11月12日　"李致来，七点三刻早饭……李致在中饭后离开……六点前晚饭，饭后同小林、李致去科影，看了一场亨利·方达主演的 Once Upon a Time in the West"

11月14日　"……李致来。"17日，"……七点早饭。李致同丁品来。"

---

① 丁磐石：丁秀涓堂弟。

12月　我从长沙到上海。

12月23日　"……十二点李致来。……同李致聊天。……晚饭后看电视。同李致聊天。十二点睡。"

12月24日　"……晚饭后看电视，同李致聊天。十一点半后睡。"

12月25日　"……九点前同李致去邮局（送书）。十一点送李致上车去机场。"

1981年

8月　我在疗养院请假一周。先去山东泰山参加少儿读物座谈会，然后从泰山到上海。

8月31日　"晚十点后李致来，在我家住到9月6日。"（无详细内容）晚九时到上海虹桥机场。下飞机则碰上雨。萧姐和沈姐的儿子到民航城内办事处来接。到武康路，巴老刚看完电视，见我很高兴。姑妈在巴老卧室为我准备了床。因为天热，我把席子拿到书房，在地板上睡。

9月1日　上午和巴老商定，由四川出版《巴金选集》。共八卷：（1）《家》；（2）《春》；（3）《秋》；（4）《爱情三部曲》；（5）《中篇小说选》（上）；（6）《中篇小说选》（下）；（7）《短篇小说选》；（8）《散文选》。我表示力争在1983年前出齐。巴老说：这部书可以给低稿酬，捐给中国文学馆。还谈了有关出版萧珊译作事。……晚上聊天，谈到李舒要我问四外公为什么不入党。我说巴老可能像鲁迅一样，做个党外布尔什维克，比党内某些高级干部的思想觉悟高。巴老说：我不能和鲁迅比。你可以向李舒解释，我自由散漫惯了，不愿意命令人，也不愿听命于人。过去信仰无政府主义时也如此，不加入组织。还笑着说，我不入党，××就不能指挥我了。谈到××已入党，他说，对，可以增加新鲜血液。谈到回四川，巴老说，我暂时不回去了，熟人太多，恐怕得不到休息。

9月2日　下午和巴老交谈。巴老说，四川出版冲破出版只此一家的垄断，立了一功。如把"现代作家选集"丛书出好，是一个贡献。我说有人嘲笑，说我出外约稿，打着你的名义，叫声叔叔伯伯，就用网兜把书稿拿走了。其实，我从来没有用过你的名义在外面活动过。巴老说：现在人家都知道我和你的关系了，反而要我找你。我说是公家的出版社，我不能指挥李致。对四川没有出版《许茂和他的女儿们》，我说明了经过，巴老说不管你怎样解释，没有出，是个失败。谈到我写的《永远不能忘记的四句话》，其中就"什么是好人"发了一些议论，请教在技巧上怎样看？巴老说，技巧是为自己服务的，最高的技巧是无技巧。巴老主张我现在写文章，不要发表，六十岁以后再发表。因为写文章容易出问题，有可能影响我担任的领导工作。晚上，巴老送我一些照片，各时期拍的都有，共十九张。我嫌少了，他说你拿多了，也没用处。鉴于巴老一贯认为作家靠作品出书，不能靠卖照片，我说你放心，我不会拿去出版。在寻找一张照片时，巴老打开一本相册。其中有三张萧珊的照片，是她年轻时拍的，可惜画面都被弄坏了。除了打叉以外，还在嘴上画了胡须。我知道这是那些"造反派英雄"干的，建议让我带回成都，请出版社摄影室作技术处理。巴老说，不必了，就让它这样吧，这是历史。后来谈到巴老为给在成都我的三个姐姐成立图书馆事，决定给她们各买一个书柜。

9月4日　上午到王西彦家，谈出他的《选集》事。他问了巴老的情况，建议巴老把身体健康放在第一。下午我向巴老转达了西彦同志的建议，巴老说：我到一定时候，什么也不管了，人也不会，信也不回，专心写作。现在许多人想照相（包括你在内），如一个月有××人，也吃不消。

9月5日　早上散步，谈到××要稿费的计算办法（按版面字数算）不对，巴老估计是×××出的主意，并说他的《选集》不必这样算。

9月6日　早上天气晴朗，在院子里散步。谈到《家》，我又提起在鸣凤跳湖后，觉慧一度要放弃鸣凤，总觉得有些遗憾。巴老说，这是一，还有高老太爷临终时，觉慧跪下去。有人说这两处是《家》的败笔。其实当时觉慧只有这个觉悟，他看见高老太爷的态度有些变化，不能过高要求觉慧。谈到电影《苦恋》，巴老说不准备写表态文章。看过电影，对其中吃生鱼片的镜头感到恶心，但不能说整个影片不是爱国主义的。我问巴老的社会活动情况。巴老说，不太多，但找我的人多，要回的信也多。我在学你的办法，写短信。到了一定的时候，我什么事也不办，什么信也不回，得罪就得罪，我要完成自己的计划。我问《大镜子》发表以后是否好一点。巴老说，收效不大，有些人专为这篇文章（指他说自己衰老了）来看我。我向巴老建议客人来了，到该散步的时候，可以邀客人一起散步。巴老说，你可以，别人怎么行？又谈到回成都的问题。巴老说，后年还是回四川一次。我说杜心源同志（省委书记）早表示欢迎，我可以负责接待。巴老说，要去我自己去，一切费用自己负责，不要让人家误以为我利用你的关系。巴老再一次叮咛说，"四川不要过多地出我的书，别人要攻你，会抓这一条。"我说这问题我完全出于公心，而且我们同时出了不少茅盾、老舍的书，还要出《曹禺戏剧集》。话题转到某些社会风气，巴老说，我过去在南京上过的中学，打算把我、汪道涵、朱逢博找在一起，拍一部电视。要我捐一万或两万元，设立巴金奖学金，我没有同意。找我的人太多，利用各种封建关系，要这样，要那样。有一位亲戚，说我很有钱，要一部彩电，否则别人会以为我不是你的亲戚。有时，我想把精力浪费在这些事上，不如早两年死去。

1982年

11月 巴老摔跤，住华东医院。

11月23日 我去上海看望，他第一句话就说："摔跤是我自己不小心，与你无关。"说与我无关，是我刚介绍四川电视台去为巴老拍纪录片，怕巴老为此累了。我带了花生酥去，巴老很爱吃，常说："看在李致的面子上，再吃一个。"在这期间得知他的好友李健吾逝世的消息。

1985年

4月 我随四川出版代表团访问日本，途经上海。

4月15日 九时到武康路，巴老去华东医院检查身体。我跟司机老彭去把他接回家。闲谈时，他对出版界有些人只考虑赚钱，感到不安。

4月16日 二时去武康路，与巴老随意交谈，又一起散步。他说要言行一致，把各种问题处理好。至少要在两个方面做出榜样：一不自私，二不爱钱。他同意《巴金近作》第四卷的书名叫《心里话》。

5月5日 我从日本回到上海。

上海出版局的车把我送到武康路。巴老看见我，很高兴。……济叔来，我和他在饭厅聊访日情况。巴老主动来听，平常这时候他一般都看电视。安排我睡书房，巴老为我抱了毛毯，又去取床单。我赶快请他不要为我操劳。他知道我明上午十时三刻将去机场，一再说："我明早六时半起床，起来我们就谈。"还问我："为什么急着要走？"

1986年

3—4月 我随省川剧院到上海。

3月30日 九时后和川剧表演艺术家周企何一起去看望巴老。巴老说，我原以为养几个月，可以回成都一趟，但养不起来。上海突然降温，我的衣服带少了。巴老要送我一件毛衣，不知我是否穿得。我说，你送我当然要，万一穿不上就作纪念品。谈到我六十岁要退下来时，巴老笑着说他六十六岁才进"五七"干校。

3月31日 去武康路，与巴老交谈四十五分钟，没受干扰。我说，昨天冷，你送我的毛衣起了很好的作用。巴老说，留个纪念。我说裤子也穿少了，腿疼（这是当年在"五七"干校，冬天犁地留下的后遗症），幸好加了毛衣。今天晴了，不是要你再送毛裤。巴老看我用手捶腿，笑着说，你也上年纪了。后又说，你正是干事的时候，可以向李向南学习嘛！李向南是电视剧《新星》的主人公，我问巴老对《新星》的看法。巴老说，不错。几个老书记写得很真实，我看见过这种人，是"四化"的累赘。相反，李向南不真实，还没有这种人，只是反映了人们的愿望。资本主义有钱就行，我们是有权就行，李向南也弄了点权术。有权就行是封建主义的产物。有人说，高干子弟犯错误，是资本主义的影响。其实主要是封建主义的东西，《水浒》中就有衙内。强奸妇女也是封建主义那一套。……我不要求什么，我的一切将来都要交给国家。巴老说，前不久张光年来上海，建议他有两个职务不要推掉：一是全国作协主席，因为找不到合适的人，要借助他的威望；二是全国政协副主席，因为有这个职务，生活上才有人管，许多问题才好解决。谈到编十本《译文集》，巴老说，等你能亲自抓的时候再说。

4月2日 约十时到武康路。我用了一小时多的时间，询问了有关我父亲给巴老写的四封信的事。巴老说，我的两个哥哥对我帮助很大，他们两人都是因为没有钱而死的。我现在有钱，却没有办法帮助他们，我又不想过什么好生活。巴老很激动，两次痛哭失声。我全部录音。

4月3日 下午三时，我和川剧人周企何、陈书舫、张巧凤、左清飞、王世泽、田卉文、古小琴及陈彦等去看望巴老。多数人为巴老清唱，大家都很高兴，巴老"被迫"在最后讲了话。汪其武全程摄了像。历时半小时，一起照相。巴老把大家送到大门外，我的朋友陈昌竹参加。我对巴老说，昨上午录音效果很好，以后我只要想念你，就可以听录音。他说昨天很激动，疲倦了。我说今天请您听川剧清唱，算是弥补。他哈哈大笑。

4月5日 九时约陈彦去武康路，为巴老照了不少相。上楼时，巴老说我还没在楼梯上照过相。在书房，我特别安排巴老在大镜子旁边照了相。在卧室，巴老自己提出在萧珊骨灰盒旁照了几张相……我看见巴老充满深情。陈彦走后我对巴老解释，在宣传部不像过去在出版社，来上海的机会不多，所以要多照几张相。巴老说，没关系，如果我不行了，会打电话叫你来。

11月 我随四川诗书画展览去上海。

11月21日 吃过晚饭，把夫妻肺片送到武康路。巴老说，我太疲倦，需要休息。

11月23日 八时到武康路，巴老还没吃早饭。老人家气色很好，但他说是"虚火"。我们散步，谈心，约有半小时交谈录了音。他同意：（1）《译文集》给四川出，但不出单行本；（2）由我给他编书信集；（3）《日记》也交给我，由我负责校看。

11月25日 今天是巴老八十二寿辰。十一时半到武康路。下午来祝寿的有辛笛、黄裳、杨静仁（杨苡）等，还有一些上海市八中的中学生。我和小林在四时半去小木屋路把萧荀接来。人很多，吃饭时很热闹。

11月29日 昨天从杭州回来。九时去巴老家告别。昨天下午，市委书记芮杏文受胡耀邦同志委托去看望巴老。今天新华社发了消息称赞巴老是中华民族的精华,是一代精英。我和巴老开玩笑,用"精华"和"精英"称呼他。他今天很高兴。他说,把暖气烧的煤给我解决了。

1987年

10月3—26日 巴老返乡,在家乡待了十七天零一夜。①

1989年

4月 我和秀涓去青岛路过上海。

4月7日 九时去华东医院北楼七〇一病房,小林值班。巴老看见我很激动,说这一次差一点看不见你了。他对我在他摔跤后没及时给他写信颇有意见,我作了一些解释,并问他为什么没有叫我。他说,我只告诉你摔跤,——言外之意是说我没主动询问他。巴老说他不怕死,但有些事没办完,表示要交给他信任的人:小林、李致、小棠、树基(即王仰晨)。我当然表示愿为他做事,但他又觉得我没有时间。我们就近作合集《讲真话的书》作了讨论。巴老和小林都主张粉碎"四人帮"初期写的文章,例如提到华国锋主席,原则上不作改动,这是历史,以后是作者的思想发生变化。巴老要我写个后记说明情况。……三时后,我们又去医院,国烁值班。四时后,四川电视台卢子贵、王岳军、李达明和四川人民艺术剧院的傅仁慧等来看望巴老。稍后,济叔来。七时,祝鸿生来接班。我和秀涓一直待到八时二十分离去。

4月8日 九时到医院,小林值班。巴老精神甚好,主动谈到四川出版,认为能达到过去那样很不错,但现在垮了,名声不好,被

---

① 详见本书《1987年巴金回乡纪要》一文。

罚款，停业整顿，实在丢脸！我一再说明我现在与四川出版没有任何关系，但巴老仍很激动。后来，我才意识到巴老不是从我个人来看问题，他热爱出版事业，对四川出版倾注过很多感情，怎么不令他失望呢？谈到我离休后干什么，又说到写文章。巴老说，我现在就是学鲁迅，写短文章，但很不容易写。我和小林都说，我们与他不同，写短文章有多大作用。……四时十分再到医院，国烁值班。济叔先到，主要听他聊天。五时后巴老用助步器走路，我抢拍几张照片，因时间已到，五时半匆匆离去。

4月17日　从青岛返回上海后，九时到医院。张教浩在院门等我，我们一起去看巴老。巴老正在洗漱，候日本客人来访。十时，巴老会见石上夫人（石上系《随想录》日文译者，已逝世），我拍了几张照片。十一时巴老吃饭，他说我有"官"气，指我八号离开医院时没有打招呼。我赶快说明，那天我早向他报告五时离开，到时为他拍照，过了半小时，怕司机久等，才匆匆与济叔离去。吃过晚饭，巴老说，我现在要把"后事"办完。有些事是大事，想和你谈谈。你了解我，可惜时间来不及了。我过去写《家》，但目前这个环境里，我的觉悟并没有觉慧那时高。我也谈到自己的一些苦闷。巴老说，最近我见过一些人（有的是党员，有的不是），都比较悲观。要有信仰。人类一定有希望，也一定有好人。说句笑话，坏人一定得依赖好人存在，否则就无所谓好人坏人。还说，我写了不少文章，有人理解我，有人不理解，甚至歪曲我。我写文章说明自己，我是清白的……过去我写你父亲写觉新，这个人很不容易，我现在更理解他。以后，话题又转向我。巴老说，一个人要谦逊，多想想自己的问题，我正在给你打分。我请巴老说说我的缺点，巴老说你和小林一样：一贯正确。巴老一席话，我很受感动。从目前情况看，他还会健康地活着，但毕竟八十五高龄，我也不会常来上海。……

12月　去上海参加"未来军官"丛书首发式。

12月3日　下午八时到虹桥机场，住延安饭店九一五号房间。小侯开车送我到武康路。巴老见我很高兴。我把施鸭子交九姑妈。小林和国烁说，爸爸一直在等你的鸭子。马绍弥也在。

12月4日　今天是农历冬月初七，我六十岁生日。九时到武康路。因马绍弥在，我问能否今晚搬过来。九姑妈说马绍弥明下午回北京，叫我明晚去。巴老说，今晚可以住，就是要多见见面。巴老说还有一些事，没有人为他做。我表示愿为他整理日记。××夫妇来，拉着我谈他们电视剧的事。巴老有些坐立不安。十二孃看见巴老不安，借口把他们请走。我和巴老才得以继续谈下去。十一时回到延安饭店。……八时把行李搬到武康路。小林和国烁为我在书房外廊铺一行军床。几年前我来武康路，每次和巴老谈到深夜。现在巴老九时上床，我不敢干扰。

12月5日　一早醒来，躺在床上看巴老的日记。早饭后就日记有关问题与巴老交换意见，我建议删去涉及第三者、可能造成误会的地方，巴老原则同意。郑拾风（上海戏剧艺术家协会副主席，四川人）来，他说，四川灯戏在上海演出反应很好。巴老忙着整理他拟送成都市档案馆的照片。……从汪道涵同志家回来，巴老已睡。

12月6日　五时半即醒，躺在床上看巴老的日记。早饭，没人给我冲咖啡。巴老问十二孃为什么。十二孃答不知李致会不会喝。巴老说，李致遍游欧洲，能不会喝咖啡？巴老赠我一个有塑料木架的相片。下午二时半离开武康路，巴老提前下楼送我。到了机场才知，成都天气不好，航班被取消，又回武康路。巴老很高兴，我说，"上帝"要我多陪你一天。

12月7日　今天是我的阳历生日。上午没干扰，和巴老从容谈心。他仍对我离开出版社感到遗憾。下午二时半离开武康路去机场。飞机延至七时半起飞。我很疲倦，但身边没有熟人可照顾东西。只好用手抱着《日记》，用脚夹着提包，昏沉沉地睡了两下。

1991年

11月 我和秀涓去上海。

11月21日 四时抵上海虹桥机场。国煣来接我们，巴老的司机老彭开车。住上海文联招待所，到住处时祝鸿生在场。立即去武康路。巴老的身体比预想的好得多，语言障碍也不算太大。我送他三件礼物：（1）《永远不能忘记的四句话》一文的六个版本；（2）周企何川剧录像带；（3）茶杯盘两套。他高兴地说，我先收下这三样礼物。晚饭后在客厅边看电视边交谈：（1）《讲真话的书》未用《"文革"博物馆》，不选就行了，"开天窗"（即"存目"，这经巴老同意）的办法不聪明，别人会找麻烦；我表示我并不后悔；（2）《巴金影集》拖得太久；（3）《日记》前几部分已寄王仰晨；（4）对我出《家信》（指给成都亲人的信），无不同意见；（5）可以考虑四川出几本影印日记；等。小棠送我们回招待所。

11月22日 七时半我一人去武康路。巴老叫小罗给我冲了咖啡。我陪巴老散步，他用助步器。两批客人来，上午就这样过去了。四时再去武康路，济叔在。不久，李舒从成都来。近七时，秀涓来，一起回招待所。

11月23日 四时醒，看巴老昨天送的《巴金散文精选》。约七时和秀涓一起去武康路。巴老在楼下，为陈世五和朱丹枫的书签了名。我带了一件皮大衣送他，试穿后嫌重了，经李舒提议又转送给我。和秀涓一起，听巴老讲如何度过老年。之后，巴老同意我影印1962至1965年日记，又委托我在成都搜集他的书信。……一时半我又去武康路，巴老在午睡。

11月24日（农历十月十八） 今天是巴老的生日，也是我祖母的生忌。我和秀涓一早去武康路给巴老拜生。上午来的客人很多。我在二楼读巴老的"文革"日记，秀涓则在姑妈卧室学英语。中午吃完寿面，我和秀涓回招待所午睡。下午秀涓采购，我到武康路。

不断有客人来，我仍在二楼校读巴老的日记。今天很顺利，看了一百页。济叔和小瑞也来了。因人多，饭桌上加了圆桌面。喝文君酒，贺巴老八十七大寿，喜气洋溢。秀涓在饭前赶到。

11月25日 巴老阳历生日。到武康路不久，即有客人来。我在楼上校读巴老的日记。罗洛（老朋友，即罗泽浦，上海市作协党组书记）来，把我叫下去。叙旧合影，他赠我诗集一本。不久市文联党组书记陈清泉来，我又下楼作陪。近十二时，曹禺夫人李玉茹来，我再下楼，并一起与巴老合影。

11月26日 起床后，校看巴老的日记。到武康路不久，三姐的儿子文小北和妻子周鹭并带儿子来。因吃饭人多，我和秀涓邀小北一家出外吃排骨面。下午陪巴老聊天。

11月27日 七时半我先去武康路，秀涓稍后到。龚学平（上海市广播局局长）请我们在"七重天"吃螃蟹。送巴老四只，又要我们带回四只。下午我陪巴老聊天，秀涓去大木桥，把另四只螃蟹送萧姐。

11月28日 我八时前到武康路，秀涓正在吃面。九时半我和李舒去招待所拿东西，昌竹和世宽已到。回武康路，昌竹、世宽与巴老合影，然后陪秀涓上街买东西。我陪巴老聊天。他要我把他给我的一百八十八封信交王仰晨，供《巴金全集》用。还要我帮助成都的慧园，让他们三兄弟在那儿会面。十一时秀涓回来，十二时午饭。一时老彭来接我们去机场。九姑妈哭了，说："以后不一定能见得到了。"我和巴老拥抱告别，九姑妈、十二孃、小祝在大门口送我们上车。我心里很难受。回成都后，打电话给巴老，报平安抵家。

1993年

9月　陪陈达孚夫妇去上海。

9月2日　下午二时半到武康路。九姑妈开门，喜出望外，问我为什么不早通知？巴老在客厅的藤椅上睡觉，显得比前年瘦弱。姑妈说平常这时候，巴老早醒了。我不愿惊醒他老人家，便和姑妈聊天。三时后巴老醒来，知道我早来了，连声问姑妈："为什么不叫醒我？"我赶快声明，是我主张让他多睡一会儿的。我把龙井茶叶送他，开玩笑说这是生日礼物，提前祝贺。巴老说，我有两件事没想到：一是没想到我能活到九十岁，一是没想到老了也很可怕。接着问了秀涓的情况，要她把心放宽一些。谈到我的近况，巴老说，你还年轻，身体还可以，现在就没事干了，可悲。巴老主动对我说："龚明德说我《选集》（十卷本）拿了高稿酬，我不想反驳。龚对《书信集》计稿酬的办法不对，我早批评过。"我说，我可以写篇文章，说明情况。巴老说，不必，《全集》的书信集出来以后，真相自然大白。我向巴老报告，有三个美籍华人，是他的读者，从北京买了《家》《春》《秋》来，想明下午见他十分钟，巴老同意。

9月3日　下午四时半，与陈达孚夫妇以及小弟、窦维平、汪致正一起去看望巴老。先分别合影，然后问好并表示敬意，仅用了八分钟即告别。端端站在旁边。巴老送到门口。

9月4日　下午二时，汪致正送我到武康路。大部分时间和巴老聊天，请巴老为温其锦（马来西亚华人）等人题字。书房久没住人，安排我住三楼放书的一间屋子，颇热，有一股霉味。晚饭后看电视，巴老的思想不太集中，九时半即上楼睡觉。

9月5日　七时巴老下楼。他先喝田七花粉，吃一两多面一个鸡蛋一碗牛奶，又喝"太阳神"口服液和吃药。我陪他在花园散步，他用助步器。进客厅后，巴老主动给我讲他年轻时在成都、南京读书的情况，但我来不及录音。他想找《全集》的后记给我看，没有找到，却找出他和三爸1932年去嘉兴的文章手迹（复印件），要我送给李斧，因为李斧一直在研究家谱。巴老想在一定时候放弃所有版权，征求我的意见。我说现在出版界相当乱，为了赚钱什么都可以干出来，不宜放弃。在帮巴老找东西的时候，小林对我说：爸爸年纪大了，以后最好不要带人来找爸爸。下午，我就巴老访嘉兴事提了一些问题，并录音。济叔来，几乎全是他在摆龙门阵。

9月6日 巴老七时半下楼，一边吃饭一边听广播，然后用助步器在花园散步。不久彭新琪来，并带来一些煎馒头。中饭，巴老吃两片面包夹肉饼。我告诉巴老，打算下午去看萧姐。巴老说，应该去，不然她会伤心。

9月7日 与巴老同时吃早饭，陪他散步。我讲了萧姐的情况，说我劝慰了她。巴老笑着说，这有什么用？进客厅，又谈到我父亲和三爸。巴老说，我们三兄弟有一个共同点，都愿意多为别人着想，多付出一些。还说，1929年你伯伯（指我父亲）来上海，如果把情况讲清楚，我可能愿意负担一部分家用，他可能不至于以后自杀。巴老找出三本书《书信集》（人文版）、《处女地》《巴金传》送我。济叔来，中午吃面。我请巴老午睡，巴老叮咛我走时一定要叫醒他。济叔一直和我聊天。国烊帮我买了两包杏花楼（散装）月饼。三时，巴老下楼，稍后汽车来接，我和巴老、姑妈、济叔、国烊握手告别。

219

1995年

去杭州看巴老。①

1997年

去杭州看巴老。②

1999年

9月　与李斧一起去上海看望巴老。③

2000年12月25日整理完毕

---

① 详见本书《第一次去杭州看望巴老》（1995年）。
② 详见本书《第二次去杭州看望巴老》（1997年）。
③ 详见本书《上海日记》（1999年）。

巴金的头像

我有一个巴老的石膏头像，还有一个巴老的铜铸头像。

我把铜像放在沙发旁的茶桌上。无论从哪一个角度看，无论是形象和气质，都非常像巴老。特别是我坐在沙发上，靠近铜像，就像坐在巴老身旁，使我想起过去许多与巴老在一起的日子。

1958年夏，我曾在苏联白俄罗斯共和国美术馆见过一个苏联艺术家为巴老铸的胸像，后来又在巴老家里见过相同的胸像，是苏联艺术家送他的。这个胸像，大体像巴老但又不全像。20世纪80年代初期，雕塑家从众用石膏给巴老塑了头像，塑得很好，巴老送了我一个。我曾对从众的父亲、作家从维熙赞誉过从众所取得的成就。可惜石膏像招灰，用塑料袋套上又看不清，两者无法兼得。我常想：要有这样一个铜像多好！

当时，四川和上海常有文化交流。有一次我在上海，在巴老家里看见一个巴老的铜像。面部表情与从众塑的像一样，但只有面

曾路夫翻制从众创作的巴金青铜头像

李致凝视着巴金头像,与巴金进行思想交流

部,头的其他部分是空的,另有一番风味。巴老说,这是雕塑家曾路夫在为巴老翻制从众的塑像时,因头部的模子坏了,只好如此。

我很喜欢这个铜像,但巴老只此一个,得找曾路夫才行。人常说无巧不成书,我的好运来了。一次,与同乘坐一车的同志相互介绍,原来他就是我要找的曾路夫。我情不自禁地谈了对他为巴老翻铸的铜像的喜爱。他立即表示可以把多存的一个送我,并要我留下地址和电话。这让我喜出望外,用流行的话说:有缘。

大约半年后,我在家里接到曾路夫打来的电话。他去敦煌参观,现在到了成都。他将把巴老的铜像送给我,而且坚持要送到我家里。他这种"君子重然诺"的精神,使我深为感动。当我从他手里接过沉甸甸的铜像,更感到他带着铜像,从上海到敦煌,又从敦煌到成都,实在很不容易:真难为他了。我不知该用什么语言感谢他才好。他既尊敬巴老,我便送了他一套十卷本的《巴金选集》。

从此,我天天看见巴老的铜像,犹如天天看见巴老。

每当我坐在巴老铜像旁边,思念巴老,在心灵上与巴老交流,我总会想起从众和曾路夫,感谢他们为人间留下了这样美好的艺术精品。

2003年4月26日

"巴金赠书"章

李辉著的《巴金·云与火的景象》中，收有巴金的两印章：一个是"巴金藏书"章（见书14页），篆刻者为西泠十大家中的钱君匋；一个是"巴金赠书"章（见书61页），没有署名。去年见着李辉，我告诉他赠书章的篆刻者是汪致正。

粉碎"四人帮"以后，人民文学出版社出版了一批名家名著，重印了巴金的《家》《春》《秋》等著作。四川人民出版社除新出《巴金近作》外，也重印了巴金的一些旧作。许多亲友和读者向巴老要书，巴老也需要向亲戚和朋友赠书。巴老一贯尊重人，赠书得亲笔题签。当时，还得自己亲自包书，提着书从武康路走到淮海路邮局去寄，工作量颇大。为减轻他的负担，在四川出版的书，除寄一部分样书给巴老外，留下了一部分由我代寄。代寄的书没有巴老签名，亲友和读者往往感到遗憾。

我说："要是有个巴金的赠书章就好了……"

汪致正为巴老刻了"巴金赠书"章。图为赠书章印我女儿提议让我的女婿汪致正为巴老刻一个赠书章。小汪当时在部队工作，中学时自学篆刻玩。小汪认为肯定有不少篆刻大家为巴老刻过章，自己是无名之辈，不敢妄为；加上一时也没有好石料，颇为犹豫。

我女儿鼓励小汪说：四爷爷不会看重图章是否出自名家之手，也不会在乎石头的好坏。只要你刻出水平，他喜欢，他就会认可。于是，小汪花了几毛钱买来一块石头，刻出了"巴金赠书"章。图章上"巴金"二字用的是巴老签名手书的字体，"赠书"二字为篆字，背景是竖排毛边纸信笺式样。这枚印章，别致好看，先得到了我的喜爱。

1981年，我去上海，把赠书章带给巴老。巴老很满意，认为刻得不错，高兴地把它留下了。他说："我送书还是由我签名，这才能表示出对对方的尊重。不过，可能有一天会需要用它。"我理解，这是因为巴老觉得自己身体不好，写字时手已开始发抖，字越写越小，将来写字会更困难，有可能使用赠书章。至于我在成都需要使用赠书章，他说："让小汪再刻一枚同样的赠书章就行了。"他还在9月2日给李芹和小汪的信上，提到"谢谢小汪的石章"。

1997年8月，汪致正去杭州看望巴金

回到成都后，我请小汪完成四爷爷的任务，再刻一枚同样的印章。得到四爷爷的认可，小汪很高兴。一时找不到合适的石头，他把两块石头粘在一起，刻出第二枚和上海那枚一模一样的"巴金赠书"章。他为自己"克隆"赠书章的"创举"得意了很久。

巴老一直坚持自己签字赠书。1997年，我到杭州看望巴老，他还在送我的书上签名。后来只在因病无法签名时，他才请亲人或工作人员用这个章。留在我这儿的赠书章，一直用到现在，代巴老向许多亲友、读者送书。有的读者为要巴老的签名，甚至拿着书来请我盖这个章留念。

2003年3月8日

最后一次握手

——在巴老弥留之际

"爸爸的情况不好,你尽快来!"

10月14日上午十一时,我刚在医院输完液回家,接到小林的电话通知。我立即买票乘上从成都飞上海的飞机。十年前,巴老就因我心脏有病,不愿我一人去看望他。但今天是周六,我不愿临时增加别人的负担,不得不"违规",一人独行了。

巴老对生死问题看得很开。1980年,我母亲去世,巴老来信说:"我对生死问题看得开,也看得透,我没有几年好活,因此要多做事情。"1986年,我同摄影家陈彦到上海,我请陈彦按巴老平常的生活习惯,在饭厅、客厅、书房、卧室、花园为巴老拍照。我说,以后出差机会不多,我可以从照片上看见您。巴老笑着说:"没关系,如果我不行了,会打电话叫你来。"后来,我急于要《巴金全集》,巴老写信说:"《全集》你将来会有,不用急。即使我突然去世,也会睁开眼,喘着气,吩咐送你一套《全集》。"1995年夏,我去杭州看望巴老,他一见我就说:"我随时都可能'走'了,我当然不愿意'走',还有些事要做。我羡慕冰心,她把该做的事都做了。"难道这最终的日子即将来临?尽管巴老已过百岁,我深知他愿意安乐死,但真面临这个时刻,内心极为矛盾。早在八年前的日记中我就写过:"他是我一生爱得最深的人之一,我不能没有他。"

巴金和李致在上海寓所

当晚八时,我赶到上海市华东医院。

为了巴老的健康,医院近两年不让探视的人进病房。前年、去年我两次去上海,都遵守医院规定,站在外面的阳台上看望巴老。但年老眼花,充满泪水,隔着玻璃,我看不清巴老的容貌。这次最后的道别,我也做了不能进病房的思想准备。

到了病房外的套间,我坐在沙发上,说不出话来。

小林理解我的心情。她说:"五哥,你去用肥皂洗洗手,坐在爸爸旁边,与爸爸拉拉手。"这显然是医院同意的,我真是求之不得。

我认真地洗了手,进了病房,坐在巴老病床边的椅子上,握着巴老的右手。过去,我经常一边和他聊天,一边轻轻为他揉手。巴老的手像生病前一样,非常暖和。巴老患帕金森病以后,手有些僵硬,现在却出乎意料的柔软。

我没有叫巴老。既是不愿惊动他,也是我喉管哽咽,说不出话来。但我相信巴老知道我来到他身边了。"文革"中期,我悄悄到上

巴金在医院练习起立

海看他，刚见面没说一句话，只是紧紧地握手，我们的心就相通了。

握着巴老的手，百感交集。

巴老的手，在我还是少年的时候，为我写了四句话："读书的时候用功读书，玩耍的时候放心玩耍，说话要说真话，做人得做好人。"这四句话影响了我的一生。

巴老的手，多少年来为了我的学习和工作，无数次给我寄书。每次他都亲自找书、题字、包扎、写地址，然后提着沉重的书，从武康路走到淮海中路邮局去寄。我一直以为巴老会请人帮忙，直到后来姑妈批评我增加他的负担，我才后悔不已。

巴老的手，在"文革"中我去看他，分别时天下大雨，为我披上雨衣。我实在不愿离开巴老，但怎敢不按时回到要我"脱胎换骨，重新做人"的"五七"干校？我淋着雨，流着泪，离开上海。

巴老的手，共给我写了三百多封信。"文革"前的近五十封，大部分是毛笔写的，显示了他的书法和个性。20世纪80年代初期，信

20世纪七八十年代，李致到上海看望巴金，住在巴金书房里的行军床上

里的字越来越小，这是巴老患帕金森病，手放不开，治疗后略有好转。他用稿笺，一格一字地写。这三百多封信，除近五十封被造反派抄家丢失外，现有的二百五十多封，我装订成册，经常翻看。

巴老的手，在粉碎"四人帮"以后，无论四川出版他的近作或是旧作，特别是巴老自选的《巴金选集》（十卷本），从写作到校改，举起重似千斤的笔，一丝不苟。

巴老的手，亲自填写汇款单"肆拾肆圆壹角正"，寄给四川人民出版社，并附言"汇还翻印照片垫款"。巴老在四川出书不要稿酬，而出版社为他翻印照片，他却坚持付款。

巴老的手，当我二十世纪七八十年代去上海，几次为我抱来被子或床单。为便于交谈，姑妈或国煣为我在书房铺了行军床。

巴老的手，90年代我去上海或杭州看望他时，他总是长时间拉着我的手不愿放开。

……

229

我愿意永远这样握着巴老的手，一边为他揉手一边谈心。然而已经晚了，这一次，可能是最后一次握手了。巴老，80年代您多次提醒我要常来看您，您说思想上有"火花"要迸发，您有话要对我说。我错过了许多机会，您又总是原谅我。90年代中期我每隔一年来看您，您惋惜地说："你现在来了我又有语言障碍了。"我写过一篇散文《无法弥补的损失》，刊在《人民文学》杂志上，向您表示歉意。但这有什么用？我欠了您许多债，永远无法还清了。

　　我努力控制自己的感情，不在巴老面前流泪，但心很疼，它在滴血！

2005年10月20日晨追记
2006年1月23日晚修改

李致文存·我与巴金

故土之恋

LI ZHI WEN CUN

巴金偏爱川剧

新发现一封巴金谈川剧的信，使我惊喜不已。

我知道巴老喜欢川剧。20世纪60年代初，巴老回成都写作，我与巴老第一次见面的地点，巴老就约在川剧场。巴老与酷爱川剧的成都市市长李宗林是朋友。不少川剧演员也十分尊重巴老，与巴老交往甚密。巴老的《成都日记》中的第一天日记，就记有著名川剧表演艺术家陈书舫、戴雪如去看望他的事。巴老那次在成都住了四个多月，看川剧达三十多场。成都市川剧团上演《生死牌》，巴老买了二十多张票送他的朋友。1961年1月24日，巴老在给萧珊的信上说："上星期六我请川剧二团演了一次《生死牌》，不单是我看得流泪，沙汀也揩了几次眼睛，张老的太太一直在用手帕。川剧有一些改动，但仍然激动人心。"

早在1953年，川剧参加全国会演，以《柳荫记》等剧目轰动文艺界。川剧团到上海巡回演出时，巴老不仅自己看川剧，而且买票请朋友看。以后，川剧团每次去上海演出，巴老不仅全家去看，买票请朋友去看，还委托弟弟李济生代他请川剧演员吃饭。

巴老称赞川剧剧本的文学性强。在《谈我的短篇小说》一文中，巴老说："我喜欢的倒是一些地方戏的折子戏。我觉得它们都是很好的短篇小说。随便举一个例子，川戏的《周仁耍路》就跟我写的那些短篇相似，却比我写得好。一个人的短短的自述把故事交

1987年10月11日，巴金与川剧表演艺术家陈书舫（右一）、左清飞（中）

代得很清楚，写内心的斗争和思想的反复变化相当深刻，突出了人物的性格，有感情，能打动人心，颇像西洋的优秀的短篇作品，其实完全是中国人的东西。可见我们的传统深厚。我们拥有取之不尽的宝山，只等我们虚心地去开发。每一下锄头或者电镐都可以给我们带来丰富的收获。"这个观点，巴老也对我说过。

巴老尊重德艺双馨的艺术家。川剧表演艺术家廖静秋患癌症。为保留她的艺术精品《杜十娘》，在全国人民代表大会上，巴老与作家李劼人、沙汀等，联名提案把《杜十娘》赶快拍成电影。巴老说："现代科学固然不能挽救她的生命、减轻她的痛苦，但可以保留她的艺术。"廖静秋拍完电影《杜十娘》后不久逝世，巴老为此写了散文《廖静秋同志》，称赞廖静秋"不愿意白活"，"不愿意把她有的那一点发光的东西带进坟墓里，即使花了那么多痛苦的代价，她也要多留一点东西给中国人民"。

巴老喜欢川剧的喜剧，认为《评雪辨踪》《拉郎配》等，应当列入世界喜剧名作之林。

"文化大革命"摧毁了文化，摧毁了戏曲，也摧毁了川剧。粉碎"四人帮"以后，邓小平在1978年看了川剧，冲破"四人帮"的禁锢，让川剧和传统戏曲获得新生。四川及时地提出"振兴川剧"的口号，在全国戏曲界产生了巨大的影响。巴老很赞成振兴川剧。

我在四川省委宣传部工作期间，积极参与了振兴川剧的工作。1986年，我随川剧团到上海演出。当时，巴老身体欠佳，已不再去剧场看戏。川剧界的朋友无不为此感到遗憾。周企何和陈书舫两位表演艺术家提出：巴老不能来剧场看川剧，我们就该去看望巴老。经我与巴老商定，在一天下午，由我陪同部分演员去巴老家。除陈书舫和周企何外，还有张巧凤、左清飞、王起久、王世泽、田卉文、古小琴等优秀演员。巴老在客厅会见了他们，气氛热烈。几乎每一个演员都为巴老清唱了一段，巴老既高兴又感动。为保证巴老的健康，我们把时间控制在半小时内。最后，大家请巴老讲话。巴老说："我小时候，父亲就常带我看川剧。1940年我第一次回四川，途经泸县，在街上听见放《情探》的唱片，感到十分亲切，我站着把它听完。乡音难得！多谢大家来看望我，为我演唱。"巴老开玩笑说，"我不会讲话，李致会讲话，让他讲。"这种"金蝉脱壳"之计，引起哄堂大笑。巴老与大家合影后，亲自送出大门，挥手与大家告别。

我在20世纪80年代，曾随川剧团去西柏林、联邦德国、荷兰、瑞士、意大利和日本演出。巴老很关心这几次出访演出，在给我的信上说："知道你们访日演出成功，也替你们高兴。"

川剧表演艺术家竞华，唱做俱佳，有很高的声誉。她的演唱自成一派，人称"竞派"。巴老喜欢看竞华的戏，特别爱听她的唱腔。在病中也听竞华的川剧录音带，如《三祭江》。巴老赞美竞华的唱腔是第一流的。

1987年秋巴老回乡，应张爱萍将军之邀，三次看了川剧艺术家的表演，每次都在一个半小时左右。张老建议巴老随意，时间可长可短，巴老却因"乡音难得"，坚持看到底。

1987年10月13日，巴金与川剧表演艺术家周企何（中）、舒元卉（右一）

　　巴老这次回川期间，会见了许多川剧界的朋友。周企何和舒元卉还到巴老的住地聊天，共进午餐。周企何是川剧四大名丑之一，有相当高的文化素养，40年代就与吴先忧有很多交往。吴先忧是巴老青年时期的朋友，巴老称他为自己的"第三个先生"。巴老和周企何是通过吴先忧相识的。舒元卉在50年代就是优秀的青年演员，担任《白蛇传》和《拉郎配》的女主角，萧珊当年很喜欢看她演的戏。

　　1988年1月14日，周企何不幸仙逝。巴老在给我的信上说："请代我在他灵前献个花圈。生命虽短，艺术永在。他会活在观众的心中。我还保留着去年10月在成都和他喝酒谈笑的照片。那情景如在眼前。"

　　巴老1987年回四川，还去了自贡市。巴老在上海就看了剧作家魏明伦的《易胆大》《巴山秀才》两个戏的录像，对我称赞魏明伦很有才华。这次去自贡，在魏明伦的陪同下，看了《易胆大》《四姑娘》《潘金莲》《巴山秀才》中的四个折子戏。魏明伦不时向巴老解说，巴老常常露出笑容。演出结束时，巴老因腿疾不便上台祝贺，全体演职人员下台来看巴老。巴老被感动了，一再向大家表示谢意。

有人和巴老开玩笑，说巴老突破了不去剧场看戏的"宣言"。

巴老答："回家乡是特殊情况。"

巴老对川剧的热爱，饱含着对故乡的深情。

巴老偏爱川剧，川剧界的朋友敬爱巴老。

最近发现的巴老在1960年初给成都市川剧院的信，是《巴金全集》没有收入的。巴老在这封信里表达了他对川剧的热爱，并对发展川剧事业提出了许多重要建议。川剧界看过这封信的朋友喜出望外，大受鼓舞。

2003年8月16日晨

|附|

巴金致成都市川剧院的一封信

按 半月前,省川剧艺术研究院副院长杜建华打电话告诉我,原成都市川剧研究所副所长戴德源在1961年市川剧院编印的内部资料中,发现巴金致成都市川剧院的一封信。此信是为祝贺成都市川剧院成立一周年而写的,表达了他对川剧的深情,并提出发展川剧事业的建议。原信在"文革"中丢失。后经林捷(时任市川剧院党支部副书记兼第二团团长)证实了此事。信中许多情况和意见,我都听巴老讲述过。在巴老百岁之际,发现了这封未收入《巴金全集》的信,实在令人高兴。

2003年8月8日

成都市川剧院:

今天是成都市川剧院建院一周年的节日,市川剧院的同志们知道我喜欢看川戏,来信要我对川剧的演出提一点意见。我拿起笔,却不知道写什么好。说实话,我只是一个普通的观众。我自小就爱看戏。我生在成都,到十九岁才离开四川,不消说,看川戏的机会很多。在四川的时候,我并不觉得自己对川戏有特殊爱好。可是1936年,我在上海重看川戏就有一种旧友重逢的感情。1940年年底[①],我第一次回到四川后,由重庆坐船到江安去看朋友[②],船在泸县停了大半天,我上岸去随便走走,忽然听见有人

---

① 1940年年底:此应指农历,巴金第一次回到四川是1941年。
② 朋友:指剧作家曹禺。

在唱《情探》，我居然站在一家商店门前听完了半张唱片，我觉得多么亲切、多么高兴。喜欢听乡音，这是人之常情。我对川戏的偏爱，也是可以理解的。

然而说到偏爱，也并非盲目崇拜，不辨好歹。有一个时期（1944年下半年到1946年上半年），我住在重庆民国路，附近就有川剧院，我记不起是"一川"或"二川"①了，总之，买票方便。但是我去看过三次或四次，就不想再去了。和尚与西装少年同台，演员在台上随便开玩笑。那些做黄白生意发财的观众最欣赏的是色情的东西。每次我都等不到戏终场就走了。我有几个爱好川剧的外省朋友，抗战期间他们也曾在重庆住过几年，但那个时候他们是不看川戏的。他们爱上川戏，还是解放以后的事。川戏在上海演出，得到很高的评价，也是解放以后的事。1936年川戏班在上海演出《评雪辨踪》，观众寥寥无几。1954年曾荣华和许倩云两位同志在上海演《彩楼记》就受到观众们的热烈的欢迎。观众变了，剧本也改得好了，演员的表演也进步了。要是我再拿抗战后期在重庆看过的川戏跟最近几年先后在上海看到的几个川剧团的演出比一下，真可以说是有天渊之隔。

从1954年起我在上海看过四次川剧的演出。在剧场里也常常遇见外省的朋友。大家谈起来，对川剧的喜爱都是相同的，意见也差不多。都说川剧剧目多而好，表演有独特的风格，台词精练而又风趣，生活味道很浓；有人甚至说川剧从剧本到表演都够得上三个字的评语，那就是"精""深""美"。自然这是指好戏说的。我过去也看过一些坏戏。川剧团在上海演出的剧目中也有坏戏，也有还不曾整理好的戏，至于好戏像《柳荫记》《翠香记》《评雪辨踪》《拉郎配》等等都是经过了多次修改和加工的。去年9月我看过青年演出团的《拉郎配》，加了一场新的《武拉》，而且，改得的确比1957年在这里演出的更好了。我最近无意间读到

---

① "一川"或"二川"：应为"一川"，即重庆的"一川大剧院"，为京剧厉家班的演出基地。似无"二川"之称。

原来的《鸳鸯绦》,才懂得所谓"化腐朽为神奇"的意义。几个主要人物的外表,似乎没有什么差异,可是精神面貌不同了。人物的性格鲜明了,主题也突出了。本来是歌颂封建统治者的戏现在变成了揭露封建统治者罪恶的讽刺喜剧。原来那个做替死鬼的大头、小吹董大也变成了观众最喜爱的有血有肉的董代了。《拉郎配》的确是一个最受外省朋友欢迎的好戏。去年我在北京遇见一位向来不看戏的朋友,他忽然拉住我说:"想不到川戏的喜剧那样好。"他指的就是这个戏,从这里也可以看出解放十年来戏改工作的巨大成绩。

我常常听见人们谈到川剧中的喜剧,都说它好,川剧团在各地演出的喜剧也比较多些。不过我觉得有些戏似乎还需要更好的加工,要是都能够整理到《拉郎配》那样完整就更好了。《乔老爷上轿》也是近几年中整理出来的很好的喜剧,倘使再花一点点功夫也就可以跟《拉郎配》媲美了。像这样的戏都是应当列入世界喜剧名作之林的。

其实川剧的剧目那么丰富,称得上好戏的岂止喜剧而已!像去年9月青年演出团在上海演过的《治中山》就是一本激动人心的好戏,虽然还不够完整,但是在现有的基础上加工也并不困难。这个戏在上海只演了一场,可是好些看过戏的人都赞不绝口。《焚香记》也是感染力很强的好戏,听说出国演出团在柏林演完这个戏,谢幕多到二十二次。两个多月前陕西省戏曲演出团的秦腔古典剧《赵氏孤儿》轰动了上海文艺界。我曾经这样想:为什么川剧团不把这个戏带出来呢?1956年年底,我在成都陪西德①剧作家魏森堡(《十五贯》的德文译者)看过这个戏的一段,觉得很不错。有些外省朋友说,川剧表演以"三小"②见长。我不大同意这种说法。所以我倒希望今后川剧团出川巡回演出,在喜剧之外,也带些正戏和悲剧出来。培养演员也一定能做到全面发展,不会只限于"三小"的。

最近几年来,川剧在党的领导下对于新生力量的培养做了很多的工

---

① 西德:指联邦德国。
② "三小":指小生、小旦和小丑。

巴金与川剧大师阳友鹤

作,也有了不小的成绩。许多人谈到这一点,都表示钦佩,我也听见一些同志在公开的会上称赞川剧青年演员成长的迅速。据我这个外行看来,就数量和普遍说,恐怕没有一种剧种在这方面比得上川剧。但是在去年到上海来的青年演出团中我还没有见到一位像姚璇秋同志(潮剧演员)那样成熟的演员,姚同志是在1953年才开始学戏的。我对去年看到的《白蛇传》感到美中不足的地方,就是我看见的,还只是演员,不是民间传说中的白蛇和许仙。为了表演身段和功夫,忽略了人物,也可以说是"得不偿失"罢。好的演员便不是这样。例如阳友鹤同志,这里好些文艺界的朋友特别欣赏他的演技。一位有名的剧作家[①]说,看阳友鹤同志的戏就像看齐白石的画一样,淡淡的几笔就把人物勾出来了。

我说这些话绝非故意挑剔。我不过提醒同志们:在社会主义的大竞赛中不能有片刻的松懈;别人跑到前面去了,就应当迎头赶上。这种道理同

---

① 有名的剧作家:估计是指曹禺。因为曹禺对李致讲过同样的话。

志们一定比我更清楚,用不着我饶舌了。作为爱好川剧的观众,我愿意在这个喜庆的日子里,代表我全家(连我的九岁的男孩也喜欢川剧!)向川剧院的同志们表示祝贺与感谢。川剧院的同志们在1959年已经打了很漂亮的胜仗。在这个伟大的60年代中,川剧的前途是无限美好的,川剧院的同志们一定会取得更大的胜利,演出更多更好的戏为我们伟大的时代和英勇的人民服务。

巴金

1960年1月9日

巴金历次回故乡

巴金于1923年5月，与三哥李尧林一起，离成都去南京读书，时年十九岁。

离家乡十八年后，巴金于1941年1月从重庆返成都，住大嫂（大哥李尧枚的妻子）家，在羊华寺街南。与亲友团聚，欢度春节。读到祖父的遗嘱：盼望后人守住旧宅和书画。得知三姐尧彩死亡的经过，并获悉五叔沦为小偷病死在狱中。在正通顺街寻看旧居，早已易主。后写《爱克尔的灯光》。与九妹李琼如和大哥的五个子女合影，保存至今。在成都度过五十天，离蓉返渝。

1942年5月1日返成都，仍住大嫂家，此时，大嫂家已搬在羊华寺街北。与李致同睡一大床。这次在成都住了三个月左右，主要是治牙，8月离成都去桂林。在成都著散文《在成渝路上》和短篇小说《猪与鸡》《兄与弟》等。给李致写了四句话："读书的时候用功读书，玩耍的时候放心玩耍，说话要说真话，做人得做好人。"

1956年12月1日，以全国人大代表身份回成都视察工作，住永新巷招待所。与宋云彬一起，参观了都江堰、商业场、草堂寺、省图书馆等地。宋云彬去重庆后，巴金出席了省文学创作会并讲话。参观了正通顺街旧居，在他住房前留影。接受了《四川日报》记者采访。据该报记者朱实回忆，巴金游人民公园，被年轻读者发现和包围，巴金只得到办公室二楼阳台上，与青年学生招手点头致意。

学生们要求巴金讲话，巴金说，我不大会讲话，我只有一颗诚挚的心。我祝愿成都的青年学习好、身体好！巴金提高声音说，我相信青年，青年代表了未来，美好的明天是属于青年的。此时，李致在重庆工作。

巴金在朝鲜志愿军某部坑道写作

1960年10月9日至1961年2月8日，巴老回成都写作。他根据入朝采访的大量素材，陆续写了以朝鲜战争为题材的四个短篇小说《回家》《军长的心》《无畏战士李大海》《再见》和一个中篇小说《三同志》。同时，他还修改了长篇小说《寒夜》。①11月，李致生病（支气管出血），巴金曾步行到祠堂街三十三号宿舍看望李致，并宽慰李致说："没关系，我年轻时也得过肺病，不久就好了。"1961年1月31日，李致曾请摄影家郑家声为巴老摄影，参与合影的有老友吴先忧、侄女李国煜和李致。

1987年10月3日至20日，巴老最后一次回故乡。马识途曾撰《巴金回家记》文，李致亦撰《巴金回故乡》《寻找童年的足迹》文。巴老返上海后，《四川日报》发了三篇特写，四川电视台播放了《巴金回乡记》。巴老在上海给李致写了信，对家乡人民表示感谢，载《四川日报》。

2002年10月26日

① 详见《巴金全集》第二十五卷《成都日记》。

巴金最后一次回故乡

巴金返川探乡亲

巴老是四川成都人。他十九岁的时候——即1923年离开家乡去南京读书，后留学法国。1941年和1942年，巴金两次回过成都。新中国成立后，1956年，巴金以全国人大代表身份到成都视察工作；1960年10月至1961年2月回成都写作。这以后，巴老阔别蓉城已二十六载了。

家乡的人民和读者怀念巴老。

巴老同样十分怀念家乡。他不止一次地说："近年来我非常想念家乡，大概是到了叶落归根的时候吧！"一时没有回来，连歌曲也常引起他的思乡之情。他很喜欢《那就是我》这首歌。他说："歌声像湖上的微风吹过我的心上，我的心随着它回到了我的童年，回到了我的家乡。"

经过较长时间的准备，巴老决定在1987年秋回趟故乡。

为了这一次回来，我和巴老多次通信。巴老思乡之情极浓，他在信中表示："我的确打算今年秋天回成都看看，因我的时间不多了，只要身体吃得消，我一定走一趟。"在另一封信上他又说："总之，我闭上眼睛之前要回故乡一次，实现我多年的愿望。我要倾吐《愿化泥土》的感情。我想走走看看。"巴老还表示："最好是静悄悄地来去，不惊动任何人。"

当时，我在四川省委宣传部工作。宣传部向省委、省政府写了《值班报告》。报告中特别提到"巴老身体不佳、精力不足，他不打算参加任何社会活动，也不拟多会见人"。我们还给有关人员打招呼，请他们"保密"，以便巴老真正得到休息。可是巴老10月3日离沪抵蓉，当天上海一家大报即发了消息：《巴金返川探乡亲》。尽管消息中提到"此番回乡，巴金与当地有关部门'约法三章'：一、不参加宴会；二、不参加会议；三、不接受记者采访"。但这条消息实际起了宣传作用。

开初，我们只通知了《四川日报》和四川电视台，请他们适当采访，留作资料；即便要发表，也得在巴老回到上海以后。可是没几天，上海电视台记者赶来了。他一到成都就从早到晚守在金牛宾馆巴老住处，巴老走到哪儿他就跟到哪儿。四川电视台的记者也不示弱，并与之竞争。当然，应该感谢他们为巴老的这次故乡行留下了许多珍贵资料。但巴金的每一项活动，都跟有一批记者，加上各处的领导出迎，确也有某些不便之处。马老（识途）在五老（张秀熟、巴金、沙汀、艾芜、马识途）游新都之后就说："这哪像出来游玩？连摆龙门阵的时间都没有。巴老也得不到休息。"我与巴老开玩笑："这就是做名人的难处。"巴老没有说什么，只莞尔一笑。

巴老回到成都，迫切地期望会见老朋友。没料到10月3日抵蓉的第二天，九十三岁的张秀熟七时半便起床，要赶在巴金去看他之前去看望巴老。同行的有作家沙汀、艾芜、马识途。沙老是专为等候巴老来成都而推迟回北京的。一见面，张秀老就说："我们等了你好多年！"这以后，他们多次互相看望，促膝谈心，邀约同行。张秀老还请巴老到他家里吃赖汤圆。张秀老住宅右边的小楼，便是巴老1960年在成都写作时的住处。

巴老分别和文艺界、新闻出版界的朋友会见，无拘无束地摆龙门阵。许多负责同志都以读者身份表示对巴老的敬仰和关注。

1987年10月13日，四老在李劼人故居合影，从左到右：沙汀、张秀熟、巴金、马识途

大家请巴老讲话，巴老说："我从小就不大爱讲话，但有很多感情要表达，所以才写文章。现在身体不好，上气不接下气。我已经有二十六年没有回成都了，我一直想闻闻家乡的泥土味。到现在，我仍要汲取家乡的阳光、雨露，跟家乡的禾苗、树木一齐生长。同家乡在一起，同祖国和人民在一起，胸中燃起的火将永远不会熄灭。"

由于时间的推移，有些老朋友和亲人，巴金无法再见面了。作家李劼人是巴老的老朋友，但劼老早已作古。巴老和张秀熟、沙

汀、马识途几老一起到李劼人故居，参观李劼人的卧室、书房，在李劼人的半身塑像下长久凝视。故居工作人员请几老签名留念，巴老用他颤抖的手写下："1987年10月13日巴金来看望劼人老兄，我来迟了！"在场的同志，无不为巴老的真情所感动。这句话，既是对李劼人写的，也是对李宗林、李亚群、吴先忧、邓天翕等来不及告别的老朋友写的。去年逝世的老友邓天翕就多次说过："巴金再不回来，就看不到我了。"

巴老给他的外重孙齐齐一本书，上面写着："希望你做一个说真话的孩子。"四十五年前，当齐齐的外公还是孩子的时候，巴老曾要他"说话要说真话，做人得做好人"。说真话，这是巴金对孩子的一贯期望。

童年总是令人留恋的。巴老也想在故乡见到童年时期的足迹。

巴老到正通顺街去访问战旗歌舞团。这里是巴金的故居所在地。他诞生在这个地方，并在这里度过了他的童年和少年。现在这里已经是一片楼房，再找不到被他称为"老师"的轿夫居住过的门房和马房。不少人主张恢复巴老的故居，但巴老认为不能为恢复故居花国家的钱。他说："我必须用最后的言行证明我不是盗名欺世的骗子。"

商业场是巴金的大哥工作过的地方，巴金和他的朋友也曾在这里办过刊物。巴老如今来到这里，全是具有民族特色的崭新建筑，连过去的旧址在哪里也说不清楚。

新都的桂湖还飘着桂花的余香。巴老笑着摆开了龙门阵。他讲了一段他童年的趣事："小时候，我父亲带我到桂湖。我一个人走迷了路，吓得哭起来。以后才被父亲找到。"这也是巴老对他父亲的怀念。巴老是一个十分珍惜感情和友谊的人，尽管他坚决反对封建社会和旧礼教，但他仇恨的是吃人的制度，而不是否认父母的慈爱和手足的情谊。这一点，过去我理解得很肤浅。

有三个晚上，巴老应正在成都视察工作的张爱萍将军之邀，看了川戏和曲艺。张老怕巴老疲倦，而巴老却坚持到底。他说："这是乡音，难得有这个机会。"

巴金还到了1961年去过的自贡市。

"旧的不在了，到处是新建筑，家乡的变化真大！"巴老不止一次地说。

巴老所到之地，总有不少读者请他签名留念。好几年来，巴老因患帕金森病，写字困难，但仍高兴地用颤抖的手签上自己的名字。读者感激地表示谢意，巴老却说："该我感谢你们，是你们买我的书，养活我。读者是我的'衣食父母'。"

寻找童年的足迹

这次返川的最后一天——10月20日上午，巴老提出到文殊院去。文殊院位于成都市区北，是著名的庙宇，被称为川西"四大丛林"之一。我们设法避开了记者和接待人员。陪巴老去的都是家里人，巴老的女儿小林、女婿祝鸿生、侄女国烬、外侄孙李舒，还有我。出面接待的是宽霖方丈（省政协委员）。这是唯一的一次自由自在的活动。

那天，巴老穿一套蓝布中山服，还加上一件蓝色外套，头戴一顶前进帽，气色颇好。在文殊院大门前下汽车，巴老坐在手推车上，径自到了接待室。只在途中看了一看大殿的外观，这毕竟是他早年到过的地方。小林夫妇和国烬第一次来，便兴致勃勃地去参观。

宽霖和巴老两位老人，一见如故地开始叙旧。

"我年轻的时候到李府上念过经。"宽霖说。

"我父亲去世的时候，家里请和尚在文殊院念了三天经。"巴老则说，"所以想来文殊院看看。"

我这才明白巴老来文殊院的目的。原来巴老在怀念他的父亲、我的爷爷。我爷爷去世很早，那时我还没有出生，他的相貌我是从照片上看到的。我小时候听母亲讲,爷爷在广元县做过知县,我父亲、三爸和四爸(巴金)都跟着爷爷在广元县住了两年才回到成都。

"我父亲很喜欢我。他平时常常带着我一个人到外面去玩。"我突然想起巴老说的一句话,这是在他的散文《家庭的环境》中读到的。对了,就在这篇文章里,巴老描述过爷爷是戏迷,既喜欢川戏又喜欢京戏,还和演员交朋友。我父亲和几个叔父(包括巴老)组织新剧团时,爷爷还为他们编了一个叫《知事现形记》的剧本,演出时他曾看得哈哈大笑。我印象特别深的是巴老描写我爷爷去世的情景:当他和三爸坐在房间里,望着黯淡的清油灯光落泪时,我父亲忽然走进屋哭着说:"三弟、四弟,我们如今没有父亲了……"

我在遐想,宽霖和巴老却在谈健身之道。

巴老比宽霖大几岁,宽霖很关心巴老的健康。他边说边比画,教了巴老一种健身法。为了便于记忆,宽霖把它编成几句话,并叫它为《长寿歌》:

行住坐卧处,经常手摸肋与肚;
感觉痛快时,两手肚下居;
四肢血脉贯注时,背拳摸肾部。

小林夫妇和国烽参观回来,已经到该回宾馆的时候。巴老和宽霖告别,感谢他殷勤的接待。宽霖送给巴老一串佛珠,并表示要求菩萨保佑巴老长寿。巴老不信神,但他愉快地接过佛珠。宽霖的友情显然使巴老感动。

在归途中,巴老又给下一辈讲笑话。说他小时候曾经想出家,但一看小和尚烧戒疤,害怕痛,又不敢当和尚了。

在场的晚辈,都记住了这个笑话。

我问巴老为什么那时候想出家,他说:"感到社会黑暗,找不到出路。"我想起我父亲在1929年给四爸巴金的一封信上曾说："我两个没娘没老子的孩子，各秉着他父母给他的一点良心（指"对于人类的爱是很坚的"——这也是我父亲的话），向前乱碰罢了。"当然，我父亲和巴老的结果大不一样。我父亲的"不抵抗主义"导致他自杀；巴老的"大胆""反抗"，不仅使他冲出旧家庭，用笔倾诉他的爱与恨，成了反封建的战士，还熬过了"十年浩劫"，踏上新的旅程。

巴老这次回故乡，整整十七天。10月20日下午五时，他登上返上海的飞机。因为几年前摔坏了腿，行路不便，得有人搀扶。但巴老仍回转身，依依不舍地向送行人挥手。

望着飞机飞向蓝天，我默诵着巴老五十年前写的一段话：

我还年轻，我还要活下去，我还要征服生活。我知道生活的激流是不会停止的，且看它把我载到什么地方去！

在生活的激流中"搏斗"。巴老，这是您的路，也是您给广大读者（包括给我）的精神财富。我感谢您，祝福您！

许多想见的人还来不及见，许多想去的地方还没有时间去，巴老又挥手告别家乡。他步上舷梯，站在飞机入口前不断挥手。真是"情悠悠，思悠悠，一步一回头"。巴老对送他的朋友说："我还要争取回家乡！"

巴老回到上海后，经医生检查，健康状况良好。为了免除家乡人民的挂念，他很快写来一封信："我已回到上海，正点到达。眼前全是上海的景物，仿佛做了一个美好的梦。十七天过得这样快！我说我返川为了还债，可是旧债未还清，又欠上了新债。多少人、多少事牵动着我的心，为了这个我也得活下去，为了这个我也得写下去。"

巴老，家乡人民多么殷切期待您再回来！

巴老又"回"成都了

1987年，八十三岁的巴老回到阔别二十六年的成都。在离开时他对送行的朋友说："我还要争取回家乡！"然而，因健康原因巴老除去杭州休养外，再没有去过别的地方。虽然他多次表示："我现在什么地方都不想去了，只想再回一次成都！"可惜疾病缠身，巴老的这个愿望终究没有实现，他在生前再也没回过家乡。

值得家乡人民感到欣慰的是，为了缅怀巴金先生，传承巴金精神，由成都市总工会、香港刘浩清教育基金会、巴金故居共同主办，成都市劳动人民文化宫承办的"巴金·成都"图片文献展，2011年9月1日在成都开幕。这次展览和有关活动，帮助巴老实现了他再一次"回"家乡的愿望，更使青年朋友得以近距离接近巴老，

参加展览开幕式的巴金家人（右二为巴金的儿子李小棠）

感受这位"20世纪的良知"的老人坚持说真话的心！感受他对祖国和对人民的爱！

分别写于1987年12月7日、1995年3月18日、2001年9月1日
整理于2018年3月20日

1987年巴金回乡纪要

10月3日

上午十时去省作家协会，向沙（汀）老、艾（芜）老报告巴老的行程。后又就此与张秀老（秀熟）通了电话。他们对巴老将在今天到达成都感到高兴。

鉴于巴老不愿惊动党政领导，我与许川（四川省委常委、宣传部部长）同志商量，下午就由我代表宣传部去机场迎接巴老。许川表示同意，并说："我们尊重巴老的意见。反正你是两重身份：一是巴老的亲属，一是分管文艺工作的部长。"

为记录巴老的行程，《四川日报》派了记者刘耀晖、摄影记者金嘉华，四川电视台派了记者徐先贵、曹钢，他们将参加巴老的有关活动。但暂不报道。

不惊动党政领导，巴老一定很高兴。但如果只是我和文艺处几位同志去迎接，未免冷清。巴老毕竟离乡二十六年，其间又经历"十年浩劫"，应该让巴老一下飞机就能感到亲情。于是我打电话给大姐（李国煜）、二姐（李国炜）、四姐（李国莹），请她们全家在蓉的成员，到时都去机场迎接巴老。

六时，我和秀涓（丁秀涓，我的妻子）、张仲炎（省委宣传部文艺处处长）、朱丹枫（省委宣传部文艺处副处长）出发去双流机场。巴老所乘飞机六时五十分准时抵蓉。等所有乘客下完，巴老由祝鸿生（巴老的女婿）搀扶下飞机，小汪（汪致正，我的女婿）立即把轮椅推去迎接。小林（巴老的女儿）和国燊（巴老的侄女）相继而下。所有迎接巴老的亲人簇拥而上，几个小家伙或叫太爷爷，或叫四外祖，巴老愉快地笑了。

迎接巴老的亲人有：大姐、大姐夫查坤培及其孙女查雅兰；二姐、二姐夫汪国权及其女儿汪俊；四姐、四姐夫李晋铭及其长子李舒、儿媳彭音、孙儿潇潇、次子李彦、孙儿淳淳；我和丁秀涓、女婿汪致正及外孙齐齐。

四川电视台副台长奉孝芬自动到机场迎接。

巴老住金牛宾馆九号楼。我和秀涓把巴老送到住地。巴老拿了几张照片给我。这是李斧（我的儿子）上月带珊珊（我的孙女）去美国时，途经上海，在巴老家拍的。

回家后，向马老识途报告巴老抵蓉有关情况。马老说，张秀老已与他联系，他们要抢在明天上午先去看巴老。

10月4日

一早，和秀涓去金牛宾馆。陪巴老在园内小转一圈。李舒为巴老推轮椅，途中停下拍照片多张。

九时半，张秀老、沙老、艾老、马老和陈之光（省作协副主席）来看望巴老。今年，张秀老九十三岁，巴老、沙老和艾老八十三岁，马老七十三岁，人称"五老聚会"。老友相聚，兴致很高。马老提议，七年后张秀老百岁，巴老、沙老和艾老九十岁，五老再相会。张秀老充满信心地说："我现在计划不止活一百岁，你们活到九十岁应比我更有信心。"张秀老再一次提出要一起去九寨沟玩。巴老担心体力不足。小林和小祝有些动心。巴老要我作决定，这是难题。

下午，巴老休息，我参加部务会。

六时，我和秀涓去二姐家吃饭。饭后，我、秀涓、二姐和国权一起去金牛宾馆看望巴老。

七时，杨汝岱（省委书记）、何郝炬（省人大常委会主任）和许川同志来看望巴老。杨汝岱问巴老的身体能否适应。巴老答："还可以。年纪大了，落叶归根，很想回家乡看看。"郝炬说："我在上中学时，就读过巴老的'激流三部曲'。"巴老说："写得不好。"许川说："巴老最好每年回'家'一次。"巴老说："争取。"

巴老送二姐一张很好的照片。也送了我一张，但很一般。我闹着换了一张，又要了一张珊珊和"狗狗蛋"（即晅之，巴老孙女的小名）的合影。

10月5日

一早，和仲炎一起到金牛宾馆。

八时四十分，大家陪巴老参观市容。先看东西干道，然后到商业场。我指给巴老看"商业场"三个字，是胡耀邦同志写的。巴老的少年时代，有不少活动在商业场。巴老的大哥（即李尧枚，我的父亲）在商业场一家公司工作过。当然，建筑完全变了。巴老正兴致勃勃地四周环顾，商业场管委会主任来"汇报"工作，电视台记者在摄影，引起一些群众围观。我知道巴老不喜欢招摇，赶快让巴老"撤离"。

按原计划，到锦城艺术宫。这是四川最好的剧院，刚建成不久。陈婉英（艺术宫经理，我开玩笑叫她"公主"）热情接待巴老。我陪巴老在接待室休息，小林等去参观艺术宫。"公主"要汇报工作，我建议她取消汇报，就坐着闲聊。工作人员拿出留言簿来请巴老留言。巴老用毛笔楷书"巴金"二字。巴老因患帕金森病，手抖，写字困难，但大家公认：这一次写得极好。

十时半，与巴老分手。巴老一行回金牛宾馆。我去省人民艺术剧院，参加吴雪（文化部原副部长）同志召开的座谈会。

在金牛宾馆，张爱萍（左）看望巴金

下午三时，我再去金牛宾馆。省广播电视厅和四川电视台负责人郑体仁（厅长）、卢子贵（副厅长兼台长）、陈杰（顾问）、奉孝芬等同志来看望巴老。因为四川电视台与上海电视台正合拍电视剧《家·春·秋》，话题就集中在电视剧上。为照顾巴老休息，仅交谈二十分钟。

大姐、二姐和四姐去看巴老，与巴老闲聊。巴老留她们共进晚餐。

获悉张爱萍（国务委员、国防部部长）同志和夫人又兰大姐来蓉，住金牛宾馆平房。我立即去看望他们，并报告巴老住在九号楼。张老表示要去看望巴老。

八时半回家。成都市东城区委来人，要求见巴老。上海电视台记者祁鸣来电话，他明天来成都采访巴老在成都的活动，并说是济叔（即李济生，我的叔父）叫他找我的。我感到为难，因为我们没公布巴老来成都的消息，除《四川日报》、四川电视台外，不准备接受任何记者的采访。

10月6日

一早，到金牛宾馆看望张爱萍同志。他说要陪巴老看川剧，我说由我安排。张老十分关心川剧界的朋友，川剧界的朋友非常尊重他和又兰大姐。很多演员都乐意为他们演出。

上午让巴老休息。我转达了张老的意向，巴老也很愿看川剧。我又赶到省川剧院，听吴雪同志谈振兴川剧的意见。

下午再去九号楼。翻阅巴老随身带的相册，全是端端（巴老的外孙女）和"狗狗蛋"的照片，两人都活泼可爱。巴老说："一看见这些照片，什么烦恼都没有了。"我理解巴老的感情。我把随《白蛇传》访日演出的照片给巴老看，其中有巴老的日本朋友，如丰田正子。

八时，去锦江剧场看川剧。

10月7日　中秋节

一早，和秀涓赶到宾馆九号楼。

八时半，陪同巴老一行去新都。路并不远，但途中堵车，十时方到。秀老、沙老、艾老、马老和之光均已先到。先去宝光寺，后到桂湖。可惜接待人员多，县里的"四大班子"都来了人，记者也多，几乎没有摆成龙门阵。午饭本想吃豆花，但上了不少菜，豆花只有一碗，令人遗憾。

马老对我说："这叫什么游玩？人太多，连说话的机会都没有。"

巴老在途中讲，他小时候，父亲带他到新都玩。他一度迷了路，吓得哭了，直到父亲把他找到。我知道，巴老对他的父亲有很深的感情。

回宾馆后，让巴老休息。

下午四时，我的三个姐姐和姐夫及下两辈，共二十人，一起来给巴老拜节。先在客厅团聚，吃月饼，分别摄影留念。巴老一贯喜欢小孩，重孙辈的潇潇、齐齐、淳淳和兰兰围在太爷爷四周。淳淳把手上剩的月饼给四外祖。潇潇和齐齐忙说："他吃过的！"巴老说："小孩儿吃过的，是干净的，没关系。"便把月饼吃了，引起哄堂大笑。后又一起吃了晚饭。

杨汝岱同志来给巴老拜节，小坐片刻。

成都的中秋少见月光，今晚却有月亮，难得！小祝和小林把巴老推到室外散步。我和秀涓、李舒陪同。到了湖边，大家停下来休息。天蓝，有少许白云，月亮圆而明，湖水里有倒影。我说："巴老，月亮也为你回乡而出。"巴老高兴地笑了。

我永远忘不了这个中秋之夜！

10月8日

一早，和秀涓到金牛宾馆。

九时半，陪巴老去正通顺街（过去叫双眼井），参观故居原址。巴老出生在这里，除有两年随父亲去广元县外，在这里居住到十九岁。他每次回成都，总想来看一看。不过，老建筑已拆光，这里是战旗歌舞团的宿舍。沙老、艾老、马老和之光亦到场。歌舞团的领导和群众很热情，夹道欢迎，围观者亦多。小祝推着巴老坐的轮椅，四处看看。前副团长张耀棠不断地给巴老解说。不知巴老在想什么？记者忙着摄像摄影，我尽量避开镜头。不少人请巴老签字，说不服，也挡不住。后来，巴老在留言簿上签名。

离开歌舞团，巴老参观了双眼井（即两口井靠在一起）。巴金在陪同人员搀扶下，站在井边往下望。我想起巴老对我说过的一句话："只要双眼井在，我就可以找到童年的足迹。"

下午四时，东城区委书记、区长，商业场管委会主任，同来宾馆看望巴老，赠送一些老照片。巴老表示感谢。丁家骥（省广播电视厅副厅长）也来看望巴老。一共二十分钟。

小林、小祝、秀涓和祁鸣一起玩麻将。祁鸣昨晚从上海赶来了。我和李舒陪巴老聊天，讨论是否去九寨沟，难下决心。

10月9日

一早去省川剧院，安排为张爱萍同志演出事。

到金牛宾馆平房，正遇张老和又兰大姐要去九号楼看望巴老。我陪同前往。张老很尊重巴老，多次向我表示支持巴老关于成立"文革"博物馆的建议，我早向巴老转达过。到了九号楼，见沙老已先到。巴老、沙老、小林和小祝一起接待张老和又兰大姐。张老和巴老虽然第一次见面，却像老朋友似的闲聊。张老表示年轻时就喜欢读巴老的小说，巴老则说自己当时是"乱写"的。张老还谈到50年代初期参观过巴老在正通顺街的故居，对后来拆掉故居表示遗憾。巴老则说拆掉就算了，不值得花国家的钱来重建。……这是一次难得的相会，我为他们的谈话录了音。可惜"觉悟"得晚了一点，刚开始的谈话没录下来。

下午，我陪张老和又兰大姐参观三星堆出土文物、锦城艺术宫和十二桥商代建筑遗址，直到五时半。我在宾馆吃晚饭。据李舒讲，巴老20年代的老友卢剑波（四川大学教授，40年代是我的中学教师）来看过巴老。我没在场，不知详情。

晚，张老邀巴老一起在宾馆小礼堂看川剧，并请巴老根据身体情况决定看多少，不一定看完。但巴老坚持看完了。我还请巴老用几分钟见一见演员，以便不另安排时间与演员会见。巴老也同意了。

10月10日

是否安排去九寨沟，的确是难题。

最主张去的是张秀老，尽管他已九十三岁，但身体健康。沙老和艾老没明确表态。巴老则担心力不从心。张爱萍同志认为可以去，一天走一处，休息好了又继续走。

一早去省委书记院，找汝岱和启璪（黄启璪，省委常委、秘书长）同志商量。他们均持慎重态度，最后决定：下午派人先给张秀老和巴老检查身体。

去学道街张秀老家。秀老说他身体健康，不用检查。

到省人民艺术剧院看四川方言戏《抓壮丁》。吴雪同志告别演出，饰李老栓。我看得很有兴趣，并向吴雪祝贺演出成功。

去金牛宾馆平房看张爱萍和又兰大姐。张老主张：明晚川剧演出，采取清唱的方式，可省去化装等麻烦。

再去九号楼看巴老。巴老说任伯培（20年代的朋友张履谦的夫人）刚来过，可惜我错过了见面的机会，我有四十多年不见她了。

回家吃中饭。

四时，去巴老那儿。大姐和她的朋友刘玉琼在。二门诊部周主任和林文廉医生在为巴老检查身体。结论是：总的情况不错，但有隐性冠心病，不宜去九寨沟。

六时，汝岱同志在蜀风园宴请"五老"。我不在主宾席，又忙着处理一些事，不知交谈内容。启璪、许川同志参加。上海电视台记者祁鸣和四川电视电台记者徐先贵都很能喝酒。

10月11日

上午，巴老休息。

中午，巴老在芙蓉餐厅宴请"尧"字辈（与巴老同辈）的弟妹和八十二岁的侄子李静远。尧字辈的有七爸李西龄、十三爸李巨川、十八爸李德甫、二十三爸李尧述和十五姑李尧秀。还有陈家（巴老母亲娘家）表弟陈国志和邓家（巴老继母娘家）表弟邓培根。有一位叔父来了，因不知他在成都，没通知他。我向他解释，并表示歉意，他仍拒绝吃饭。有些"国"字辈（与我同辈）的侄儿侄女来看望了一下，未吃饭。巴老与亲人叙旧，我为之打杂。因为事前没给餐厅打招呼，服务人员急于下班，几下便把全部菜堆满圆桌，服务质量很差。

晚，为张爱萍同志组织川剧清唱和曲艺晚会，时长两小时，节目精彩。巴老应邀参加，并坚持到底。

10月12日

上午去平房看望张爱萍同志和又兰大姐。我拿出《记事篇》（张老的诗集，四川出版）请张老题字。张老竟风趣地写了"承蒙关照"。后陪他们参观市诗书画院。

巴老去学道街看望张秀老。1960年，巴老回成都写作，曾与张秀老同住在这个大院内。我因陪张爱萍同志和又兰大姐参观，未去张秀老家。后听说，沙老也去了，还吃了赖汤圆。

下午先去看望巴老，他精神颇好。

六时，去蜀风园，参加省委宴请张爱萍和又兰大姐。黄启璪同志很支持巴老去自贡参观，她说已和毕局长（省机关事务管理局局长）商量，把巴老去自贡的火车安排好。

10月13日

一早，和秀涓一起去金牛宾馆。

先去九号楼向巴老问好。今天上午巴老没外出，将约周企何（川剧表演艺术家）、舒元卉（优秀川剧演员）来宾馆。巴老喜欢川剧，他们是巴老的多年之交。

九时半，陪张爱萍同志和又兰大姐参观出版社。先后参观了巴蜀、文艺、少儿、美术等四家出版社。张老兴致很高，所到这几家出版社，他都泼墨挥毫，留下墨宝。出版社选了些好书送给张老。

下午二时，到峨眉电影制片厂参加全国十六个电影厂召开的发行工作会议。

四时，巴老和张秀老、沙老和马老一起参观李劼人故居。李劼老是四老的挚友。四老参观了楼下楼上的每一间房子，谈起往事。在休息室，工作人员拿出留言簿让四老签名。巴老主动写下：

1987年10月13日巴金来看望劼人老兄，我来迟了！

四老又一起在劼老的雕像下合影。

这时候，吴希海（成都市委书记）、龚读纶（副书记）和方家祥（副市长）三位同志赶来看望巴老。他们送巴老一盆树，说："请巴老把家乡的泥土带回去。"巴老感谢他们的盛情。

晚，再一次在宾馆小礼堂举行川剧演出。张爱萍同志说他陪巴老，巴老说他陪张爱萍同志。张爱萍同志要我说几句开场白。我说："张老是国防部长，巴老是全国作协主席。一文一武均为川人，真是天府之国，人杰地灵。今晚，国防部长邀全国作协主席同看川剧，是川剧界的盛事。"大家对二老报以热烈的掌声。今晚的节目很精彩，巴老高兴地说："乡音难得！"

与小林、小祝和国燦商量有关去自贡之事。

10月14日

本拟陪巴老参观百花潭公园，因雨作罢。

大姐、二姐、四姐、我和秀涓，到九号楼看望巴老。

下午四时，巴老会见省文联、省作协有关同志。出席的作家、艺术家有：马老、李焕民、黎本初、陈之光、唐大同、李累、流沙河、周克芹、崔桦、庞家声和卢成春等。马老主持，大家随意谈心。巴老说："我从小就不大爱讲话，但有很多感情要表达，所以才写文章。现在身体不好，上气不接下气。我已经有二十六年没有回成都了，我一直想闻闻家乡的泥土味。到现在，我仍要汲取家乡的阳光、雨露，跟家乡的禾苗、树木一齐生长。同家乡在一起，同祖国和人民在一起，胸中燃起的火将永远不会熄灭。"谈到讲真话时，巴老说："一个作家做人和作文都应讲真话，不能说我说的都是真话，但我力求不说假话。在'文化大革命'中我也被迫说过假话。"文艺家一致赞同巴老主张讲真话，认为讲真话难，听真话也难。李累慷慨激昂地说："我年轻时就喜欢读巴老的《家》，自以为是觉慧，要反抗旧社会。现在，我坚决支持讲真话。"由此又谈到写"文革"，巴老说："不能忘记这个历史悲剧。"大家说，有人主张不写"文化大革命"了，这是错误的。难得的会见，历时半小时，大家还一起合影。

10月15日

陪巴老一行去自贡。省上为巴老挂了公务车。仲炎、丹枫和我同行。

路上主要是休息。我和秀涓、李舒与巴老闲聊。巴老在1956年去过自贡，也是旧地重游。我趁机向巴老介绍了一些自贡的情况，重点谈自贡川剧团、恐龙博物馆和自贡灯会。

近四时抵自贡。杜江（自贡市委宣传部部长）同志在车站迎接。住檀木林招待所，屋子很大。仲炎和丹枫用轮椅推巴老在招待所内散步。回房间时，巴老见卫生间也很大，说了一句笑话："这是给恐龙用的。"

七时半，市领导刁金祥（自贡市委书记）、陆强（市长）、邢惠林（副书记）、刘极常（副市长）等同志来看望巴老。

大概是丢掉思想负担，我有一种轻松感。本想陪巴老聊天，但太疲倦，不到十时就去睡了。

10月16日

七时方醒，共睡了九小时，颇有精神。

  陪巴老参观市容。自贡是山城，有特点。沿途有不少新建筑。

  上午主要看恐龙博物馆，巴老边看边听解说，颇有兴趣。参观结束，在休息室里，主人送了两个瓷做的恐龙给巴老，并请巴老讲话。巴老说："我来过自贡，想不到变化这么大。"

  下午四时，与自贡文艺界人士见面。

  五时半，市领导与巴老共进晚餐。

  七时半，到自贡市川剧团看魏明伦的折子戏。过去，巴老看过《易胆大》《巴山秀才》的录像，称赞魏明伦有才华。今晚看的是《易胆大》《潘金莲》《巴山秀才》《四姑娘》几个大戏中的各一折。魏明伦坐在巴老身边。巴老不时看得发笑。演出结束后，因巴老上台不便，演职人员下台来看望巴老。巴老说："祝演出成功，谢谢大家！"

10月17日

  八时半，魏明伦、蔡伟（副团长）、余从厚（饰《潘金莲》中的潘金莲）、杨先才（饰《巴山秀才》中的秀才）、陈世芬（最好的川剧帮腔）来看望巴老，并一起合影。

  十时离开自贡，杜江同志送行。在车上，主要让巴老休息。下午四时抵蓉，熊清泉（省委办公厅主任）同志来接。

  得李芹（我的女儿）和李斧来信。他们虽身在海外，也很关心巴老回乡之行。

10月18日

  上午，巴老休息。

  九时，与许川一起去四川教育学院，参加全国现代文学年会。王瑶、王西彦、马识途等著名作家和评论家出席。

  下午四时，巴老在九号楼会见出版界一些朋友。出席的有王伟、吴正贤、杨宇心、杨甫、李定周、戴安常、徐靖、曹里尧、陈世伍等。粉碎"四人帮"以后,四川先后出版了巴老的《巴金近作》(近作一)、《巴金近作 第二集》(近作二)、《回忆与探索》(近作三)、《心里话》(近作四)、《英雄的故事》(有关抗美援朝的全部小说和散文)、《巴金中篇小说选》(上、下)、《巴金选集》(十卷本)、《憩园》《长生塔》(包括全部儿童文学)、《童年的回忆》,翻译作品《快乐王子集》《屠格涅夫中短篇小说集》(与萧珊合译)等著作。编辑们想见巴老,巴老也想见他们。巴老对四川出版界的朋友表示感谢。

姚志能(《四川日报》总编辑)同志同时也来看巴老。

今天,《四川日报》《成都晚报》刊登了巴老回家乡的消息和图片,四川电视台也播出了巴老回家乡的图像。

10月19日

一早,和秀涓一起去看望巴老。巴老的身体状况良好,没有不适的感觉。

九时,陪巴老一行去百花潭公园。先游园,人不多,是一次比较轻松的外出。车辐(作家、老报人)赶来看望巴老。然后看慧园的模型和已动工之处。巴老不赞成用国家的钱为他修复旧居。慧园是以巴老的小说《家》为蓝图修建的,供游人参观,巴老没有反对。有关人员向巴老介绍了关于修建慧园的设想,巴用心听着。

四姐和四姐夫即将去昆明,来向巴老告别。他俩加上小林、国烁,我们一起在人工瀑布前合影。

中午,省委和省政协的领导设便宴招待巴老。冯元蔚(省委副书记、省政协主席)、黄启璪、许川、李培根(省政协副主席)等出席。同时,也招待了随行人员和记者。大家希望巴老经常回故乡,巴老一再表示感谢故乡人的盛情。

四时半,唐中六(成都市歌舞剧院院长)给巴老送录像带来。

五时,"尧"字辈的弟妹在芙蓉餐厅宴请巴老。我送巴老去,因人多，我到对门二姐家吃饭。这次巴老回川休息，因要保护巴老的健康，没有及时给长辈们报告。可能有的长辈有意见，我也没办法，只有请他们谅解。

10月20日

一早，去金牛宾馆九号楼。

与小林商量，来一次"秘密"行动。八时半，躲开记者和其他人员，陪巴老去文殊院。仅小林、小祝、国燦和李舒同行。

进了文殊院，先用轮椅推巴老在大殿前做短暂停留。方丈宽霖（省政协委员）热情接待巴老。小林等第一次来，便去参观。我陪巴老和宽霖叙旧。巴老说："我父亲去世的时候，家里请和尚在文殊院念了三天经。"宽霖说："我年轻的时候到李府上念过经。"宽霖教巴老一种保健法，巴老认真听取。两人谈得很投入，直到小林等参观回来为止。分别时，宽霖送巴老一串佛珠。在归途中，巴老说他小时候曾经想出家。我问为什么？他说不满旧社会，又看不见出路。以后，看见小和尚烧戒疤，太痛，又不愿出家了。

中午，巴老便宴接待他的工作人员。

原说今天中午由我和三个姐姐请巴老吃小吃，因时间安排不过来，只得取消。巴老遗憾地说："这次回来，就是没吃到红油水饺。"

巴老交一本《长生塔》给我，是他送齐齐的。上面写道："齐齐，希望你做一个说真话的好孩子。巴金　八七年十月十八日。"

偶然谈到我离休后怎么办。讨论一会儿，似乎难处很多。最后达成共识：先读点书，学习两年吧。

五时，陪巴老一行去机场。马老、启璪、许川和文艺处同志到机场送行。握别时，启璪请巴老保重。许川说，盼巴老一年一度回家乡。马老说，等着巴老回来！我说，巴老表示争取后年回来，看家乡的变化。巴老说："感谢大家，我还要争取回家乡。"

所有亲人向巴老挥手告别！

除大姐因身体不适，四姐和四姐夫去昆明未到外，上次来迎接巴老的亲人都到了。还增加了四姐的次媳王小莉。

飞机在五时四十五分起飞。巴老带着家乡人的深情，离开成都。

2003年8月6日

李致文存·我与巴金

LIZHIWENCUN

故友情深

巴金与《雷雨》

读《作家文摘》第二四九期，有一篇文摘叫《废稿中发现的作家》。全文如下：

1933年，曹禺在清华大学念书时，他五易其稿，完成了处女作《雷雨》。

曹禺将《雷雨》投寄出去，曾被一些编辑废弃扔进纸篓里。后来，巴金意外地从纸篓里发现了这份手稿，他读后深感作者才华非凡，认为这是一部深沉的好作品。

在巴金的高度评价和积极推荐下，1934年7月，《雷雨》发表在《文学季刊》一卷三期上，立即引起了广大读者和评论界的注意。几个剧团争相演出，曹禺一举成名。（摘自9月25日《人民政协报》郑国柱文）

这种说法已经流传了很长一段时间。按这种说法，把《雷雨》扔进纸篓的"一些编辑"，实在太不负责任，差点扼杀了这位戏剧大师。如果没有巴金的"慧眼"，曹禺则很可能不能进入（至少也要推迟进入）文坛。但事实果真如此吗？

70年代后期和80年代初期，我在四川人民出版社工作，因约稿和别的工作，经常去上海。凡到上海，都住在巴老家。当时巴老的

1956年6月，巴金在北京前门饭店与曹禺（左）合影

身体较好。我白天陪他散步，晚上常谈到深夜。内容海阔天空，无所不有。

我问过巴老有关剧本《雷雨》的情况。巴老告诉我，1933年，靳以和郑振铎在北京创办大型文学刊物《文学季刊》。曹禺把他的《雷雨》送到《文学季刊》。曹禺和靳以不仅是好友，而且是换帖的兄弟。靳以看了《雷雨》以后，又送给别的编委看。由于意见不完全一致，靳以又不愿意退稿，所以放在抽屉里。当时，巴老正好到北京去看望沈从文，曾和靳以一起住在三座门十四号《文学季刊》社里，并认识曹禺。一次，巴老和靳以商谈如何进一步为刊物组稿，靳以谈到《雷雨》，巴老便要来看。巴老一口气把《雷雨》读完，几次流了眼泪，推荐给《文学季刊》发表。一贯谦逊的巴老连"推荐"也不承认，他说是靳以给他看的。

巴老与我交谈时，多次谈过曹禺很有才华，他不如曹禺。六十多年来，巴老和曹禺一直是亲密的挚友。在巴老主持文化生活出版社时，出版了《曹禺戏剧集》。粉碎"四人帮"以后，经巴老建

1982年，巴金在上海寓所中和曹禺（左）散步

议，四川出版了《曹禺戏剧集》。长期来，巴老希望曹禺摆脱不必要的社会活动，把精力放在写作上。曹禺也多次告诉我，他不会辜负巴老的期望，拼命也要写出新作品。遗憾的是后来曹禺多病，长期住医院，只能把健康放在第一位。

　　与巴老接触几十年，我深知巴老不喜欢宣传自己，更不愿别人在颂扬他时贬低他的朋友。

1997年10月16日

黄金般的心不会消失

单说李健吾是作家，并不准确，应该说是作家、戏剧家、评论家和翻译家。我上中学的时候，读过他的评论《咀华集》，根据巴金小说改编的剧本《秋》，还有他翻译的一些法国小说。可是我认识他却相当晚，是在1981年。

当时我在四川人民出版社任总编辑。经过史无前例的"十年浩劫"，书荒十分严重。我和出版社（特别是文艺编辑室）的同志把再版现代作家的名著，当作自己的任务。因此必然会想起李健吾。1981年10月我去北京组稿，马小弥听说四川打算出李健吾的书，便主动陪我到李健吾家里。小弥是作家马宗融和罗淑的女儿，巴老在她父母去世后曾抚养过她和她的弟弟。我是在出版《罗淑选集》时和她熟悉的，情同兄妹。她是一个热情侠义的人，认识许多老作家，经常帮我们出版社的忙，我戏称她为文艺编辑室"驻京办事处主任"。沿途，她一个劲儿地给我讲李健吾的情况：说他很想工作，把损失的时间夺回来；有冠心病，上下楼都费劲；坚持锻炼，最近已有起色。

这以前，李健吾已和我通过信。原因是巴老有一次给我写信，把信装进给李健吾的信封里。李健吾主动把巴老错寄的信转给我，并在他给我的信上，按北方的习惯称我为"老侄"。到了李健吾家，小弥一见面就叫他"李伯伯"，我也跟着叫他"李伯伯"。顺便说明一下，我在工作中认识许多巴老的朋友，虽是长辈，一般都称同志。除了当年的习惯之外，还因为我不愿打着巴老的旗号去招摇。只有对两个人的称呼例外，一个是李健吾，一个是曹禺。

李伯伯当时已年过七十。额头上有北方人常见的皱纹，身材瘦高，背略弓，讲话心平气和，十分慈祥。尽管我们第一次见面，却像多年的叔侄，毫无拘束。他对四川人民出版社早有了解。我还没有向他"汇报"，他已给予称赞。加上小弥在旁边"帮腔"，组稿"谈判"十分顺利。

接着聊天，谈到四川，谈到川戏。李伯伯说他跑过许多地方，最大的遗憾是没有到过西南。他十分喜爱川剧，我也是川剧迷，话题很多。他一再表示要来四川，我也表示不论在什么时候都乐意安排他的四川之行。他留我和小弥吃饭，我们不愿打扰，便匆忙告辞。

后来，李伯伯又为出书的事和我通了几次信。他老人家的字"龙飞凤舞"，每一封信我都得认真研究和考证，才"八九不离十"大体看懂。同时，小弥多次来信告我，李伯伯坚持做气功，体质大有增强，我也为之高兴。

1982年10月，我意外收到李伯伯十二日的来信：

> 我将于本月之十八九日去西安市开外国文学理事会，开到月底，我即将赴成都，可能小弥陪胡絜青同志先到。到时，我将发出电报给你，请给我们夫妻准备住处。
>
> 健吾

这一下热闹了。老舍的夫人胡絜青和马小弥应邀先到成都，接着李伯伯和李伯母也赶到了。李伯伯在西安除开会外，还专门看望了一个老朋友。这位朋友是他早年在清华大学的同学，因脑溢血瘫痪。李伯伯去后为他拍照，与他合影。他这样重视友情，更加受到我的尊重。

李伯伯夫妇、胡絜青和马小弥结伴游览乐山，住在乌尤寺。"天下山水在于蜀，蜀之山水在嘉州。"李伯伯饱览了令人陶醉的风光，心旷神怡，兴致勃勃地登大佛寺，游乌尤寺，还过了索桥。他到处搜集介绍这些名胜的资料，准备回北京写文章。从乐山回成都，本来还打算参观其他一些地方，但小弥却对我说："李伯伯要赶回西安。"

　　我立即问："是不是身体不适？"

　　小弥回答："不是，他精神好着呢！主要是他在西安为老朋友拍的照片拿去冲洗，全曝光了。他要赶回去重拍。"

　　"难得来一次，多待几天不行吗？"

　　"他说他朋友身体非常虚弱，怕去晚了不行。"

　　我认为问题不会这样严重，去宾馆看望李伯伯，企图劝他不要太急。但看见他那真挚的表情，那样珍惜友情的态度，我深受感

1982年秋，李健吾和夫人应邀参观四川人民出版社

动。当时买车票不那么方便，我想办法很快为他买到票。他拿到车票时，脸上露出一丝微笑。

就这样，李伯伯和李伯母匆忙地离开了成都。

李伯伯回北京不久，巴老不慎把股骨摔断，住进华东医院。当时我的工作又突然发生变动，将调到省委宣传部。趁此空隙，我赶到上海看望巴老。我知道巴老和李伯伯的友谊，特别带上李伯伯的照片。在医院，我把照片给巴老看，并描述了李伯伯在四川的情况。巴老十分高兴，拿着照片一再深情地看他的老朋友，并说："小弥来信宣传健吾练气功很有成效。"

谁也没有想到，就在第二天早上，家里接到北京电话，说李伯伯在昨天（11月24日）下午逝世。当时的情形是，李伯伯写文章后靠在沙发上，李伯母以为他睡着了，怕他受凉，去给他盖毛毯，突然发现人已经不行了。我1月前才和李伯伯相聚，许多事历历在目。这难道是在做梦？记不清是谁提出的，暂时不告诉巴老，以免他老人家悲痛影响治疗。我在上海的时间本来不长，既然已经向巴老滔滔不绝地讲了李伯伯的情况，现在只得闭口不谈。但心里极不平静。

1983年秋，我接连读到巴老的两篇随想录（后收入《病中集》），其中都谈到李伯伯。巴老在文章中提到"孩子们封锁了消息"，以至于他对李健吾逝世"一无所知"。以后一个朋友从北京来忽然讲起健吾那没有痛苦的死亡，他才"恍然大悟"。还说：

> 我责备我女儿，但也理解她的心情，讲起来，他们那辈人、连长他们一辈的我的兄弟都担心我受不了这个打击，相信"封锁消息"，不说不听，就可以使我得到保护。这个想法未免有点自私。

其实，我也是参与"封锁消息"的人之一，只是巴老不知道。

我理解巴老的心情,也理解小林的心情。这些年来,小林照顾巴老是十分尽心的。去年我去杭州,亲耳听人称赞她是"孝女"。有这样一个女儿是巴老的福气。

巴老在文章中回顾了李健吾的为人和他们的友情。"文革"刚开始的时候,空气十分紧张。翻译家汝龙受到冲击,亲友和他"断了来往",李健吾的处境也"危在旦夕"。但李健吾不怕风险去看望汝龙,拿出两百元给他,说:"你留着过日子吧!"当巴老还是"不戴帽子的反革命"的时候,李健吾的大女儿维音出差上海,给巴老带来汝龙的赠款五百元。汝龙后来告诉巴老说是李健吾的主意。不久李健吾的二女儿维惠也出差上海,带给巴老李健吾的赠款三百元。我不禁想起那疯狂年代,一旦谁被列入"重点",众多的人立即划清界限。某些熟悉的人,为表白自己,不惜落井下石。李健吾这种"雪中送炭"的真情,是多么动人、多么可贵啊!我从这里进一步理解了李伯伯为什么在四川时那么急于赶回西安为老友补拍照片,可惜他竟先于那位老友离开人世。

巴老说:

想到健吾,我更明白,人活着不是为了"捞一把进去",而是为了"掏一把出来"。好人?坏人?各人有各人的解释,但是我们国家目前需要的正是"掏一把出来"的人。

巴老说李健吾"掏一把出来"当然是指他一生,指他对文学事业的贡献,指他的为人。巴老还引用了汝龙赞颂李健吾的话:"黄金般的心啊!"

"黄金般的心是不会从人间消失的。"这是巴老的结论。

1996年6月22日

故友情深
——巴金与李劼人的友谊

李劼人和巴金都是成都人。劼老以他的三部曲（《死水微澜》《暴风雨前》《大波》）再现了辛亥革命前后四川的社会生活，巴老则以他的三部曲（《家》《春》《秋》）描写了成都封建大家庭的没落。这两位受人尊敬的作家有很深的友谊，巴老一直把劼老当成他的"良师益友"。

我不知道二老是什么时候相识的。他们都曾是四川省的全国人大代表，每次全国人大在北京开会，便是他们愉快相聚的时候。他们在一起讨论国家大事。川剧演员廖静秋得了癌症，二老联合建议为她赶拍舞台纪录片《杜十娘》。常和他们在一起的还有沙汀。沙老曾多次兴高采烈地向我讲述他们相聚的趣事：劼人要老巴请客，总邀约我一道去吃老巴的"标点符号"！

郭沫若早年曾称赞劼人是"中国的左拉"。巴老说"过去的成都活在他（李劼人）笔下"。"我愿意做一个'写到死，改到死'的作家"，这是巴老的愿望，所以巴老在《谈〈秋〉》这篇文章中特别提到："我很佩服比我年长十三岁的劼人同志重写（《大波》)的决心和毅力。"

1960年10月到1961年2月，巴老回成都写作。我当时工作忙，加上以后生病住院治疗，基本上没有参加巴老的活动。后从巴老的日记中看到，10月19日记有："六点前沙汀来，同去芙蓉餐厅，李劼人请客。"12月5日记有："三点李劼人来，谈到四点半，沙汀来，五点到张老（秀熟）房内。六点晚饭；饭后在张老客厅里……谈到十点（劼人九点离开）。"1961年元旦记有："十点前和张老坐车去沙汀处，约他们夫妇同去李劼人家。三点半午饭，五点返家……"在《巴金萧珊书信集》里，还可以看到巴老请萧珊代劼老买蚊烟。

劼老不幸在1962年12月24日逝世，这给巴老带来了很大的震动。巴老在25日的日记中写道：

　　上午八点得统战部电话，说成都统战部来电李劼人兄逝世，要我参加治丧委员会，十一点半去邮局发一唁电："四川省文联并转李劼人同志家属：惊悉劼人同志逝世，文艺界失去一位杰出的作家，我失去一位良师益友，深为哀悼，谨电吊唁，并致慰问。"《大波》终于成了未完成的杰作，这是万想不到的事情。劼人不仅是一位热血侠肠的好人，他还是绘声绘影的优秀小说家，也可以说他是成都的历史家，他的小说岂止是成都的风俗志……要是他能再写十年，那多好！他的死对成都人来说，更是一个不可弥补的损失。我也难找到像他那样的朋友。下午得沙汀航（空）信讲劼人的病情（十二指肠溃疡和肺炎），并说他已施过两次手术，子女已经回到成都。沙汀写信时心情沉重，可以从来信上看出来。

1963年1月5日，巴老给沙老的信谈到"到今天我还在为他（劼人）的死难过"，摘要如下：

沙汀同志：

　　你的信收到已十天了。我天天说写回信，可是总有一些事情打岔。今晚上抽空给你写几行。劼人逝世我在25日早晨得到统战部转来的电话就知道了,所以在得到你说他病重的信之前就拍了唁电去。到今天我还在为他的死难过。他的死是文艺界一个损失,这且不说,我个人也失去了一位生龙活虎一般的热情的好朋友。他的印象太鲜明了,尤其是每年在北京开会相处的情景,他的声音相貌我至今还不能忘记。在这些天里我更常常想到你。我多么希望你保重身体,多写点东西。让我们互相勉励罢……你的身体怎样?是不是过了春节离开成都?别的话下次谈。

祝好

巴金
1月5日

巴老一贯珍惜友情,他从未忘记劼老。

粉碎"四人帮"以后,巴老积极支持四川人民出版社出版《李劼人选集》(实际是文集)。

1979年巴老访问法国回来,我

巴金在参观李劼人故居时的签名

恰好出差北京，到首都机场接他。巴老告诉我，法国朋友问他"中国有哪些著名小说家"，他回答时首先提到李劼人和沙汀。

  1987年巴老回到阔别二十六年的故乡，与张秀熟、沙汀、艾芜和马识途欢聚，是文艺界的一件盛事。他们没有忘记老朋友，于10月13日一起（艾老因病缺席）去劼老的故居"菱窠"参观。大家一致认为劼老的塑像很像他，并在塑像下合影。在当年劼老热情接待巴老、张老和沙老的客厅里，巴老告诉我："1961年元旦，我们到这里来看望劼人，他请我们吃饭。"当几位老人在签名册上签名留念以后，巴老再次接过签名册，沉思片刻，拿出自己的笔，用颤抖的手写下："一九八七年十月十三日巴金来看望劼人老兄，我来迟了！"这里的每一个字都浸透着巴老对故友的深切怀念。

  1991年5月19日，巴老在给我的信上说："托你一件事，6月20日李劼人故居举行纪念会，你替我送个花篮去。"

1995年12月19日

不忍告诉巴金

3月1日，马识途老人一早打电话给我，第一句话就问："你知不知道冰心去世了？"我说："不知道。前不久才在上海听说她已转危为安。"马老说："我是刚从广播里听到的。不知巴老知不知道？"我说："估计暂时不会告诉巴老。"

当天，我接到好几个电话。主要是记者想通过我了解巴老对冰心逝世的反应。我说，巴老的身体不好，我不能打扰他，估计家里暂时也不会告诉巴老。果然，上海《文学报》（3月4日）在报道《文坛世纪老人冰心在京逝世》的版面上，有条消息的标题是《不忍告诉巴金》。这是巴老的女儿小林表示的。为什么不忍告诉巴金？

巴金早年失去母亲，性格比较孤独。他从少年时期就喜欢冰心的作品，在冰心的作品中他得到温暖，跟着冰心爱星星爱大海。巴金至今还记得，1923年他离开成都老家的那年夏天，还和一个堂弟一起读冰心的《繁星》。巴金在30年代初，在北平随靳以第一次去看望冰心。从此冰心就把巴金看成是她的弟弟，巴金也把冰心看成是自己的大姐。巴金尊重冰心，称冰心是五四文学运动的一位元老，而他自己"只是这个运动的一个产儿"。

1988年巴金在为《冰心传》作序中说："她写了差不多整整一个世纪。到今天还不肯放下笔。尽管她几次摔伤、骨折，尽管她遭

1961年3月，巴金与冰心（右二）率中国作家代表团访问日本

受不幸、失去老伴，她并不关心自己，始终举目向前，为我们的国家和民族继续献出自己的心血。"

巴金和冰心一起出访过印度、苏联和日本。巴金非常珍惜和冰心在一起的日子。巴金送过我他和冰心访日的照片。1981年3月30日，巴金在给冰心的信上说："4月1日是一年前我们去东京的日子，那个时候多么值得回忆。"

冰心曾向采访她的记者说，她最喜欢巴金的人品，第一是巴金说真话，心口如一；第二是巴金对爱情很忠诚。巴金则颂扬冰心追求"真话"，将近一个世纪过去了，她还用自己做榜样鼓励大家讲"真话"，写"真话"。1990年7月27日，巴金在给冰心的信上说："许多人战战兢兢抱头摇尾的时候，您挺胸直立，这种英雄气概，这种人格的力量，我永远忘记不了！"冰心非常珍惜巴金的信，把它单放在一个盒子里。

冰心和巴金都喜欢带刺的玫瑰。1993年巴金九十岁生日冰心

在日本访问时，冰心和巴金经常一起拜访日本作家

送去了用九十朵玫瑰缀成的花篮。巴金生病期间，冰心极为关心。1989年我到华东医院看望巴金。巴金指着一个木制的供老人看书的小书架，深情地对我说："这叫'书伴'，是冰心送我的。"这以前，1985年冰心送放大镜给巴金。巴金当时视力尚好，暂时用不着。但他说："我要好好地保存它，我知道不久我就需要它了。时间是无情的，要跟它斗，需要一些武器，我得做好准备。"这以前，1984年冰心送给巴金红参。巴金回信说："谢谢您送的红参，这是贵重药品，其实我已经用不着它了。我需要的是精神养料，补药吃得太多了。您的友情倒是更好的药物，想到它，我就有更大的勇气。"

因为疾病折磨，举笔重似千斤，巴金曾几次想停笔，但看见冰心仍在写，仍在呐喊，感到冰心像"一盏明亮的灯"，便"不敢躺倒，不敢沉默，又拿起笔来了"。前几年，巴金有两次向我谈到，如果不能工作，长寿就没有多大的意义。我不赞成他这个看法，对

巴金生日时冰心的祝福

他说:"任何人都有对社会做贡献的时候,也有不可避免的自然规律。您为人民做了很大贡献,即使将来不能工作,只要您健在,对广大读者就是一种力量、一种鼓舞。"

我清楚地记得,巴金最后是这样回答我的:"是呀!冰心健在,对我就是巨大的鼓舞!"

巴老九五高龄,病卧在床,谁忍心告诉他冰心老人已乘鹤西去?

1999年3月13日

他人评说

李致文存·我与巴金

在亲情与理解中写巴金
——读李致记叙巴金的散文

◎ 吴 野[①]

我们读过不少研究巴金作品的论文，也读过许多记叙巴金的活动，或叙述自己同巴金的交往经历的散文。它们在了解这位作家和他的作品方面，给了我们不少的帮助。在这些散文中，李致记叙巴金的散文，具有特殊的意义，特别的韵味。

李致是巴金的侄子。他们先后在同一个家庭里出生，在几乎相同的社会氛围中度过各自的青少年时期。李致的父亲是巴金的大哥，是巴金怀着深深的眷恋与惋惜之情在《家》里描写过的人物的原型。从1981年开始，李致先后写了多篇散文，记叙按家族习惯他称之为"爹"的这位叔父，发表于多家报刊。这些文章，由于提供了翔实的第一手资料，提供了人物传记、辞典一类文体难以涉及的生动细节，因而早已引起了学术界的重视。福建泉州黎明大学编辑出版的《巴金研究》于1994年第2期还曾将《永远不能忘记的四句话》《带来光和热的人》《仅有的四封信》《巴金的心》等，集中地再次给以发表。写得最早的《永远不能忘记的四句话》，还曾被

[①] 吴野：文学评论家。曾任四川省社科院文学所所长。

成都市一些中小学采用，作为对青少年进行人生教育的好教材。作为文学作品来欣赏，这些感情真挚充沛、行文流畅自如的散文，也颇具欣赏价值。文章里流淌着浓浓的亲情与由衷的敬仰，透过那些生动的细节，如见如闻的描述，我们不但看见了巴金是怎样的一个人，而且也可以进一步理解巴金之所以被称为"世纪的良心"的深层原因。

童年的回忆是温馨的，也是凄苦的，因为那正是"风雨如磐暗故园"的年代。当李致娓娓叙述由他的父亲、母亲、三爸、四爸（巴金）和五爷爷（《家》中克定的原型）等人组成的往事时，旧成都那种内地城市特有的陈腐气息开始在我们四周涌起。在这片浓雾似的氛围中，我们看见了一个似真似幻的世界。那是一个真实的世界。在成都，在中国的许多地方，它确实曾经存在过。但它似乎又正是巴金在《家》里所构筑的那个艺术的世界，觉慧就是在那个世界中挣扎着突围而出的。可以说，读李致记叙巴金和李氏家族旧闻的散文，犹如浏览一部心灵的发展史，是巴金的心灵发展史，也是从那个时代过来的成千上万知识分子的心灵发展史。李致的散文既是纪实的，也是抒情的。读着它们，你不能不想到巴金在早期创作中一再描绘过的那个社会、那个时代。巴金就是在这样的社会环境、时代氛围中成长。内向的执拗的性格，使他总是专注地直面现实，进行深沉的思考，寻求人生的答案。不管现实是多么丑恶，多么令人痛苦，他也绝不闭上眼睛，掉过头去。他经历了太惨重的心灵痛苦，包括他挚爱的大哥（李致的父亲）不堪社会、经济和心理的重重压力，在李致才一岁多时便决然自杀；包括他的才华初露的三哥李尧林，为了以微薄的薪水支撑远在成都的家人的生活，积劳成疾，四十岁便溘然病逝，终身不曾结过婚。如巴金所说，他像"一根火柴，给一些人带来光与热，自己却卑微地毁去"……这一切，使巴金从踏上文学之途开始，便显出了与众不同的特色。他后来说过："我写作是为了同敌人战斗。"敌人是谁呢？"一切旧的传统观念，一切阻止社会进步和人性发展的不合理的制度，一切摧残爱的势力，它们都是我最大的敌人"。六十年写作生涯，九十年人生苦旅，他始终不改初衷，无怨无悔。不理解他所来自的社会历史背景，怎能体会到其中的分量？

李致第一次见到巴金，是1941年的事。那时，巴金已经是鲁迅所说的"在屈指可数的好作家之列的作家"，李致仅是十一二岁的少年。少年的目光是清纯的，没有贵贱荣辱的功利考虑。在少年李致眼中，巴金不过就是自己的叔父，只是与别人多少有些不一样，是一个不向祖宗牌位磕头，爱读书，爱写作、爱孩子的和蔼亲切的"新派"四爸。巴金在少年李致的笔记本上写下的四句赠言，给了李致的一生以很大的影响，也明快地揭示了巴金的人生信念：

　　读书的时候用功读书
　　玩耍的时候放心玩耍
　　说话要说真话
　　做人得做好人

在当时，也许人们并不特别重视这四句话，尽管少年李致十分喜欢它，还央求母亲把它裱糊成一个小小的单条，悬挂在书案前早夕观赏。但是，在经历过几十年的风风雨雨，特别在经历过毁灭文化、摧残人的尊严的"文化大革命"之后，在几乎人人都被迫说过那么多假话之后，人们才格外强烈地感受到"说真话"的分量与不易。当巴金的《随感录》陆续发表并结集出版后，整个社会都受到了强烈的震憾。巴金在严酷地解剖自己，人们也身不由己地跟着他陷入深深的思索。"人只有讲真话，才能够认真地活下去"。这是巴金在1980年写下的话，但这绝不是巴金在"文革"后才有的认识。联系五十多年前，他题赠李致的四句话，可以明白地看出，讲真话，做好人，活得认真，活得真实，其实是巴金执着的人生信念，是他毕生的不懈追求。正因为如此，巴金才会成为得到亿万读者热爱的伟大作家。

　　由于叙的是家事，讲的是真情，李致的文笔平实而从容。情节不完整的不勉强增添，任其自然，印象深刻的细节描述得生动鲜明，其间再穿插以作者自己的人生感触，读来便愈觉如品香茗，清心沁脾。李致自己本是资深的文化人，多年从事文艺书刊的编辑以及宣传、文艺工作，见闻既多，感受亦深。他尽力撇开晚辈对长辈、后学者对大师的崇敬之词不用，白描式地勾勒巴金的行为言谈，朴实地描述自己获得的印象，力求从亲情中写巴金声容笑貌，从理解中画巴金人品精神。收入《巴金全集》第二十三卷的，巴金在1987年12月13日给李致的信中，曾经感慨系之地谈道："能够多活，我当然高兴，但是我离开世界之前，希望更多的人理解我。你可能理解我多一些"。巴金的这些话当然不单单是指李致的上述散文，但也足以帮助我们掂出李致记叙巴金的这些散文的分量。

理解那颗心
——读李致的亲情散文

◎ 廖全京[1]

最近，有机会读到李致写他的四爸巴金和其他几位亲人的一组散文，我被其间质朴的亲情打动了，这是经历过无数个风晨雨夕和几多回沧桑变化之后的真情的沉淀，这是心灵与心灵之间的倾诉和倾听，这是对于叶已发黄或依然鲜亮的生活册页的思索和探询，它使我不由想起了清人纳兰性德那真挚绵长的沉吟："一往情深深几许，深山夕照深秋雨。"

从李致的文章中读出一种理解——准确含义上的理解，这一组散文，写到他的母亲（《大妈，我的母亲》），写到他的三爸李尧林（《带来光和热的人》），更多的是写他的四爸巴金（《巴金的心》《不能忘记的四句话》《巴金回故乡》《讲真话的作家——巴金》《我淋着雨，流着泪，离开上海》）。无论写到哪一位亲人，李致的思念和追怀，都是建立在对他们的深深理解的基础之上的。而这理解的种子，最早由他的四爸巴金播种在他幼小的心灵之中。1942年，巴金第二次返回家乡成都，年仅十三岁的李致请巴金给

---

[1] 廖全京：评论家。曾任四川省戏剧家协会主席。

他题词。巴金在李致自制的一本"纪念册"上欣然写下了四句话："读书的时候用功读书,玩耍的时候放心玩耍,说话要说真话,做人得做好人。"从此,做一个说真话的好人,便成为一盏温暖心灵的灯火,始终在岁月长河的那一头将少年人深情召唤。李致带着它,踏上漫漫人生之旅,也带着它,以一个普通读者的身份,而不仅仅是巴金之侄的身份,去理解巴金,理解好人。

理解巴金,理解好人,就是理解巴金的爱,理解好人的爱。经历过人生长途的艰辛跋涉之后,李致回头咀嚼巴金送给他的四句话,才觉得体悟到了它的真谛。什么是好人?"好人应该具有'毫无自私自利之心的精神'。""人活着,就要有益于社会,多付出,少索取。"这是一种大爱之心,在巴金身上,这种爱心的萌芽,来自他那宽容厚道的母亲的催生。关于母亲,巴金曾经这样回忆道:"她教我爱一切的人,不管他们贫或富;她教我帮助那些在困苦中需要扶持的人;她教我同情那些境遇不好的婢仆,怜恤他们,不要把自己看得比他们高,动辄将他们打骂。"尽管岁月的打磨与生活的淘洗,使巴金的具体的爱超越了母亲当年在他心中播下的抽象的爱,但这种泛爱精神确给青年巴金提供了一个走向光明的进步的起点。与巴金童年时代从母亲那里接受的爱的教育比较起来,李致在几十年的人生经历中,从巴金和其他亲人身上接受的爱的教育,已经不可能那么空泛了。他从母亲平凡的言行中,记取了她老人家那"宁教人负我,不可我负人"的高尚的做人准则。他从三爸李尧林身上看到的,是一种真挚的、无言的爱:三爸"不是什么英雄人物,也没有什么惊天动地的事情,然而'像一根火柴,给一些人带来光和热,自己却卑微地毁去。'"他从四爸巴金身上感受到的,是他对伯伯(巴金的大哥、李致的父亲)自杀的理解和同情,是他一生的主张:生命的意义在于奉献不是索取。多少年以后,李致深情地回忆起青年时代读过的王尔德的那篇名叫《快乐王子》的童话,回忆起巴金翻译的这篇童话里那位热心帮助受苦受难的人们的快乐王子,豁然领悟到"巴老不正是当今的快乐王子么?"

理解巴金,理解好人,就是理解巴金的憎,好人的憎。巴金用自己一生的文字和行为,向世人宣布:"一切旧的传统观念,一切阻止社会进步和人性发展的不合理的制度,一切摧残爱的势力,它们都是我最大的敌人。"他的激流三部曲、爱情三部曲以至《寒夜》《憩园》,无一不是对上述敌人的憎的丰碑。而他在"十年浩劫"中的那段灵与肉的苦难历程,则将他的憎升华为一种特殊年代里的博大而庄严的民族精神的表征。李致正是在"文革"风浪的颠簸中,进一步走进巴金的心灵,获得对巴金的憎的真切理解的。《我淋着雨,流着泪,离开上海》,是一篇泪水被愤怒的烈焰烧干之后从心底流淌出来的文字。"文革"中是非颠倒,黑白混淆,人间真情被漫不经心地抛入冰水之中。巴金陷入一座无形的黑暗囹圄。辗转于"牛棚"与干校之间的李致,心中一直牵挂着亲爱的四爸,担心着他的命运。于是,有了中断联系六年之后的通信,有了悄悄绕道上海看望巴金的动人之举。我们不妨把李致对这次看望的回忆,看作是他对巴金的心的一次独特的理解。那个时刻的巴金,心中的火焰并没有熄灭。为了表达自己对摧残美好生活的黑暗势力的憎恨,他开始全译俄国革命民主主义者、作家赫尔岑的一百几十万字的回忆录《往事与随想》。"我每天翻译几百字,我仿佛同赫尔岑一起在19世纪俄罗斯的暗夜里行路,我像赫尔岑诅咒尼古拉一世的统治那样咒骂'四人帮'的法西斯专政,我相信他们横行霸道的日子不会太久,因为他们作恶多端,已经到了千夫所指的地步。"正是在这前后,李致走进了巴金的心灵——对"四人帮"的憎恨,使两代人的心如此节拍与共,和谐相生。

我感动于李致对巴金和好人的理解,我也感动于李致对自己的理解的朴素、深情的表达。在这一组亲情散文中,李致努力实现着心灵与心灵的会见。既然如此,他必须拒绝矫情与粉饰,做作与卖弄。对于他来说，需要的恰恰是"对于辞藻的奢侈的摈弃"，是"脱去了华服的健康的袒露"（艾青：《论诗》），是去浮存实，弃伪从真。李致正是将这种境界视为自己的艺术目标。因而，他追求行文的自然朴素，总是让激情的溪流汇聚成平静的池水之后，再呈现于读者的眼前。那篇《大妈，我的母亲》就是这种外在的水波不兴与内在的惊涛裂岸的统一。这篇回忆母亲的文字，娓娓道来，明白如许，自然得如白云依恋于山岫，平实得似小草蔓生于大漠。读过之后，不仅母亲那慈祥的音容笑貌乃至她的幽默，历历如在目前。而且母子之间的真情真能催你泪下。从李致的文字中，你会明显感受到巴金那热烈而质朴的文风的影响。

　　在这篇文章快要写完的时候，我在《巴金全集》第二十三卷所载巴金给李致的信中，读到这样两段话："……我离开世界之前，希望更多的人理解我。你可能理解我多一些。""你有机会过上海时，可找我谈谈，你可以理解我心上燃烧的火，它有时也会发光，一旦错过就完了……"读到它时，泪水使我的两眼酸涩起来，人与人多么需要彼此沟通啊！而沟通的前提便是相互理解。从这个意义上说，人类的写作，乃是理解的一种方式。李致对巴金的理解，是老人晚年的一种安慰。如果说，真挚也是一种人生境界，那么，在对巴金的理解中，李致正在深入这样一种境界。我想，这正是巴老的希望。

巴金叔侄

◎ 周禄正

世界之大，无奇不有；有缘相逢，戏中难求！在我国家喻户晓的《百家姓》中，假若要我寻找哪一个姓氏与魏明伦有缘，那就是"赵钱孙李"的最末一个字。据我所知，魏明伦这一辈子与姓"李"的人缘分不浅。极力支持他，与极力压制他的人都姓"李"！支持他的是李家叔侄。叔叔叫李芾甘——即文坛泰斗巴金；侄儿是四川省委宣传部原副部长李致。如果说吴祖光是他的"恩师"，余秋雨是他的"恩友"，那么李致便是他的"恩兄"！

巴老是魏明伦最为仰慕的四川老乡。从小爱读巴金先生的系列小说"激流三部曲"。替觉新担忧，替瑞珏伤心。李致的父亲便是巴老的大哥李尧枚，是巴老《家》中主人公"觉新"的原型。李致另一个小叔叔李济生，与巴老同住上海。1982年，魏明伦从四川老记者车辐那里得阅李济生的来信。信上说，巴老从电视预告中获悉，中央电视台将播放魏明伦编剧、自贡市川剧团演出的《四姑娘》。老人很早就守候在电视机旁，全神贯注看完此剧，非常满意，并托李济生向剧作者致意。

1983年10月，魏明伦应上海戏剧节之邀赴沪讲学期间，到华东医院探望巴金。老人白发苍颜，精神矍铄。他一见魏明伦就说："你写的戏，我在电视里都看了。《四姑娘》《易胆大》《巴山秀才》，你连中三元嘛。我是四川人，你我都是巴山秀才嘛。"将近一个小时的对话，巴老鼓励魏明伦多思考，说真话。写好戏。

第二次魏明伦与巴老见面,是由李致牵线搭桥。

1987年金风送爽的时节,八十三岁的巴老从上海回到四川,又从锦水之滨来到釜溪之畔。他在侄儿李致的鼓动与陪同下专程到自贡,一是看恐龙,二是看川剧。魏明伦闻讯赶往宾馆探望,见巴老衰老虽加,但真诚不改,与魏明伦拉起家常话,念念不忘几年前他俩在华东医院促膝谈心。并说:"这几年自贡的川戏特别著名,是你写的几个剧本,把自贡打响了!"魏明伦笑着告诉巴老:"我写《潘金莲》,把您老也写进去了!"当即朗诵剧中唱词:

比较学,跨朝代,
巴金之《家》联想开!
冯乐山可似张员外?
鸣凤金莲同悲哀。
三少爷觉慧今何在?
宝二爷与三少爷共一胎⋯⋯

老人听着,露出会心的微笑。那天晚上,魏明伦陪同巴老观看剧团演出《易胆大》等大型剧目中的四个折子戏。巴老神采焕发,兴味盎然。当《巴山秀才》《迂告》一折中秀才临死还在纠正总督念别字时,引起老人一阵阵笑声;当《潘金莲》《追求》一折中几句帮腔:"关二爷,偏不似怜香惜玉的宝二爷!"当即引起巴老共鸣,向魏明伦低语:"在中国,封建观念还是根深蒂固的。川剧《潘金莲》形式荒诞,内容很深刻。这种探索应该肯定。"演出过程中李致几次提醒四叔巴金:"身体受不受得了?还看不看?"巴老戏瘾甚大,目不转睛盯住台上说:"不要紧。看戏,看下去。""文革"以后整整十年,巴老因年高多病,无论是在上海、在北京、在海外,他都没有进剧场看过一次戏。这回却在李致的陪同下,破例到小小的自贡剧场过了一次戏瘾,坐了整整两个半小时!

次日清晨，李致特意告诉魏明伦，巴老要送书与他。当魏明伦前去送行时，老人把一卷长篇名著《寒夜》送与魏明伦，并再一次嘱咐："你不但努力，而且胆大，这很难得。我希望你多出新作，希望川剧振兴。"巴老挥手告别时，特别关照魏明伦少抽烟，爱护身体。以后，又几次通过李致、车辐，促明伦戒烟。1995年，魏明伦果断地把烟戒掉。这与巴老的敦促不无关系。

1983年，李致刚出任四川省委宣传部副部长，并主管振兴川剧工作。一次李致陪同阳翰笙、陈白尘等著名剧作家去宜宾观看川剧《草莽英雄》，原定计划看了戏应回成都。正好这时魏明伦与南国合著的《巴山秀才》上演，自贡市文化局派人到宜宾请他们一行来自贡观看。李致立即拍板，全力促进阳翰老等前来。李致与魏明伦一见如故，对《巴山秀才》更是情有独钟。看完之后便直呼魏明伦为"巴山秀才"，称其夫人丁本秀为"秀才娘子"，一直叫到如今，李致本人也成了魏明伦剧作最忠实的观众和读者之一。作为"振兴川剧"的成果，在许川、李致为代表的四川省委宣传部领导的大力支持下，《巴山秀才》从自贡演到北京、上海、南京，从剧院演到学校，李致既陪专家学者领导看过这部戏，也陪普通学生一般观众看过这部戏。给李致最深的印象是周扬看完《巴山秀才》后，拉着魏明伦的手说："戏写得很好，特别是孟登科死前说'醒时死，死时醒'，我感受太深！"让李致感受更深的是，不仅老观众喜欢魏明伦的戏，青年观众也是如此。他曾和大学生一起看《巴山秀才》，大学生的反应非常敏锐。李致后来在《川剧大功臣》一文中高度评价魏明伦说：

> 他的戏上座踊跃，一开演则鸦雀无声。观众随剧情发展，或放声大笑，或突发惊叹，或伤心流泪。戏剧欣赏水平较高的上海观众，谢幕很难收场。故事情节，都是在情理之中，意料之外，大悲大喜，跌宕起伏，观众不愿漏掉任何一个细节。剧

中人物个性鲜明，看后历历在目，叫人难以忘却。唱词和台词，或引经据典，或用民间俚语，或采现代流行词汇，把它们巧妙地结合在一起。特别是他敢于创新，作了各种探索，真正做到"一戏一招"。他用"曲高和众"赢得观众，不媚俗不搞品位低的东西。我十分赞同四川一位剧评家说的："若要人迷戏，除非戏迷人。"明伦能使他的戏迷人，迷到"一见钟情"的程度。

李致对《巴山秀才》不遗余力地扶持，算得上是锦上添花，他对魏明伦戏剧创作探索阶段的支持，就属于"雪中送炭"，也就更需要勇气和胆识。早在魏明伦创作《岁岁重阳》时，因导演采用无锣鼓纯音乐演出，便曾受到一些非难："难道以后川剧都不要锣鼓了？"李致就明确指出："并不是所有川剧以后都不用锣鼓，这种探索也是允许的。"他对《潘金莲》《夕照祁山》这两部引起不少争议的作品更是加意呵护，显示出非凡的眼光和过人的胆识。这不仅是在"雪中送炭"，甚至在某种意义上还可以叫作"玩火"——对那些眼中把"官帽"看得至高无上的人来说，这样做对仕途有百弊而无一利。但是"苟利国家生死以，岂因祸福避趋之。"李致深知这"炭""火"不是送给魏明伦一个人的，而是送给整个川剧界的，因此也就不顾个人安危了！通过《巴山秀才》演出所获得的效果，让李致敏锐看到：魏明伦的出现把川剧引入了一个新的发展阶段，川剧从表演的丰富发展到剧本的精致，现已经达到了剧本创作与舞台表演两者交相辉映双双出彩的艺术境界。但是，作为振兴川剧领导小组的成员，李致与魏明伦同样十分明白这样一个严酷的现实：面对影视的竞争，川剧陷入了前所未有的危机，如果不探索不改革，便是坐以待毙，无异于慢性自杀。魏明伦创作《潘金莲》正是朝这个方面进行新的探索，无非是为其注射"强心针"或寻找"还魂草"，其目的正是为了挽救川剧的没落与衰败。正因为如此，李致与四川省委宣传部长许川不怕招惹非议，敢于冒着风险，对探索性剧目《潘金莲》表现出十分宝贵的宽容胸襟与扶持举措，并把《潘金莲》调到成都公演十二场。李致专门发表了一篇旗帜鲜明的文章《要鼓励探索》，义正词严却又心平气和地指出："对《潘金莲》的争议比较大，但省振兴川剧领导小组和省文化厅把它调到成都演出，其目的：一是支持自贡市川剧团的探索与试验精神；二是活跃川剧舞台。有同志不赞成，说'调《潘金莲》到成都演出，这种做法本身就是荒诞的！'有这么严重么？可能是开玩笑的。要允许人家探索和试验嘛。"1987年初，四川省与自贡市都有人借"反自由化"之机，以《潘金莲》作为突破口，想把魏明伦当成"自由化代表人物"一棍子打死。当时香港影视剧艺社在新华社香港分社的支持下移植搬演《潘金莲》，邀请魏明伦到香港去观看首演，却有人暗中干扰，故意刁难，以致过了首演日期还没能办好护照等相关手续。后在许川、李致、刁金祥等几位开明领导的关怀下，才得以成行，赶上了第二轮演出。自贡市官方有人竟把这种"为剧作家创造和谐宽松环境"的正确立场、开明态度，诬为"许川、李致一贯右倾"，此一类偏见真是"左"到了极端。

对于另一个有争议的剧本《夕照祁山》，李致更是热情扶持。此剧尚未问世之前，省剧协一位主席既没看演出，更没看剧本，便在自己掌控的刊物上发表批判文章，捕风捉影地罗织种种罪名。李致却对这个遭受非议被打入"冷宫"的剧目异乎寻常地偏爱。他告诉魏明伦：细读这个剧本，夜不能寐，与老伴披衣传阅，吟诵起来，唤起他俩年轻时读曹禺剧本的感觉。魏明伦自谦"老大哥此语，实乃过誉"。我则以为感觉相当准确，表述恰如其分。口之于味，有同嗜焉。只要烹饪出的是一道好菜，不论是宣传部长、还是普通读者，都会拍案叫好。所不同者，作为书香世家的李致，更能充分品尝出常人难以完全体会出的那种阳春白雪的高洁大雅韵味。从改革开放以来，魏明伦所创作的九个大戏，无一不是实践了他的独家宣言："我从少年习作以来，早就有感于此。立志苦吟成戏，自定戏文'指标'：戏剧性与文学性并举，可看性与可读性兼备。台上可演，案头可读。八字口诀，两'可'之间。不敢自称诗剧，力争接近诗剧。"其中最有代表性者，毫无疑问当属《夕照祁山》。其文学性特强，也难怪为李致所激赏。但李致欣赏《夕照祁山》，又何曾仅仅在词章优美上？大约还与他肩负领导"振兴川剧"的重任有关。在内心深处，他和剧作者魏明伦的痴迷川剧、热爱故乡的感情，与诸葛亮"忧心国事""知其不可为而为之"有某些相通相似。我敢于大胆断定：在《夕照祁山》剧中诸葛亮的这些唱词："鼎盛春秋飞旋去／挽啊／挽不回黄金时节／去也／全去也／剩荧荧灯影／萧萧落叶／落叶归根不得／集酸甜苦辣忆蜀国／都江堰水灌田野／蜀锦织女摇纺车／井盐辘轳转日夜／僰人悬棺暮云遮／川酒醇／川椒烈／川肴美／川味绝／川语如橄榄／川歌似甘蔗／川人尽桃李／川情赛松柏／拜别／诀别／黄泉无限川江变／来生再做蜀川客……"在某种程度上便是李致与魏明伦自身心情的真切写照。如果不是对振兴川剧事业的高度关怀，不是对自己家乡四川的深深眷恋，李致是不可能深深理解魏明伦在这些诗句般唱词之中蕴藏的深邃意境。因此，魏明伦在谈起李致时说出这样深情的话："我俩之间，不套用伯乐与千里马的比喻，更像是高山流水抚琴与听琴的关系。"

在魏明伦的心目中，李致是一个老大哥，更是一个大好人。他没有白衣秀士王伦的鼠肚鸡肠，他有着及时雨宋公明的宽宏大量。他偏爱魏明伦的剧作，却并不厚此薄彼。只要是好作品，不论是哪个剧作家，他都是全力扶持。为了振兴川剧，他风里来雨里去，对于上演的新戏，只要是能去看的，想方设法也要去。他作为省委宣传部副部长，在看戏时与观众打成一片，甚至远比观众辛苦。戏完之后时间很晚，在上台看望演职员工之后，有时还要拉上几把椅子，在舞台上围个圆圈坐下来开会征求意见。即便对那些与自己意见不同，对魏明伦剧作横挑鼻子竖挑眼的戏剧评论家，李致也并不

"横眉冷对千夫指",在为魏明伦的剧作鸣锣开道时,李致却又实实在在"俯首甘为孺子牛"。

但李致对魏明伦也并非只有奉献没有"索取"。他对魏明伦的"索取"除却要他多写好戏之外,便是向他"索取"著作。不过李致向魏明伦的这种"索取",倒十分像"周瑜打黄盖——一个愿打,一个愿挨"。魏明伦曾名为"诉苦"实为得意地说过:"在我的印象中,他是什么都不要,就是要书!他要书要到了'索取'的程度!贪财者索贿,爱书者索书!人各有志,本性难移。我只有二十几种不同版本的著作,被李致老大哥'索'去了十八种。最近我出了两本新书:《魏明伦短文》和《图说名家格言(魏明伦卷)》。他打了几次电话索取,又迫不及待,亲自爬上我家三楼,气喘吁吁,伸手要书。他爱书,我爱他!宝剑赠壮士,红粉赠佳人。酒对知己饮,诗向会人吟。我与李致老大哥是君子之交淡如水,读书兴趣浓如酒。"

李致能成为一个坦荡敦厚的真君子大好人,与他四叔巴金几十年来言传身教密不可分。据李致回忆说:1942年,已经成名的巴金回到四川,很多年轻人都拿着"纪念册"来请巴金题词。十多岁的李致也过来凑热闹,没想到巴金并没有拒绝,还在侄儿的本本上写下四句话:"读书的时候用功读书,玩耍的时候放心玩耍,说话要说真话,做人得做好人。"这几句朴实无华却又饱含哲理的话,影响了他整整的一生。巴金给李致写这段题词早在六十多年之前,魏明伦刚刚出世。"说话要说真话,做人得做好人"与魏明伦的为人之道不谋而合,也成为李致与魏明伦两人共同追求的目标。正是在这点上,李致老大哥与魏明伦小老弟有着最根本的相通点:共同的事业,共同的兴趣,共同的人生观,使他俩不是兄弟,胜似兄弟,既能共富贵,又能同患难,真正做到了风雨同舟,手足情深。

李致散文中的亲情篇章

◎ 吴若萍[①]

　　李致既是巴金侄儿,又是散文能手。由他来写巴金出生的那个大家庭的兴衰沉浮以及巴老在"文革"中的思想情感、精神状况,比起别人来写要贴近、亲切、细腻,原是很自然的。如在《往事》中写巴金大嫂——作者的母亲含辛茹苦的一生,以及在动乱岁月中作者冒着挨批斗、坐班房和跟四爸——当时定成"反动学术权威"巴金——永远交代不清的风险,只身去上海探望正处审查中的巴老的亲情文章就很出感情。在这些篇章中作家以他惯有的质朴平实的叙述风格,讲述着他母亲作为"四世同堂"的大家庭长孙媳妇跟公公、妯娌、兄弟乃至子女间遇到的矛盾和困难,她的忧郁、欢乐和喜悦,以及她经历各个不同人生阶段、多方面的独特精神世界。特别写到她丈夫——巴金大哥——突然自杀。五个子女又小且又负债累累,在这个天崩地塌的灾难跟前竟没有被吓得趴下,而是表现了几千年优秀文化孕育出来中国妇女的冷静和坚毅:母兼父职地抚育子女,并将突发灾难作为催发孩子成熟的养料,生活上采取开源节流措施;正在天津南开教书的三爸也"每月按时汇款回家",好

[①] 吴若萍:四川文艺出版社副编审。

心亲友也给母亲送些钱来"。然而祸不单行，不久抗战爆发，天津沦陷，收不到三爸汇款。而物价暴涨，原来亲友间接济的钱币大量贬值。面对如此困境，母亲再次挺直腰杆，勇敢地跨出家门帮人画画、绣帐檐、枕头挣钱；还跟舅妈合伙做豆乳、豆瓣生意；邻居、亲友也不断伸出援助之手，常让母亲做"会头"（打会系民间一种自助形式，"会头"即拿首会）多次解决生活和学费燃眉之急。1941年四爸巴金回到成都，而对家庭现实困难，毫不犹豫地接过三爸的担子，从他微薄稿费中，每月支取若干贴补生活，而自己过的却是极为清苦的生活，甚至四十岁才结婚。就是凭着母亲坚强的毅力，三爸、四爸的自我牺牲，以及一方有难八方支援的民族美德，才使母亲领着五个幼小子女从灭顶之灾的困境中走出来。同样催人泪下的是作者在《我淋着雨、流着泪，离开上海》的描写。大家知道，半个世纪以来，巴老从心底处流出来的爱汁谱写了一本本诗的篇章，曾燃烧过多少人——尤其是青年人的心灵，使他们成为有理想、愿意献身于人类美好事业的人。巴金这个名字早就公认为世界良心。远在30年代就被伟大作家鲁迅称为"一个热情的、有进步思想的作家，在屈指可数的好作家之列的作家"（《且介亭杂文续编》）。就是这样的文化巨匠，"文革"中在"四人帮"把持的报刊上却被污蔑为"典型的资产阶级精神贵族""过着寄生虫、吸血鬼的生活，写的都是反党反社会主义大毒草"；抄家、批斗，而恰在此时跟巴老患难与共相濡以沫的爱妻又被折磨死去，使巴老处于空前孤独和极度悲痛之中。"四爸站在一旁穿件短衫。左袖上戴着黑纱，两手叉腰，面对死去的爱妻遗容低头哭泣。"面对这张相片，作家的心也跟他四爸——巴老一起痛苦地流着鲜血，他再不能考虑任何利害得失，他豁出去了，借口医治眼疾从北京绕道上海，机警地闪进了巴老住处，两天两夜跟巴老同床亲切交谈，临别时紧握巴老的手像发誓似地望着巴老说："'如果你的问题解决不好，你可以回成都，我能用自己的劳动供养你！当时，我们都很激动，四爸没有说什么，至少没有表示反对。"告别的早上作者原不想惊动巴老，但巴老却与作者同时醒来，此时正下着大雨，巴老将自己的雨衣让作者穿上，紧握着手互道"保重"，门外大雨滂沱，流在作者脸上的不知是泪水还是雨水……

我们这个民族曾多次濒临危亡然而终能临危不堕，并一次次从绝境里重生奋进，屹立于世界民族之林，其重要原因就是我们这个民族拥有五千年优秀文化传统；亲人间的风雨同舟，以及群众中古道热肠精神都是它的生动体现，它成为这个民族团结的黏合剂，如今作者通过对巴老大家庭兴衰沉浮的描绘，再次展示了这种可贵的精神，它将激励更多人发挥这种不被困难吓倒，一方有难八方支援之精神，迎接来自内、外未来生活的挑战。

永烁星光之地
——读《我的四爸巴金》

◎ 杨　君

巴金这个名字，在鲁迅之后，只怕是中国人最为熟悉而又陌生的两个字了。人们知道他写出了"激流"三部曲，写出了《随想录》，是一个时代的标杆，人们更想知道，写出这些文字的人，他的内心世界又是怎样的呢？是什么让一个青年写出自己家族的黑暗？又是什么让一个老人直面社会的伤疤？

巴金是人们心目中的文艺巨匠、文学大师，也是子侄辈中可亲近的"四爸"。巴金本名叫李尧棠，他的大哥——也就是《家》中觉新的原型——李尧枚，有一子四女，《我的四爸巴金》一书，正是由李尧枚的儿子李致所著。在这本书里，我们可以看到一个在人生的困境中依然情绪激昂的老人，他的心灵世界，有着即使黑夜也无法掩盖的美丽心灵闪耀的星光。

对于李致而言，他出生不到两岁，父亲李尧枚就离开了人世，而在李致成长的时候，他的家族已不是那个带有帝国余晖的封建大家族，虽然仍是个大家庭，但吞噬生命活力的不再是封建礼教，而是困顿的生活窘境。巴金的大哥、三哥，可以说是为了家庭生活的延续而耗尽了自己的生命，即令是巴金自己，作为李致的"四爸",在两个哥哥死后,毅然挑起了家庭生活的负担。生活的奔波劳苦,社会的黑暗腐朽,给了巴金的心灵以撞击,但并没有摧毁它,相反,心灵之地日益坚强,困境之中,巴金依然坚守着自己的理想,并为之奋斗。

过早失去父亲的李致,早已将巴金当作父亲,他的人生信条、生活轨迹,无一不印刻着巴金的痕迹。

对于自己的大家族,巴金充满了爱。即使在八九十岁的高龄,提起早亡的哥哥们,甚至是早夭的侄儿,他仍然会伤心痛苦,对他们的死记忆犹新。家族对于巴金,从早先的精神压抑到后来的生活重担,是那个时代的许多"进步青年"都遭遇的故事,很多人在走出家门后就再也不愿回头,提起家族的过往总是带着轻蔑,而巴金却从未如此。对亲人,他时刻记挂心上,他从不曾抗拒过家族的拖累和负担。这种对亲人的爱,是李致从巴金身上首先领受到的。

对于读者,巴金充满了爱。新中国成立后,巴金是作协成员,却是唯一不领工资的作家,他真正做到了自食其力。也因此,读者对于巴金而言,除了思想的交流,还有更为淳朴的"衣食父母"的概念。"把心交给读者。"巴金这样说,更是这样做的。年轻之时,他用稿费接济生活困难的读者,当他身体衰弱到常住医院的时候,有喜爱巴金作品的读者将作品名称一一做了印章送给他,他首先想到的是不要让读者劳累奔波,甚至不顾八十七岁的高龄,亲自将来访的读者送到门外。这种对他人的爱,是李致在工作中时时谨记的。

对于社会,巴金更是充满了爱。他面对腐朽的旧社会,写出了导引青年革命的文字,而面对"十年浩劫",他也从不回避,《随想录》的出现,就是最好的明证。时代风云的变迁,高山与低谷的人生际遇,巴金都曾经领略过。有人在旧社会的欺压下活了下来,却在"浩劫"中对人生绝望到放弃生命。巴金却从不放弃,他问心无愧地活着,即使是"暗夜里行路",仍然挺直了腰杆,活得顶天立地。这种对人世间的大爱，是李致从巴金身上感受到的，也是他毕生所追求的。

"我有感情要发泄，有爱憎需要倾吐。""只想把自己的全部感情、全部爱憎消耗干净，然后心安理得地离开人间。"——唯有如此丰沛的感情，才使巴金始终怀着爱，才使他能够直面人生的种种际遇。

离开了人间的巴金不会遗憾，因为李致并没有忘记四爸的言行，他也像四爸一样，尽力地将这些感情故事的碎片收集起来，不要让世人遗忘，要让世人知道，有过一个怎样的巴金！

那丰沛的情感时时存在，无论是黑暗的过往、"文革"的浩劫、困锁身体的病床，因为它们存在于巴金的心底，那是永烁星光之地。

犹见巴金
——李致散文撷英

◎ 尹在勤[1]

平生无缘识见巴金,但读过李致先生馈赠的几本散文集,从它们的字里行间,仿佛见到了巴金。这几本散文集按其出版时日,先后是《往事》《回顾》《巴金教我做人》《昔日》,记写的是诸多往事或故人,并不限于巴金,然而对于巴金的惦念、牵挂和敬仰,却像一湾流水,浸润着每一本的册页。每一本都少不了关于巴金的文字,不唯占了绝大的比重,更是浓郁着特有的亲情,亲情淘尽了虚玄和伪饰,熔铸着纯真和至诚。

翻读李致的这些散文,我忽生联想,想起我曾见过的李致珍藏的那一本掌中宝似大小的相册,里面全是亲属们与巴金的合影。那是五年前,我刚近退休年岁,毅然从象牙塔中走了出来,经友人诚邀,去省国税局《四川税务报》主持副刊编务,从刊头到文稿,得到了蜀中许多大家的支持,李致先生便是其中的一位。他不仅与马老、流沙河等为副刊题词,还为我所求,提供了巴金当时的近照作为副刊刊头。他捧出的正是那一本珍藏的相册。他任我挑选,条件

---

[1] 尹在勤:四川大学中文系原教授。

是必须妥善保存归还。我挑出了那一张巴金坐在轮椅上摄于杭州西湖边的近照，回报社编好稿件，发排时亲自去照排室守着扫描后即收回，一周后连同样报一起璧还李致先生，以释李致先生对于那相片的挂念。李致散文中若干篇章，展现的正是这种珍爱之情，是他对四爸巴金的教诲的珍爱，是对巴金品格的珍爱。

于温馨的亲情中，凸显巴金的人品和文品，正是李致散文一大独特的亮点。巴金的诚实、善良、无私、谦和以及他为文的真切、坦荡、畅达、精深等诸多毫无半点夸张或铺排，而是于朴实的记写当中，像巴金一样地说着真话实话，字里行间巴金的身影和心迹便活灵活现。

比如写巴金的无私，李致本有许多素材可以尽情铺陈，然而却没有，只如实地述说甚或只选录了巴金的一些来信。试看1980年12月9日的一封信，巴金对李致写道："今天收到《中篇选》的稿酬。我说过不要稿酬，本想退回，觉得这样也不好。以后坚决不要。屠氏，不要送稿酬了，还是照从前办法，送我一点书，就行了。我在香港三联书店出版《随想录》，首先声明，不要稿费。"又在12月19日信中写道："那天叫小祝去取你们寄来的稿费，问银行是否扣除所得税，银行说应当由你们扣除。我现在问你，如未扣除，就算由你们代交，我汇还。"当时作为四川人民出版社总编辑的李致，编发过巴金许多书，包括那套巨型的十卷本的《巴金选集》，就这样遵四爸多次嘱咐，把应付的稿费，转赠给了北京中国现代文学馆和四川有关部门。巴金并不是富翁，李致先生过去摆谈时告诉过我，于今也见于他的散文《巴金的心》等篇。巴金是建国以来唯一没有领取工资仅靠稿费生活的专业作家。且我们还知道，他并非普通专业作家，还是中国作家协会主席、全国政协副主席。这便是李致在散文中揭秘的巴金的高风亮节。

又比如善良谦和。在巴金那部说真话的大书《随想录》以及在李致的散文中，皆多所展现，兹不赘述。这里我想起一件多有读者知道但却恐少有人品出韵味来的一条社会新闻。前不久报载，成都有一位女士，开设了一家高档茶楼，为求文化氛围，擅自以巴金名著命名，被媒体曝光，有一家出版社甚至声言要起诉其侵权。李致却主动去到那家茶楼，会见了那位女士，看了现场，问明原委，表示对其动机的理解，认为她也是出于对巴金作品的热爱，只不过做法欠妥，改了就好。一场沸沸扬扬的风波悄然平息。这样的处理，我深信正合巴金善良谦和的心情，也体现了李致牢记着遵循着四爸在他年少时就教他的"做人得做好人"的准则。

淡雅，敦厚，是李致散文的艺术风格。在李致的散文中，写得最为动情的有如《我淋着雨，流着泪，离开上海》那样的篇什。文中述说"文革"中为四爸巴金提心吊胆的情景，偷偷与四爸通信的情景，以及秘密绕道去上海看望巴金的情景，如此凄楚动人，该有千言万语！即使这样的情景，李致却如此节制他的笔墨：家里显得很冷清。造反派封闭了楼上所有的房间，全家被赶在楼下居住。原来的客厅成为四爸和小棠的卧室……没有人来串门。

萧珊妈妈逝世给家里笼罩了一层阴影。记得我第一次来上海时，到处都有她的身影和笑声……我不敢向四爸提到萧珊妈妈。我只在玻璃板下看见一张萧珊妈妈逝世时的照片：萧珊妈妈躺在床上，全身盖着白布单；四爸站在旁边，穿一件短袖衬衫，左袖上戴着黑纱，两手叉着腰，低着头哭泣。突然感到自己也到了现场，和家人一起给萧珊妈妈告别。

即使是淋着雨，也是悄悄地；即使是流着泪，也是默默地。李致在结尾时写道，四爸把他的雨衣给我穿上，我们又一次紧紧握着手互道："保重！"我实在舍不得离开四爸，但我岂敢不按时回到要我"脱胎换骨，重新做人"的"五七"干校？我只得双手提起行李，毅然离开家门，快步赶到公共汽车站。我满脸流着水，是雨水，也是泪水。简约的笔墨勾勒着凄怆的情景，白描式地不修饰，情感却分外浓郁真挚。犹如巴金，写自己在那场浩劫中的遭遇，从不把自己伪饰成反浩劫的英雄，而是真诚地述说着自己在当时与众生一样的种种表现。李致也许并非刻意模仿，却从他的四爸巴金那里承继了这种说真话的笔法。真是文如其人，李致的散文如他处世为人，总是那么平和，从不做作，更不拿腔拿调。

对于巴金的足迹，从早年、中年到晚年，李致在散文中，皆有间接或直接，或简约或详尽的记述。这些散文，不仅作为艺术品感染着人们，而且具有极其珍贵的史料价值。

一个走入巴金心灵的人

◎ 萧祖石[1]

一

1967年5月10日，在李致的记忆中，是最难忘的一天，比造反派宣布他靠边站，强迫劳动，打扫厕所还难以接受。因为这一天，"权威"报纸点名批判巴金，罗织了许多罪名，骇人听闻，把他一向崇敬的四爸，诬蔑成了十恶不赦的人。这爆炸性的新闻震动了中国文坛，震动了北京市正义路三号大院的团中央机关。

闻风而动的造反派，马上贴出大字报，大标语，勒令当时任共青团中央《辅导员》杂志社总编辑的李致与巴金划清界限，交代与巴金的黑关系，揭发巴金的罪行，等等。除了大标语，李致什么都没看清。他满脑子都在为巴金一家的安危担心：四爸顶得住这来势凶猛的压力吗？萧姗妈妈和小林、小棠是否受到了牵连？他们还住在武康路吗？

李致是巴金大哥李尧枚（小说《家》里觉新的生活原型）的儿子，是巴金的亲侄子。巴金供养过他，帮助他上好的中学读书。按父辈排行，巴金行四。李致叫他四爸。往事，溪流般缓缓地从眼前

---

[1] 萧祖石：作家。曾与李致同在共青团中央工作，后为人民美术出版社编审。

流过:李致原名李国辉。巴金给他取了个洋名叫Peter(彼得)。李致后来才知道,Peter是四爸年轻时信仰的为劳苦大众而献身的俄国革命者克鲁泡特金的名字。显然,巴金希望李致长大以后,成为一个为劳苦大众服务的革命者。1941年,李致第一次见到巴金时,正上小学。因他患过虐疾,四爸以后为他买来一种叫'扑虐母星'的药。第二年,四爸回来,李致与他同睡一张大床。那时,李致非常贪玩,常常是到了吃饭的时间,家里人把他从外面抓回来。四爸风趣地对他说:"你就改名字叫李国飞吧!"李致不知道四爸是在批评他,还想着要真能飞起来才好玩哩!李致看见青年人请巴金题字,赶快仿照。巴金为李致题写了四句话:"读书的时候用心读书,玩耍的时候放心玩耍,说话要说真话,做人得做好人。"

1947年,十七岁的李致因为参加学生运动在重庆被捕。住在上海的巴金,鞭长莫及,就拜托好友、四川有名望的教育家吴先忧把李致保释出来;1955年,李致因所谓的'胡风反革命事件'受牵连,被隔离审查,半年没有结论。巴金趁到北京参加全国人民代表大会的机会,向同在四川团的人大代表、重庆市委书记任白戈打听李致的情况。李致本来就没有问题,不久就恢复了工作。

李致像株风雨摇曳中的小树,巴金像呵护他成长的园丁,关注着他。如今,在灾祸横飞、大难临头的紧急时刻,他怎么能不为遭劫的四爸担忧呢?李致一直心系巴金。1968年的一天,关在"牛棚"里的李致从《鲁迅全集》的《且介亭杂文续编》中,再次看到早在1930年鲁迅就赞扬巴金是"一个有热情有进步思想的作家,是屈指可数的好作家之列的作家"时,何等高兴,何等激动啊!他在心里怒斥"四人帮"冒充鲁迅信徒,欺骗世人,干着伤天害理、陷害好人的勾当,天理难容!李致对"文化大革命"极不理解,看见造反派残酷迫害胡耀邦,曾难过地流过眼泪。他想造反派敢如此残暴地对待一个参加过二万五千里长征、有高度威望的高级干部,对权威报纸点名批判的四爸必然会更肆无忌惮了。四爸的处境,想必是更艰难更危险了。他无时不在惦记遭大劫的四爸啊！

1971年的一天，团中央在河南黄湖"五七"干校，放映了根据巴金小说《团圆》改编的电影《英雄儿女》。李致心想，这也许是改善四爸处境的先兆，但令他失望的是，片头片尾都没有出现"根据巴金小说《团圆》改编"的字样。由失望变成了担心，这也许是不祥不测之兆啊！唉，远离北京的"五七"干校，闭塞得像只密封的大木桶，什么风都吹不进去，什么消息也听不到。自1966年"文革"以来，六年了，巴金和李致像断了线的风筝，李致没得到四爸一星半点消息。苦恼的李致考虑了好久，决定"曲线救国"，先给巴金的女儿李小林写封信，他想，万一信落在别人手里，也涉及不到四爸。发出信，等了漫长的一个月，终于收到了小林的回信，拆开一看，大吃一惊：巴金的夫人——萧姗妈妈患癌症未得到及时治疗而去世了！真是屋漏又遭连夜雨！恶劣的生存环境，失去亲人的不幸，多么沉重的打击！四爸那受到重创的心灵，多么需要安慰！李致恨不能马上冲出这牢笼般的干校，飞到四爸的身边，替他分担一份悲伤，减轻一分痛苦，但是不能，只能望洋兴叹，望月而念了！

二

上苍不负有心人，机会终于来了。

1971年9月13日，林彪摔死在蒙古温都尔汗，1972年，政治形势稍一缓和，李致趁过完春节从北京返回干校的机会，悄悄地绕道去了上海，探望日夜思念的四爸。他有地下工作的经历，宣称去上海的原因是看眼病，第二天的确去医院挂号看病，以便对付万一出现的盘查。四爸一家对李致突然而至，又惊又喜。六年了，大灾大难的六年，宛如相隔了一个世纪，能见一面多不易啊！虽是骨肉至亲，虽有千言万语，在那万马齐喑，只允许用一种口径说话的残酷年代，他只好把话埋在心里，欲言又止。此时此刻，李致既有劫后重逢、无法形容的惊喜，又有不知从何说起的尴尬。他环视着这个昔日宁静、幽雅的客厅，想起同四爸、萧姗妈妈在这里欢聚，畅谈欢笑的情景。那是1964年，巴金担任《收获》复刊后的主编，每期样本不多。萧姗妈妈要过，巴金没全给，现在给了李致。萧姗妈妈嗔怪地说巴金"偏心"，那气氛，那情景，还历历在目。

看着眼前这个显得有些零乱，堆放着杂物，摆了床的大"居室"，李致感慨万千。但他马上调整了自己的想法：四爸在精神上受到折磨，政治上受到高压，身心受到摧残，被封的书房没有启封，被冻结的存款没有解冻，每月只许取出最低生活费用的恶劣环境中，挺过了两千多个日日夜夜，已经是不幸中的万幸了，还有什么更高的奢望呢？李致强忍着激动的热泪，安慰自己：四爸人健在，精神没有垮，这就是胜利！这就有希望！

望着四爸那期待和询问的眼神，李致迫不及待向他报告了成都、北京的一些老读者、老朋友的关心和问候。这些问候，这些信息，犹如严冬的一缕春风，黑暗中的一线光明，给了他温暖的阳光。一向尊重读者，重视与读者神交的巴金，"啊、啊"了两声，露出久违了的笑容。这就是作家巴金。

晚上，在客厅里与四爸共睡一张床的李致，想起1942年，四爸第二次回成都老家时，他们也是同睡一张床，四爸处处关照他，他对四爸的印象是：身体健壮，满头黑发，和蔼可亲，每夜写作到很晚才睡。这个印象一直保持到1966年"文革"前夕。时隔六年，短暂的岁月，四爸居然连一根黑发也没有了，是"四人帮"摧残的啊！

躺在四爸身边，李致失眠了。他不知道国家的前途在哪里？民族的前途在哪里？这黑暗的日子还要继续多久？四爸还经受得起这残酷岁月的折腾吗？萧姗妈妈又离四爸而去，四爸是何等孤独！为了不引起四爸的伤感，他强忍悲痛，在四爸面前，从没有提起过萧

317

姗妈妈。

时间飞快地过去了,李致多么想多待些时间,陪陪四爸,让他高兴,哪怕这高兴是短暂的也好。况且他这次离开,不知何时才有机会再跨进武康路这个家,何时才能再见到四爸。但是,又不能不离开,因为军代表规定返回"五七"干校的时间是不能违背的。离开上海的前一天下午。李致在二楼走廊上对四爸说:"回到干校,我准备要求调回成都。"又说,"如果你的问题解决不好,你可以回成都。我能用自己的劳动供养你!"性格内向,不善言辞的巴金,听了这掷地有声的话,没有说出一句话来。这年,巴金六十八岁,李致正值旺年,四十有三。为了避免离别时的痛苦,李致决定一个人悄悄地离开,不惊动任何人。没想到,为了送他,次日凌晨,四爸几乎和他同时起床。看见四爸那行动迟缓的身影,看见他那一头白发,他的心又急促地跳起来。不巧,天下雨了。俗话说:下雨天,留客天。但是四爸知道,李致是不能留的,赶快拿出雨衣让李致穿上,相互叮嘱"保重",然后匆匆握手而别。李致在去车站途中满脸是水,有雨水,也有泪水。

李致那篇《我淋着雨,流着泪,离开上海》的散文写的就是这次来沪看望巴金的情景。作家李累看后说:"李致想见巴金,竟然像解放前国统区做地下工作一样,悄悄地相会;叔侄同睡一张床上,也'不敢深谈'。难道这仅仅是巴金与李致两人的遭遇吗?不!这个侧面,这个片段,反映了'文革'中的中华民族的悲剧。"作家徐开垒则在《巴金传》中赞扬李致是"患难中见真情"。

三

由于"十年动乱"的共同经历,由于对很多深层次问题的共识,两人的心靠得更近,书信往来更加密切了。李致从团中央

"五七"干校调回成都,在四川人民出版社任总编辑。这时,巴金也已恢复名誉,落实了各项政策。李致每次出差到上海,巴金都要他住在家里。为了便于交谈,巴金给予了李致"特殊待遇",为他在书房支了张折叠床。总有说不完的话,交流不尽的情况,两人常常促膝长谈到深夜,直到家人多次提醒,李致也催四爸该休息了,巴金才依依不舍地离去。

　　在巴金看来,李致不仅是自己的子侄晚辈,更是可以倾吐心声的亲人。他们每次谈及"十年动乱",谈及"四人帮"给国家和人民造成无法弥补的巨大损失的时候,巴金总是痛心疾首,却从不涉及个人的利益得失;对国家和民族的未来,始终充满着感情和信心。他说:世界上还是好人多,坏人少,人类社会总是要前进的。我有信心,我要努力工作,努力奋斗。是啊,为了夺回失去的十年,他不顾年事已高,夜以继日地写作,像一支红烛,燃烧自己,发出热和光,温暖和照亮别人。他以讲真话、解剖自己为艺术特色的巨著《随想录》,在海内外引起巨大反响,达到了又一个思想和艺术高峰。那些曾经从巴金作品中受到启迪、吸取力量、获得新生,如今又从《随想录》中受益的读者,和那些到四川来旅游的人们,出于对这位文学大师的热爱、崇敬和感激,以不同的方式建议四川恢复他在成都故居的原貌,供人参观。四川省因此成立了恢复巴金故居的筹备小组。时任四川省委宣传部主管文艺的副部长李致,受命转达群众的愿望和呼声,希望巴老接受。巴金不同意花国家的钱恢复他的故居,也不同意用他的名字成立文学基金会,即使基金会经费是他献出来的稿费或是他在国外获得的文学奖金筹集的。他不止一次地无限深情地说:我只是一名普通的文学工作者,读者是我的衣食父母,是他们养活了我;读者给我的荣誉太多,受之有愧。我要以实际行动做到言行一致,不做盗名欺世的骗子。好多好心的朋友和读者,以各种方式,祝他健康长寿。他感慨地说:到了不能工作的时候,长寿又有什么意义?他始终坚持人生的意义在于奉献，不是索取。他恳切地请李致向有关方面说清楚：读者的好心，故乡的情义他领了，故居不要恢复，基金会不要以他的名义。李致了解四爸的为人，理解他金子般的心，照办了。

四

幕幕往事，似影子一样伴随着老人。

巴金常常回忆起多次与李致相聚交谈的愉悦，回忆起1987年回到他向往已久的故乡——成都，度过愉快的十七天。在那里，他见到了很多亲朋好友，情绪很好，很高兴。唯一没有尽兴的遗憾是与李致交谈得不多。李致当时既要安排好四爸的活动，又要保证他休息好，没有见缝插针地与四爸聚谈。

李致调到省委宣传部后，成了"大忙人"，很少有出差去上海的机会，巴金期盼与李致相聚的愿望常常落空。1989年7月，住在上海华东医院的巴金耐不住了，写信给李致说："八九月我回家，会感到寂寞。你有机会来上海，找我谈谈，你可以理解我心上燃烧的火，它有时也会发光，一旦错过就完了。"李致很激动，他多么希望有更多与四爸交谈的机会，但离不开，条件不允许。于是，他以调侃的方式掩饰自己的歉意，在信上开玩笑说他想去上海，但飞机票太贵，以后只有多吃咸菜，省下钱买飞机票去看四爸。巴金回信风趣地说："要是我不回四川，我就请你来上海，买飞机票，实报实销，不用吃咸菜。"一来一往，亲切、有趣。

五

无法抗拒的自然规律，使巴金体力日衰，他患帕金森病，有严重的语言障碍。在说话很困难的情况下，一天，李致的女婿汪致政去看望他，他突然开口说："前几年，李致他不来，现在晚了，我说话困难了。"惋惜思念之情，溢于言表。李致又何尝不思念四爸呢！四爸是他行动的楷模。四爸的言传身教，让他受益无穷，四爸信仰人生在于奉献的信条，也像五十年前，教他的"说真话""做好人"一样，深深地根植于他脑海里，影响了他的一生，成了他克服困难的精神支柱，帮助他挺过了"文化大革命"的艰难岁月，敢于在造反派的拳头面前高呼口号反抗对他的污蔑。更令他欣慰的，是对那些来向他外调的造反派的软硬兼施，他从容以对，没有说一句违心不该说的话、写过一份与事实不符的材料。因此造反派说他态度恶劣，顽固不化，是团中央机关最后一批解放的干部。同李致一起关在"牛棚"里的一位团中央负责人曾伸出大拇指称赞李致是一条硬汉。诚然，说真话不仅是李致一贯坚持的处世原则，也是他要求每个家庭成员必须遵守的家规。无论儿子女儿，或是外孙孙女，不管谁犯了错误，只要说真话，就会得到谅解减轻处罚或免于处罚。

由于家庭环境的影响，文化背景的熏陶，李致从小就爱好文学，自1945年十五岁开始，在成都、重庆、自贡的大型报刊上发表过诗歌、散文、小说等文艺作品一百多篇。解放后，由于频繁的政治运动和紧张的公务，停止了写作。1978年以后，改革开放的历史潮流，逐渐宽松的政治环境，使李致得以用新的角度审视数十年来的风雨人生，他感慨良多，思潮如涌，长期积累的感情感受，以随笔散文的形式，如陈酿的老酒，源源不断地流淌出来。三联书店2004年出版的《我的四爸巴金》，一年内就印了两次。全国文联主席周巍峙，看了李致的近作，借用清代著名学者张问陶"敢为常语谈何易，百练工纯始自然"两句诗评价了李致的散文。

李致从小读巴金的书，接受他的教育，深受巴金在上海办文化出版社时"积累中国文化，培养新人"的影响，担任四川人民出版总社总编辑时，力排众议，坚持"立足本省，面向全国"的出版方针。但他从不打着巴金的旗号，借用巴金的声誉结识名人名家，去拉稿子，也从不做巴金代言人，代表巴金发表意见和看法。他以出版社总编辑的身份，广泛联系作家，亲自组稿，组织出版了很多很有保留价值、很有品位的名家名作，又由于出书速度快，质量高，装帧精美而誉满全国，李致也因此成了入选中宣部编辑出版的《出版家列传》中的人物。

李致不断向名家组稿，在和他们交往的过程中，建立了深厚的友谊，与曹禺、李健吾、沙汀、艾芜等著名作家成了知心朋友，还写了不少有关这些名家的回忆文章，这无疑对研究这些名家，研究现代文学，研究现代文学史，是一份可贵的资料，连李致自己也没有想到，这是他又一份意外的贡献。

六

是啊，除了叔侄亲情，巴金和李致似乎有一种无形的心灵上的信赖。一向不愿意麻烦人请人帮忙的巴金，曾经提出过，当他体力不支，不能坚持工作的时候，希望李致退下来，帮助整理他的日记、书信、佚文，代替他编好全集的最后部分。没想到，不久，李致被选为四川省政协秘书长，巴金的愿望落空了。李致窘迫得不知如何面对四爸才好。慈父般的巴金，非常理解李致的处境，鼓励他在本职工作岗位上努力做出成绩。还幽默地说根据他的表现，要给他打分呢！李致是与巴金联系最多、关系最密切的人之一。巴金说他一生中给两个人送书最多，其中一个就是李致；给两个人写信最多，其中一个也是李致。不包括"文革"被抄走、至今没有找回来的五十封信，李致现存巴金给他的二百五十多封信，信里渗透着关爱和殷切的希望。更让李致感动的是，20世纪80年代末，他介绍四川省电视台去上海拍摄专题节目《奔腾的激流——作家巴金》。虽然，事先与电视台商量好，不让巴金劳累，每天拍摄不要超过一小时，然而巴金毕竟年事已高，感到劳累。一天下午，巴金不幸在书房里摔坏了腿。李致多次道歉说这与自己考虑不周有关。巴金反而宽慰他:"我摔跤,与你无关,不要你负责,是我自己不小心!"多么宽厚多么慈祥的老人啊!

巴金对李致的呵护和体谅,甚至引起了李致的二姐李国炜的"妒忌",她开玩笑写信给巴金说他偏爱李致。巴金回了封有趣的信,信是这样写的:

国炜:

两封信都收到,没有早写回信,因为写字困难,我身体比八七年返川时差多了。托李舒爱人带回日本漆盒一个,是日本一位作家送我的。那是二十七八年前的礼物,虽然成了旧盒子,但我和那位作家的友情至今未断,现在把它作为纪念品送给你,也是很有意义的,从这一点看,我又不像偏爱李致了。这是我的回答,我想你也许不能接受,那么再虚心地反思,我承认我对李致的确有所偏爱,我们见面交谈的机会不少,而他又会讲话、出主意,经常说服我,打动我,没有办法,只有请你原谅了。

还有,李舒日内回家,托他带去漆盘三套,这是送给你们三姊妹的礼物,一样的东西,不会不公平。

祝好!

芾甘
7月6日①

虽是开玩笑的家庭趣事趣话,李致却感受到了四爸的挚爱和深情,又深感愧疚。为了弥补与四爸见面、交谈机会渐少的遗憾,在四爸患有帕金森病,两手发抖、不能写信、有严重的语言障碍的情

---

① 《巴金全集》第二十三卷,第203页。

况下，李致坚持同四爸通电话。怕四爸因为说不出话而焦急，李致要他只听不说，让千里之外的四爸享受到叔侄交谈的天伦之乐。当听到从话筒里传来四爸平稳、轻松愉快呼吸的声音，李致似乎得到了某种补偿，一丝欣慰之情流入心间。在李致的心目中，四爸是一方净土，走近他，接近他，心灵得到净化，情感得到升华。日积月累的感情、感受在涌动，在迸发。李致拿起笔，接连写出了二十多篇情文并茂、脍炙人口的随笔散文。如《永远不能忘记的四句话》《我淋着雨，流着泪，离开上海》《心留巴金家》《两个"最后一息"》《巴金的心》《不作盗名欺世的骗子》《白发》《春蚕》等，把一个虚怀若谷、坦荡无私、平易近人、有血有肉、普通人的巴金，一个坚守"做人信条是奉献，不是索取"的巴金推到读者的面前，没有大话，没有不实之词，完全是活生生的事实。这正是广大读者最想了解，最感兴趣的。那些渴望了解巴金作品、作品后面的巴金、日常生活中的巴金的读者，不禁惊喜起来：啊！巴金原来是这样子的。进一步拉近了读者和巴金的距离。

  这些不以宣传为目的，没有刻意要表现的主题，完全是感情的自然流淌。一位颇有影响的文艺评论家称赞李致深刻地揭示了巴金的内心世界，是走入巴金心灵的人。巴金曾在不同的场合，说过李致是理解他比较多的人。2004年11月，多次采访过巴金的新华社记者赵兰英在一篇文章中说："在李致心里，四爸巴金胜过亲生父亲。时常苦恼不被人理解的巴金也多次说李致是比较了解他的。"诚然，巴金和李致除了有无法分开的血缘亲情，还有比这更重要的共同信仰和风雨同舟时的一致。在那暗无天日的年代，"四人帮"不仅给巴金安上了"反动学术权威""吸血鬼"等几项罪名，张春桥还恶狠狠地说，没枪毙巴金就是落实政策。有人说，这下巴金永远没有翻身的日子了。李致没想这些，他更多的是担心四爸的安危和健康，他想方设法与巴金取得联系后，冒着政治风险，悄悄地来到了四爸身边。感情丰富的巴金，是何等感动啊！这大概是巴金向李致敞开心扉的思想基础，也是李致走入巴金心灵的桥梁吧！

在李致看来，他远没有透彻地理解四爸那像海一样宽广和深邃的心胸。他知道的四爸，不过是冰山的一角。真正理解、承传四爸"人生是奉献，不是索取；燃烧自己，照亮别人"的精神，需要不断地学习和不断地提高思想境界。四爸永远是他学习的榜样，是他人生行进的航向。

2005年5月于北京

四爸给我写了三百多封信

——巴金侄儿李致的怀念

◎ 赵兰英[1]

10月24日报道：李致从成都赶来，与他的四爸见上最后一面。他洗了洗手，沉重地走进病房。病床上的巴金到了弥留之际。他握了握四爸的右手，软软的，还很温暖。然后，静静地在四爸的床前坐了半个小时。这时候的李致，心在流泪，思绪却纷杂得很。他想到往昔，想到四爸的这只手，曾经为读者写过那么多巨著，四爸的这只手也曾经给自己写过三百多封信啊！

往事历历在目。李致是巴金大哥的儿子。父亲那年在老家自杀，李致才一岁多。巴金曾说，大哥是爱他最深的人。大哥将最爱的三弟尧林、四弟尧棠送出去读书，独自担起一个没落大家庭的生活重担。在家庭经济最为困难的时候，他又支持四弟去法国。巴金回国后，大哥从老家赶来，他们兄弟度过一段最愉快的日子。分别那天，兄弟俩痛苦万分，泪流满面。巴金的《家》，就是为大哥写的。但是，巴金没有想到，他的小说星期六在报纸上发表，星期天就收到大哥死讯的电报。巴金后来写过《呈献给一个人》《做大哥

---

[1] 赵兰英：新华社记者。

的人》《唤醒被遗忘的青春》《觉新与大哥》等文章，怀念他的亲爱的大哥。

巴金也许将对大哥的感情，放在了李致的身上。他供养李致上学。李致十二岁那年得了疟病，巴金买来昂贵的药，治好了他的病。1942年，巴金回川，与李致同睡一张床。他为李致题下四句话："读书的时候用心读书，玩耍的时候放心玩耍，说话要说真话，做人得做好人。"70年代，李致偷着去看四爸，他们又睡在了一张大床上。1993年，李致去杭州探望巴金。他们叔侄相谈，巴金的第一句话就是："人各有志，最要紧的是做人。"李致回川后，将四爸的这句话当家训，请人书写后挂在墙上。

一幕幕，怎能让李致忘怀？在李致的心中，四爸比自己的父亲还要亲。李致最伤心的是，四爸早期给他的信，有五十多封在"文革"中被抄去丢失了。保存下来的二百五十多封信，全是巴金在70年代以后写的。那时，巴金不能发表文章。再后来，疾病缠着他，使他难以写更多的文章。这时候，巴金对李致说："我以写信的方法，表达我的观点。"

难忘这些信。1987年4月29日，巴金在信中说："对我来说，我按计划写《随想录》，而且出齐两种版本，想说的话都说了，该满意了吧！可是想到我们多灾多难的国家和善良温顺的人民，我又得不到安宁。对，人怎么能只考虑自己呢？不管怎样，我提出来：大家要讲真话，为了这个，子孙后代一定会宽容地看待我的。我只能尽力而为。"在1988年冬，巴金又在给李致的信中表达自己的感情："我又老又病，活下去总有些痛苦，但对我的国家我的人民有感情，我始终放不下这笔。"

1991年冬，李致来上海，向巴金转达一些出版社想出版他日记的愿望，巴金当时有些犹豫。李致回到成都不久，收到了四爸的信。巴金在信中写道："关于日记我考虑了两个晚上，决定除收进《全集》外不另行出版发行，因为这两卷书对读者无大用处（可能对少数研究我作品的人提供一点线索）。我没有理由出了又出、印了又印，浪费纸张……你刚来信说你尊重我的人品，那么你就不该鼓励我出版日记，这日记只是我的备忘录，只有把我当'名人'才肯出版这样东西，我要证明自己不愿做'名人'，我就得把紧这个关，做到言行一致对读者我也有责任。我出一本书总有我的想法……一句话，日记不另出单行本。"

四川人民一直想在成都正通顺街恢复巴金故居。巴金坚决不同意，为此，他有多封信给李致，表达自己的观点。1986年10月3日，巴金写道："我想谈谈故居的事，一直没有工夫写出来。我的意思是：不要重建我的故居，不要花国家的钱搞我的纪念……关于我本人，我的一切都不值得宣传、表扬。只有极少数的几本作品还可以流传一段时期，我的作品存在，我心里的火就不会熄灭。"10月21日，李致又接到巴金的信，表述相同的观点。30日，李致再次收到四爸的信，巴金又一次写道："关于故居的事就这样说定了。不修旧宅，不花国家的钱搞这样的纪念，印几本《选集》就够了。"……

10月15日中午，小林给李致打电话，告诉他父亲病危了。今天的李致也已过了古稀之年，和巴金一样，一头白发。他患有心脏病，巴金多次关照他，出远门一定要有人陪。这回，他没有听四爸的话，下午即买了票，一个人飞来上海。这几天，他的远在美国的儿子、孙女和女婿等，都赶来了，向巴金——他们至亲的长辈告别。

四爸的这只手，在李致的心里今天还温暖着，永远不会凉下去。李致对记者说："我们不可能有四爸那样崇高的境界，那样博大的胸怀。但是，起码要像他那样，做一个高尚的人，做一个对社会有用的人。这是我们对他老人家最好的怀念和纪念。"

2005年10月24日

一扇理解之门

◎ 沈　重[1]

岁末年初，我是在阅读《巴金的内心世界——给李致的200封信》中度过的。一卷在手，就像围着冬天的炉火，听一位历经沧桑、正直善良、主张"把心交给读者"的世纪老人，在向我这个文学后辈作一次真诚的长谈，一直谈到他双手颤抖、无法执笔，语言障碍、难以倾诉时，才不得不痛苦地停下来。那些平易亲切的话语，在火光里闪耀，温暖着我的心灵。

李致的父亲李尧枚是巴金的大哥，李致出生不久就在名义上过继给了四爸巴金，因此，李致从小叫四爸为"爹"。在这本书信集里，作为背景资料，选入了李致给巴金的部分信件，每封信都亲切地称巴金为"爹"。李致说，因为父亲的关系，巴金爱他，他也爱巴金。然而，李致在写巴金的散文中却说，他这样称呼，不仅仅因为血缘关系。他说："我的爹是作家巴金。"这句话听起来有点别扭。这是什么意思？李致在《巴金教我做人》后记中是这样说的："我是巴金忠实的读者，他的许多书，曾一次又一次地打动我的心，启迪我去追求真理。我信仰他主张的'生命的意义在于奉献，而不在于索取。'我看重这一点，认为它远在我们亲密的血缘关系

---

[1] 沈重（1930—2018）：本名沈绍初。作家，诗人。

之上。"这段话很重要,对他与巴金的关系作了更深层面的理解。这就是说,巴金不仅是李致血缘意义上的"爹",更是李致精神意义上的"爹"。

从这个角度来看这些信件,可不可以这样说:这是晚年巴金在特殊年代里,留给李致的一笔特殊的精神财富?当然,也是留给广大读者的一笔精神财富。

这两百封信件,起于1972年,迄于1992年,时间跨度长达二十年。这二十年,是从寒冬走向春天的二十年,对国家、对人民、对巴金来说,意义都非同一般。正是在这一时期里,被迫从人变成兽的巴金,又缓缓地从兽恢复为人,而且在严酷的自我解剖中,以锐利的思想之刀,完成了他完美人格的辉煌塑造。如果没有在这个特殊年代里的特殊思想历程,就不会有这样一笔特殊的精神财富留给李致,加上他与巴金的亲密接触和多次坦诚长谈,使李致得以一步步走进晚年巴金的内心世界。

1972年的第一次通信,可谓曲折动人。"文革"的前六年,巴金在上海,李致在北京,都"在劫难逃",各自在磨难中挣扎。就连近在咫尺的妻儿都不能自由接触,何况远在天边的亲人。思念之情,只能深藏于心底。能写信吗?寄到哪里?即便是只言片语,几句问候的话,如果被那些"革命家"们发现了,说不定就成了新的"罪证"。无奈,就只有忍受思念的煎熬了。

可是李致忍不住了。1972年8月,李致下定决心,小心翼翼地先给巴金的女儿小林试投了一封信,希望取得联系。经过一个多月的焦急等待,小林的回信终于来了,满以为会带来一些令人愉快的事情,想不到带来的却是一个令李致悲痛的消息:萧珊妈妈去世了!李致再也控制不住自己的感情,这年10月30日,他提笔给巴金写了六年睽隔后的第一封信。很快,11月4日,巴金也提笔写了回信。亲人的信息终于接通了。比起古人"烽火连三月,家书抵万金"来,此值"文革",他们的家书岂能以万金相抵?这一来一往两封"千言万语，真不知从何说起"的家书，现在读来也不能不为之动容！

然而，当时的形势和处境对他们依然相当严峻，不能过多地通信。李致知道，萧珊妈妈的去世，对四爸是"一个很大的打击"，便产生了一个强烈的愿望："要设法去看望四爸，安慰他。"于是，就在这年年底，李致趁从干校回北京探亲的机会，以看眼病为借口，悄悄绕道去上海看望了巴金。这次冒险相聚，只有短短三天时间，与三十年前一样，李致与巴金又同睡在一张床上，但却不能畅所欲言，其悲喜交加、欲说还休的情景，李致后来在《我淋着雨，流着泪，离开上海》一文中作了动人的描述。"爹"的不公平遭遇，使李致悲愤万分，"我深切期望他能摆脱这不幸的处境，但我自己也不知道那黑暗的日子什么时候才能结束"。共同的命运，共同的愤恨，使李致与巴金更加亲密地连在了一起。这是继六年来第一次通信之后，李致走进巴金内心世界的极为重要的一步。

从这时到1975年，巴金的处境并未得到改善，他们的通信不过是谈近况，报平安，关心李致的眼病，有求必应地给李致寄书。巴金的心情表面看来很平静，1974年1月6日的信中说："我的生活相当安静而且安定，很可以安心做点翻译工作。"这种心情是真实的，也是无可奈何的。巴金看重的是能做点工作：翻译赫尔岑的《回忆录》。他说："译这部书，同时也是在学习。"巴金心底的一团火像赫尔岑诅咒黑夜一样在燃烧。他在默默地思索。

1976年是共和国历史上难忘的一年，这一年周总理、朱总司令、毛主席先后去世，李致和巴金在通信中表达了和全国人民一样的悲痛心情。在1月14日的信中，巴金以崇敬的心情谈到总理"是一个伟大的革命家，一个大公无私的共产主义战士"，巴金深情地回顾说："四四年到四六年在重庆和上海，我多次看见他，他对我很亲切。我忘记不了他。回想他的言行，我又一次受到教育。"虽然悲痛，对于未来，巴金心中的希望之火并未熄灭。他在静默中盼望黑暗日子的结束。

当这一天终于来临时，两代人的激动之情可以想见。10月22日，李致在给巴金的信中说："我真想马上见到你们，和你们一起庆祝这具有历史意义的胜利，共享这终于盼到的幸福和快活！"11月4日，巴金回信说："砸烂'四人帮'，为民除害，大快人心，人民会高兴。……我晚上睡觉比较放心了。"11月30日信中又说："四人帮垮台我可安心睡觉了。……我得罪过姚、张，倘使他们不倒，他们终有一天会把我搞掉，这些'人面东西'！"

是的，"四人帮"垮台，"十年浩劫"结束，巴金可以安心睡觉了。然而，巴金那曾经自觉不自觉地喝过"迷魂汤"的思想，却缓缓苏醒了，他的内心世界开始了另一种"不安"，有时甚至从噩梦中惊醒。这是一个漫长而痛苦的过程，是反省历史，审视现实，无情地解剖自己的过程。这个过程的思想成果，就是他那部包括一百五十篇四十多万字《随想录》在内的讲真话的大书。

从1977年以后的书信可以看到，恢复名誉后的巴金忙碌起来了：他要出席各种会议，要在会上发言，要在家里接待各种来访者，要看别人的稿件，要写各种回信，要为许多人办事，当然，还要为好学而"不懂事"的"藏书家"李致找书、买书、捆书，然后亲自跑到淮海路邮局去寄书，如此等等，"每天要到十二点才上床，事情总是做不完，连看书的时间也没有。"（1977年8月10信）一个七十多岁劫后余生的老人，就是在这种热心承担各种本不该由他承担的社会活动和繁杂事务中，艰难地开始他晚年最重要的工作——《随想录》的写作的。别人说他"重新焕发了青春"，他也自以为"返老还童"了，直到有一天，他书房里的大镜子才无情地让他看清了自己憔悴衰老的"尊容"。他该怎么办呢？其实，以巴金已经取得的成就，即使他从此不再写作，在中国新文学史上，也是一位对人民做出过巨大贡献的重要作家。然而，他无法排除内心深处那种巨大的不安。一个有良知的作家对历史、对未来的沉重的责任感，使他选择了一条艰难的道路，他知道"留给我的时间不多了"，他要加倍地工作。于是，他用因病而越来越颤抖的手，更加紧紧地握住了那支笔。他多次说过要"为社会主义祖国工作到生命的最后一息"，他实践了他的诺言，《随想录》的完成，是他对共和国的一个伟大贡献。

然而巴金不愿做一个盗名欺世的人。李致说："巴金既看重作文，更看重做人。"巴金从不说教。他只是以行动告诉李致：我觉得应该这样做，不应该那样做。这方面的事情很多。例如，他不赞成花国家的钱为他修复故居，他不同意用他的名字建基金会、设文学奖，他不想做"名人"为他的日记出单行本，他建议出版社先出别的作家的文集，他是中国唯一不拿国家工资而靠稿费生活的作家，四川为他出版近作和十卷本选集，他却拒绝接受稿费，把稿费捐赠给了现代文学馆、四川出版奖励基金和"振兴川剧"奖励基金。他付出了许多，出版社为他翻拍了一些相片，他却坚持要付款。凡此种种，无不体现出"多奉献，少索取"的品德和风范，令人肃然起敬。巴金为什么要这样做？他是怎样看待自己的？他在1988年3月2日的信中有这样一段话："我并不希望替自己树碑立传，空话我已经说得太多，剩下的最后两三年里，我应当默默地用'行为'偿还过去的债。我要做一个普通的老实人。我没有才华，没有学问，没有本领，只有一颗火热的、善良的心。"这就是巴金，一个人民作家谦卑而又高贵的心！

说真话的巴金并非人人理解，因而忧郁便不时追随着他。1989年7月28日，他在医院给李致的信中说："没有人了解我，我的心情颇似晚年的托尔斯泰。我一身伤病，连托翁的出走也办不了。"晚年托尔斯泰为了坚持自己的信仰，与家庭决裂，离家出走，死在一个车站上。然而巴金没有重复托尔斯泰的悲剧，不是因为伤病无法出走，而是因为时代不同，理解巴金的人越来越多了。

2007年2月

语浅情深忆巴金
——读李致"往事随笔"《四爸巴金》

◎ 游翠萍[①]

作家有两种作品,一种是他用文字创造的作品,一种是他用生命写就的作品。前一种作品易得,后一种作品却不易得(作家传记除外),因为这必须是一种"集体创作",必须借助作家本人、亲朋好友甚至敌人对手的文字,或者可以略窥一二。

在这个意义上,李致先生的"往事随笔"《四爸巴金》尤显珍贵。由于巴金侄子的特殊身份,作者有着与巴金从青年、中年、老年一直到生命最后时刻、持续六十多年的交往经历,他用近于白描、颇有"谈话风"味道的质朴文字,透过巴金不为人知的点点滴滴,为巴金的生命提供了鲜活的注解。

一个注解是"真"。我们都知道巴金提倡讲真话,晚年更以坦诚自剖的《随想录》受到广泛的尊重。在李致笔下,巴金讲真话有了非常生动的呈现:从抗战时期教导还是小孩子的李致"说话要说真话,做人得做好人",到晚年他对李致讲"我必须用最后的言行证明我不是盗名欺世的骗子",从很多的小事小细节看出,巴金在非常真诚地实践着他"讲真话"的人生原则。

---

① 游翠萍:时为四川省社科院文学所助理研究员。

另一个注解是"爱"。读巴金早年作品时，能够感受到强烈的激情和爱，也能感受到对封建家庭、封建制度的恨。但在李致笔下，我们看到的是巴金对妻子、亲人、朋友甚至一般人的爱与关怀。书中记到，在一次巴金跟李致的谈话中，谈到他的大哥、三哥，痛哭失声。类似这样的细节，不是一般接触巴金的人能够得到的。

《四爸巴金》收录了写作跨度近三十年的四十一篇文章。李致先生在后记中一再表示，由于发表时独立成篇，时间跨度长，成集有重复之处，颇感歉意。但在我看来，这部作品固然是写巴金，但李致与巴金之间是有非常深入的情感交流和心灵对话的，因此对这部作品不能像一般巴金传记那样去阅读。在这部作品中，既有亲友故旧之间的那种情感投入，由于交往时间长，还形成了一种绵延不断的影响力，成就了一部心灵"影响史"。正如马识途老先生所说的那样，巴金的人格力量，在李致身上产生了巨大的影响，并且体现在这些文字中。从这个角度看，作品中并非有意为之的重复和"互文"，倒增加了阅读的另一种感受，让读者可以加入到心灵之间的交流和探索之中。

尤值一提的是，除文字以外，书中亦配合展示了很多与巴金有关的珍贵资料：有巴金各个时期及与亲朋故友的老照片、有汇款单影印件、有签名影印件、有巴金书名印谱、有巴金赠书章、有往来书信及影印件，等等。书中有一篇写巴金与冰心友情的，除了他们的照片外，还有冰心给巴金的生日贺信，上面毛笔手书："这只花瓶代表我向你祝寿！此时此刻站立在你的座旁，你将从她可供养的四时不断的繁花密叶中，看到我的微笑！"在这个不写字、不写信的时代，看到冰心的墨迹和问候，思想巴金他们那一代人生命中彼此的牵挂，让我这个局外人也倍感温暖。

这本书，适合安静的夜晚，安静的心境。在李致先生质朴的文字中，走近巴老和他的故旧亲朋，感受巴老生命中那份沉甸甸的真与爱，还有痛。

2003年版后记[①]

看完本书校稿,要说的话已不多了。

为什么要写巴金的做人?我在《要有信仰》中有一段话:

> 早在60年代初期,原《中国青年》杂志总编辑邢方群同志(他是巴金的三哥李尧林的学生),曾建议我运用自己的有利条件,做一些有关巴金的研究工作。当时正处在以"阶级斗争为纲"的时期,尽管我喜欢文学又喜欢写作,但早已吃过苦头,不愿再去"触雷"。"文革"期间张春桥、姚文元一伙,全部否定巴老的著作,引起了我的不平。粉碎"四人帮"以后,我产生了要为巴老的书说"公道话"的愿望。可是我忙于工作还没有提笔,已有许多人出来写文章了。徐开垒和李存光等经过多年积累和研究,也先后出版了巴老的传记和评传。巴老既看重作文,更看重做人。与巴老多年接触,在这方面我有许多感受。我并没有一套写作计划,也没有专门采访过巴老,但总不断有感情要倾诉。这样,我着重在巴老做人和教我做人上,写了一些散文。我愿意有更多的人了解巴老的为人,从中

---

① 此系三联书店2003年出版的《我的四爸巴金》后记。

汲取有益于自己的东西。

至于写作的过程，在我的散文集《昔日》的《后记》里有过这样的叙述：

> 写作一般总是从自己熟悉之人和事入手。巴金是我的四爸，更重要的是我赞同他的许多主张。我第一篇写巴老的是《永远不能忘记的四句话》。鉴于巴老不喜欢他的亲人写他，因此我用李国枚为笔名。这篇文章发表后，有一些报刊转载。一家《选刊》要我写作者简介，我只得婉拒了。可是在成都市少年儿童中开展向"巴金爷爷学习"的活动中，一家报纸未与我商量刊载了该文，并把笔名李国枚换成本名李致，在李致前还加上了我的职务。我颇有被"曝光"之感。既如此，就豁出去了，反正我写的是事实，文责自负。以后干脆用李致之名写有关巴老的文章。幸好巴老知道这个过程，没有就此责备我。

由于发表时独立成篇，时间跨度达二十三年，某些地方难免重复，请读者谅解。体例和某些称谓不完全统一，为当时行文所需；为保持原貌，此次结集也未加修改。唯一可告慰的是：我忠于事实，绝不加以创造。如有误记，将尽快改正。这是我写这类文章必须遵守的原则。

多年来，由于大家尊重巴老，我的文章被一些报刊转载或被选入书，这是好事。但被选用时，有的不事先通知，以致未能刊用我的修改稿，由于各种原因造成的个别失误（如把时间弄错）得不到改正。有的虽先通知，我挂号寄去修改稿，但刊出的仍是没改动的原稿。最使我尴尬的是，把我的几篇文章揉成一篇长文，另取题目，使读者误以为是我的新作，看后失望。为了对读者负责，我期望自己的权益能受到保护。

写巴老必须学巴老，不能只言不行。我随时以此提醒自己。

　　巴老今年进入百岁，谨以此书献给巴老。尽管巴老卧病在床，我深感自己的心和巴老的心将永在一起。

2003年3月23日

2014年版后记[1]

  我从1981年开始写有关巴金的文章，第一篇是《永远不能忘记的四句话》，以后逐年积累。1998年，宁夏人民出版社将这些文章与巴老给我写的一百零二封信合编出版了《巴金教我做人》。2003年，在巴老百岁华诞之际，加上新写的短文和有关日记，生活·读书·新知三联书店为我出版了《我的四爸巴金》。该书出版前，《北京晨报》连载十四天选登了其中十篇文章。出版后，全国不少报刊选载，包括《中国青年报》《作家文摘》《传记文学》《书摘》和《新华文摘》等。有的事先与我联系，有的则没有通知我。2005年，北京人民广播电台在黄金时间的《传记文学》栏目，由优秀播音员白钢播音，连续播放了《我的四爸巴金》的主要篇章，收听率比平时翻了一倍。2009年，中国华侨出版社再版了《我的四爸巴金》。我深知，读者喜欢这些文章，是出于对巴老的尊敬和关怀。

  这次出版的增订本，增加了六篇新写的文章和一篇讲话，附录了我2003年接受《四川日报》记者采访整理成的《读几本巴金的著作》，2004年在上海"走近巴金"系列文化演讲的《我心中的巴

---
[1] 此系天地出版社2014年出版的《四爸巴金》后记。

金》，2006年在上海《寒夜》电视剧开机仪式上的讲话《〈寒夜〉与光明》，以及2011年在《巴金·成都》图片展开幕式上的讲话《巴老"回"成都了》。

我多次说过，这些文章原本是独立成篇的，成集时难免有某些重复之处。特别是附录《我心中的巴金》，概括了本书的主要内容，只是省略了很多细节和我的情怀。增订本收齐了我有关巴老的文章、日记和演讲，读者可根据需要和兴趣翻阅。巴老给我的二百封信，收在2006年出版的《巴金的内心世界——给李致的200封信》内，本书没有收录。

感谢所有支持过《四爸巴金》一书出版和广播的朋友。

2014年8月1日

·后记·

2017年春节刚过,四川人民出版社社长黄立新来到我家,希望出版我的文集。

我既感激,又惶恐。为什么惶恐?因为这几年,四川出版了李劼人、沙汀、艾芜、马识途和王火等著名作家的文集,不敢与他们"为伍"。为了有所区别,我想:如果要出,就叫"文存"吧。

有必要出"文存"吗?我征求了多位文友的意见。他们认为,我年近九十,写的一百多万字的往事随笔,无论是欢乐还是坎坷,都具有时代的某些折射或缩影。何况我与巴金老人之间特殊的亲情和相互的理解,以及改革开放之初于四川出版、振兴川剧的亲力亲为,都值得保存。我被说服,便有了《李致文存》。

四川人民出版社的编审谢雪,作为"文存"责任编辑之一,做了大量统筹工作。我们共同商定了"文存"的卷次、编排的体例和收编的原则。拟定"文存"共五卷六册:第一卷《我与巴金》,第二卷《我的人生》(上、下册),第三卷《我与出版》,第四卷《我与川剧》,第五卷《我的书信》,将我前后公开出版和编印的十种单行本,加上早年一些没有成集的、这四年新写的,一并收入。

早期写的文章,这次辑集时稍有补充,或加了附记;有的文章因发表时的侧重不同,辑集后某些细节有重复;还有极少数几篇文章,为适应不同的主题,也为方便分卷阅读,故重复收入,如巴金的《偏爱川剧》一文,在《我与巴金》和《我与川剧》两卷中都能找到。特此说明。

感谢四川人民出版社!

本书如有差误,恭请指正。

2018年12月9日